Das Buch:
In den frühen Morgenstunden des Aschermittwochs wird in der Nürnberger Altstadt hinter dem Albrecht-Dürer-Denkmal die Leiche eines jungen Mannes in einem Engelskostüm gefunden. Es handelt sich um einen Drogendealer, der in der Szene als Rauschgoldengel bekannt ist. Charlotte Gerlach ermittelt im Drogenmilieu und stößt auf eine Spur, die in die Nürnberger Unterwelt führt: in die Felsengänge...

Die Autorin:
Monika Martin, Jahrgang 1969, ist Sozialpädagogin und führt seit 1996 für das Institut für Regionalgeschichte, *Geschichte für Alle e.V.*, historische Stadtrundgänge in Nürnberg durch.
„Rauschgoldengel" ist der zweite Krimi aus der Reihe *„Krimis mit Geschichte"*, in der die Autorin ihre literarische Tätigkeit mit ihrem regionalgeschichtlichen Engagement zu einem Kriminalroman mit Fakten aus der Nürnberger Stadtgeschichte verbindet.
Monika Martin lebt mit ihrer Familie in Schwanstetten bei Nürnberg.

Außerdem von Monika Martin bei Books on Demand erschienen:

Aus der Reihe *„Krimis mit Geschichte"*:
„Hochgericht", Dezember 2014

Aus der Reihe *„Ermitteln, wo andere Urlaub machen"*:
„Die Tote im See", August 2008
„Hitzewelle", August 2010
„Schattenschlag", Februar 2012
„Apfelrausch", August 2013

Monika Martin

Rauschgoldengel

Charlotte Gerlach ermittelt im Untergrund

*Bibliografische Information der Deutschen Nationalbibliothek:
Die Deutsche Nationalbibliothek verzeichnet diese Publikation in der
Deutschen Nationalbibliografie; detaillierte bibliografische Daten sind im
Internet unter http://dnb.d-nb.de abrufbar.*

Dieses Buch ist auch als E-Book erhältlich

Erste Auflage im Oktober 2016

Copyright © 2016 by Monika Endres
Layout und Gestaltung: M&M Logistics
Fotos: Michael und Monika Endres

Herstellung und Verlag: BoD - Books on Demand,
Norderstedt

ISBN: 9783741276491

1

Er atmete tief ein und schloss die Augen.
Diese Luft, diese frische, reine, feuchte, immer gleiche Luft begeisterte ihn jedes Mal aufs Neue. Jenseits aller Hektik des Alltags, fern von Lärm und Gestank, weit weg von allen Verpflichtungen und Erwartungen entfaltete diese Luft ihre heilsame, entspannende, ja nahezu therapeutische Wirkung.
Mit jedem Atemzug füllten sich seine Lungen bis in den letzten Winkel, legte sich die wohltuende Feuchtigkeit wie ein heilender Film um seine Bronchien.
Hier unten schien die Zeit still zu stehen.
Hier war immer alles gleich, gleich still, gleich dunkel, gleich kühl, gleich schön – und doch...
Trotz aller Entspannung blieb dennoch immer ein kribbelndes Gefühl der... nein, nicht direkt der Angst, es war vielmehr ein leichtes Schaudern, ein wohliges Unwohlsein, eine angenehme Beklemmung.
Immerhin befand er sich in einem über 25.000 Quadratmeter großen Labyrinth an Gängen und Räumen, 16 Meter unter der Oberfläche, mitten in einem gigantischen, löchrigen Sandsteinfelsen.
Eine leichte Gänsehaut überzog seinen Rücken. Er schüttelte sich, zog sich seine dicke Fleecejacke fester um den Körper und lauschte in die tiefe Stille.
Er hörte sein Blut rauschen, seinen leisen Atem, das Klopfen seines Herzens.
Es war lange her, dass er zum letzten Mal hier unten war. Eigentlich viel zu lange.
Aber er hatte es nicht gekonnt, hätte es nicht ausgehalten. Es war viel passiert seit damals, seit...
Er versuchte mit aller Kraft, die Erinnerung beiseite zu schieben, wollte nicht daran denken, hatte alles verdrängt, mit vielen Abertausenden von Gedanken, Erlebnissen,

Ereignissen überlagert, weit weg geschoben in den letzten Winkel seines Gedächtnisses.
Und doch war sie immer da, ließ sich nicht ganz vernichten, saß wie ein Stachel in seinem Unterbewusstsein.
Jetzt, da er wieder hier unten war, kam sie plötzlich mit einer Wucht zurück, die ihn schlichtweg überwältigte.
Eine Welle der Panik erfasste ihn, Schweiß trat ihm aus allen Poren, er schnappte nach Luft. Der Lichtkegel seiner Taschenlampe verschwamm vor seinen Augen, seine Knie wurden weich, er sank zu Boden.

2

Es war heiß und stickig.
Milchig weiße Nebelschwaden waberten durch den düsteren Raum und lösten sich nur zögerlich auf. Grelle Blitze zuckten, helle Strahlen gleißenden Lichts durchschnitten die Dunkelheit. Überall standen finstere Gestalten mit schwarzen Umhängen, furchterregenden Fratzen, grell gefärbtem, wirrem Haar. Manche lehnten alleine an der kalten, nackten Wand, andere trafen sich in kleinen Grüppchen oder standen eingequetscht in einer riesigen Menge rhythmisch zuckender Körper. Ohrenbetäubend laute Musik und das tiefe Wummern der Bässe machte jede Konversation unmöglich.
Eine junge Frau in einem weiten, schwarz schimmernden Mantel und hohem, spitzem Hut, unter dem silbrig glänzendes Haar hervorquoll, durchquerte den Raum und steuerte zielsicher auf einen hohen Tresen zu. Mit verschiedenen Handzeichen rief sie eine mächtige, ganz in weiße Tücher gewickelte Gestalt herbei, legte einige Münzen auf den Tisch und deutete auf einen Turm Getränkekästen. Die Mumie, von der lediglich die tiefblauen Augen zu sehen waren, reichte der Frau zwei Flaschen mit roter Flüssigkeit und ließ die Münzen in seine Kasse fallen.
Mit den Getränken in der Hand kämpfte sich die Frau wieder zurück, vorbei an gruseligen Zombies, blutverschmierten Vampiren und schauerlichen Frankensteinen.
In einer Ecke kauerte eine schlanke Hexe in einem eng anliegenden, dunkelroten, kurzen Kleid, schwarzen Netzstrumpfhosen und einer Vielzahl verschieden großer Spinnen im langen, blonden Haar. Die Schminke war verlaufen, die Augen rot verweint.
Charlotte Gerlach packte ihre Freundin energisch am Arm und schob sie in Richtung Ausgang.

Eiskalte, von dichten Nikotinschwaden durchsetzte Luft schlug den beiden Frauen entgegen. So froh Charlotte auch über das Rauchverbot in Restaurants und Diskotheken war, so nervig fand sie die Tatsache, dass die Formulierung *„ich geh mal raus an die frische Luft"* einfach nicht mehr der Wahrheit entsprach – zumindest was die unmittelbare Nähe der Eingangstür betraf.

Zitternd reichte sie ihrer Freundin eine Limonadenflasche und wickelte sich fester in ihren Hexenumhang. Vielleicht hätte sie doch besser die gefütterten Stiefel anziehen sollen, denn es hatte einige Grad unter Null und der Schnee türmte sich links und rechts des mühsam freigeräumten Eingangs.

„Trink mal einen Schluck und reiß dich endlich zusammen!", schimpfte sie ungehalten. „DU wolltest unbedingt zur Rosenmontags-Grusel-Party in den *Hirsch* – und das auch noch mit dem Fahrrad! Ich hätte es mir bei dieser Affenkälte lieber zu Hause auf dem Sofa gemütlich gemacht!"

Sandra Watzlawick versank immer tiefer in ihrem schwarzen Schal und wagte es kaum, ihre Freundin anzusehen.

„Tut mir leid", stieß sie unter dicken weißen Atemwolken hervor.

„Seit über zwei Stunden stehe ich mir jetzt gelangweilt Löcher in den Bauch! Du willst nicht tanzen, dich nicht unterhalten und tust so, als wäre ich gar nicht da!"

Charlotte redete sich förmlich in Rage.

„Die ganze Zeit starrst du nur auf den Eingang und hoffst, dass dieser Heini endlich kommt. ER KOMMT NICHT! Kapier das endlich!"

Sandra weinte laut. Dicke Tränen rannen ihr über das schwarz geschminkte Gesicht.

„Er hat es mir versprochen", jammerte sie unglücklich.

„Ach! Er hat dir schon so manches versprochen und das Wenigste davon gehalten. Dieser Typ ist einfach unzuverlässig, unberechenbar, narzisstisch, egoistisch, ..."

„Es reicht!", rief Sandra verzweifelt. „Ich weiß, dass du nichts von ihm hältst."

„Sandra", setzte Charlotte nach, „du bist Anfang 30, kein Teenager mehr. Warum tust du dir das an?"

„Du verstehst gar nichts!", schrie Sandra. „Ich liebe ihn! Lass mich endlich in Ruhe mit deinen Vorwürfen! Du hörst dich an wie meine Mutter!"
Damit ließ sie Charlotte stehen und verschwand schluchzend in der Menschenmenge.
„Was war das denn?", ertönte eine etwas dumpf klingende Stimme.
Ein Mann in einem schwarzen Anzug mit aufgedrucktem Skelett trat an Charlotte heran und nahm seine Totenkopfmaske ab. Hervor kam das verschwitzte, hochrote Gesicht von Tim Brettschneider, Charlottes Freund.
„Habt ihr euch gestritten?"
„Ach, die kann mich mal!", rief Charlotte wütend. „Der Frau ist nicht mehr zu helfen!"
„Was ist denn passiert?", fragte Tim, nahm seiner Freundin die Flasche aus der Hand und trank sie in einem Schluck aus.
„Ach, ich kann das nicht mehr hören. Ihr neuer Freund hat sie versetzt. Wieder mal."
Tim blickte sie verwundert an.
„Du hast mir gar nicht erzählt, dass sie einen Freund hat."
„Das ist auch so eine Marotte. Keiner darf es wissen, alles ist topsecret. So ein Blödsinn." Charlotte war außer sich. „Mir ist völlig schleierhaft, was sie an diesem Typ findet!"
„Wer ist es denn? Kennst du ihn?" fragte Tim schlotternd und hüpfte von einem Bein auf das andere. Seine Lippen waren schon ganz blau, an der Nasenspitze hing ein Wassertropfen.
„Natürlich nicht. Niemand kennt ihn."
„Wollen wir nicht drinnen weiterreden? Hier draußen friert man ja fest."
Charlotte schüttelte den Kopf. „Mir reicht es für heute. Ich will nach Hause. Kommst du mit?"
„Das klingt verlockend, wäre da nur nicht die Aussicht auf eine kleine Radtour bei gefühlt zweistelligen Minusgraden und mannshohen Schneebergen", grinste Tim und schnitt eine Grimasse.
Charlotte beruhigte sich langsam.
„Über das Problem habe ich auch schon nachgedacht und

bin zu folgendem Ergebnis gekommen."
„Du klingelst unseren Chauffeur aus dem Bett?"
„Fast. Ich spendiere uns ein Taxi. Die Räder können wir ja morgen abholen."

Eine Viertelstunde später saßen sie im deutlich überheizten Taxi auf dem Weg zu ihrer Wohnung in der Altstadt.
„Was ist denn mit Sandra los? So kenne ich sie gar nicht", fragte Tim, nachdem er es endlich geschafft hatte, sich trotz seines weiten Kostüms den Sicherheitsgurt anzulegen.
„Ich auch nicht", stimmte Charlotte besorgt zu. „Seit sie mit diesem Magnus zusammen ist, ist sie kaum noch wiederzuerkennen."
„Inwiefern?"
„Sie ist gar nicht mehr richtig ansprechbar, unternimmt kaum noch etwas", erklärte Charlotte. „Sie sitzt nur noch zu Hause und wartet darauf, dass er kommt oder sich meldet."
„Wer ist das überhaupt? Weißt du etwas über ihn?"
„Außer seinem Vornamen nichts, das ist ja das Komische. Keiner darf ihn kennenlernen, sie trifft sich immer nur alleine mit ihm - und das ausschließlich bei ihr zu Hause."
„Hat er etwas zu verbergen?"
Charlotte zuckte ratlos mit den Schultern. „Offensichtlich, sonst würde er kein solches Geheimnis um seine Person machen."
Tim stieß sie schmunzelnd in die Seite.
„Erwacht da etwa wieder die Kriminalhauptkommissarin in dir? Mitten in der Nacht? Am Feierabend?"
„Jetzt hör aber auf! Du musst doch zugeben, dass es nicht ganz normal ist, wenn jemand so gar nichts von sich preisgeben will, oder?"
„Komisch ist das schon. Da gebe ich dir recht. Weiß man denn, was dieser Magnus beruflich macht?"
„Angeblich hat er mal Sozialwissenschaften studiert und einige Semester Betriebswirtschaft. Aber einen Abschluss hat er meines Wissens nach keinen."
„Und womit verdient er sein Geld? Oder hat er reiche Eltern?"
„Das weiß ich auch nicht so genau", räumte Charlotte ein.

„Sandra spricht nicht besonders gerne darüber."
„Wahrscheinlich weiß sie es gar nicht", mutmaßte Tim, als das Taxi über das Kopfsteinpflaster beim Unschlittplatz holperte.
„Sie können uns hier aussteigen lassen", bot Charlotte dem Taxifahrer an und kramte ihre Geldbörse hervor. „Dann müssen Sie nicht durch die engen Gassen kurven."
Charlotte und Tim bewohnten eine Altbauwohnung in der Unteren Wörthstraße, einer der wenigen Gassen Nürnbergs, die weitgehend vom verheerenden Bombardement des Zweiten Weltkriegs verschont geblieben waren. Sie lag idyllisch am südlichen Ufer der friedlich dahinfließenden Pegnitz, in unmittelbarer Nähe des Hauptmarktes.
Die beiden genossen die zentrale und doch ruhige Lage sehr und nahmen dafür gerne etwas weniger Komfort in Kauf. Immerhin hatten sie eine Toilette in der Wohnung, fließend kaltes und warmes Wasser und im Winter ein kuschelig warmes Wohnzimmer. Das Wichtigste war, dass Charlotte zu Fuß zur Arbeit gehen konnte, denn das Polizeipräsidium am Jakobsplatz lag nur etwa zehn Gehminuten entfernt.
„Deine Freundin Sandra hat offensichtlich ein Faible für schwierige Beziehungen, was?", griff Tim das Thema wieder auf, als sie wenig später nebeneinander im Bett lagen. „Ihr Exmann war doch auch nicht gerade einfach, oder?"
„Alles andere als das." Charlotte gähnte herzhaft. „Ich glaube, er schikaniert sie immer noch, obwohl sie bereits seit über zwei Jahren geschieden sind. Irgendwie ist sie vom Pech verfolgt. Die Arme."
„Na, da hast du ja mit mir einen Glücksgriff gemacht, was?", meinte Tim augenzwinkernd.
„Aber natürlich, Schatz", murmelte sie und schlief augenblicklich ein.

3

Er fror.
Sein Kopf schmerzte. Zitternd öffnete er die Augen und konnte nichts erkennen außer undurchdringlicher Finsternis. Stöhnend setzte er sich auf.
Was war passiert?
Es war feucht und kühl und dunkel. Kein Geräusch war zu hören.
Langsam kam die Erinnerung zurück.
Er war im Keller, in den Felsengängen, hatte eine Nachricht bekommen, sollte sich hier mit jemandem treffen.
Dann war er offenbar ohnmächtig geworden.
Hektisch tastete er den Boden um sich herum ab. Wo war die Taschenlampe? Zu seiner grenzenlosen Erleichterung fand er sie unmittelbar neben sich, schaltete sie ein und sah sich um.
Er saß noch immer dort, wo er das Bewusstsein verloren hatte. Ein Blick auf die Uhr verriet ihm, dass nur zehn Minuten vergangen waren.
Vorsichtig versuchte er aufzustehen, ging aber gleich wieder in die Hocke, denn es wurde ihm erneut schwarz vor Augen. Im Schneckentempo krabbelte er zur nächsten Wand und zog sich daran hoch. Er atmete tief durch, versuchte ruhig zu werden, seinen Kreislauf zu stabilisieren.
Mit Mühe sammelte er seine Gedanken.
Da war eine Nachricht auf seinem Handy gewesen, von einem alten Freund, zu dem er seit Jahren keinen Kontakt mehr gehabt hatte. Er solle heute Abend in den Keller kommen, der alten Zeiten wegen. Es gebe interessante Neuigkeiten, außerdem sei seit damals so viel Zeit vergangen.
Er hatte sich gewundert, war aber neugierig geworden.
Schließlich hatte er sich auf den Weg gemacht. Wie damals

hatte er auch diesmal warten müssen, bis die letzte Gruppe mit ihrem Führer den Keller verlassen hatte, bevor er sich Zugang zu den Gewölben hatte verschaffen können.

Mit einem Mal hatte er sich um über 20 Jahre zurückversetzt gefühlt, in eine Zeit, als er oft hier unten unterwegs gewesen war. All der Nervenkitzel, die aufregende Gewissheit, etwas Verbotenes zu tun, die unbestimmte Gefahr auf der einen und das Geborgensein auf der anderen Seite. Alles war wieder da gewesen – auch die Erinnerung an...

So stand er jetzt da, alleine, an den bröseligen Sandstein der kühlen Wand gelehnt, überwältigt von all den Eindrücken und Emotionen, von den verdrängten Ereignissen der Vergangenheit.

Mit wackeligen Beinen machte er sich auf den Weg zum Treffpunkt. Zielsicher durchschritt er Gang für Gang, nahm unzählige Abzweigungen und bewegte sich immer weiter hinein in das Labyrinth, immer tiefer hinunter in das Innere des Burgbergs. Zu Beginn hingen noch in regelmäßigen Abständen Infotafeln für die verschiedenen Führungen an den Wänden, doch je weiter er kam, desto spärlicher wurden sie, bis er schließlich in einen Bereich kam, der nicht öffentlich zugänglich war.

Hier lag Schutt und Geröll auf dem Boden, altes Holz, kaputte Stühle und Kartons. Man hatte sich keine Mühe gegeben, diesen Teil der Anlage aufzuräumen und zur Besichtigung freizugeben. Hierher verirrte sich nur selten jemand, daran hatte sich auch in den vergangenen Jahren wenig geändert.

Vorsichtig bahnte er sich einen Weg durch den Müll, zwängte sich durch einen schmalen Durchgang und stand vor einer niedrigen, massiven Holztür.

Er war am Ziel.

Alles war noch so wie damals.

Fast alles, denn das wuchtige Vorhängeschloss war verschwunden, was ihn sehr wunderte, denn sie hatten immer viel Wert darauf gelegt, den Raum ordnungsgemäß abzusperren.

Offensichtlich wurde er bereits erwartet.

Langsam schob er die Tür einen Spalt auf und leuchtete in

den kleinen Raum hinein. Ein Schwall abgestandene Luft kam ihm entgegen, eine Mischung aus gammeligen Essensresten, Bier und feuchten Matratzen.
Niemand war da.
Er ging hinein.
Ein kurzes Lächeln huschte über sein Gesicht. Es war aufregend gewesen damals. Sie hatten viel Zeit hier unten verbracht, hatten sich regelmäßig getroffen, sich großartig gefühlt in ihrem Geheimversteck, das nicht einmal ihre Eltern kannten. Niemand hatte davon gewusst, sie hatten keinen mitbringen, niemanden einweihen dürfen in ihr Geheimnis. Durch Zufall hatten sie den versteckten Zugang und wenig später diesen verlassenen Raum entdeckt, der beinahe an ein Verlies erinnerte.
Hätte jemand davon erfahren, wäre es vermutlich vorbei gewesen.

Plötzlich war ein Geräusch zu hören.
Sein Herz schlug einen Takt schneller, er atmete flacher.
Da kam jemand!
Natürlich kam da jemand, deshalb war er ja hier, er wartete auf einen Freund, einen alten Freund, mit dem er sich treffen wollte.
Warum also war sein Körper in Hab-Acht-Stellung, beschlich ihn ein Anflug von Angst?
„Hallo?", rief er mit einem leichten Zittern in der Stimme in Richtung Tür. „Bist du das?"
Im nächsten Moment wurde ihm die Tür vor der Nase zugeschlagen.
Er war gefangen!

4

Ein lautes, penetrantes Geräusch riss Charlotte aus dem Schlaf. Es war schrill, durchdringend, lästig – und hörte einfach nicht auf. Immer und immer wieder bohrte es sich ungnädig durch die Trommelfelle direkt hinein in den schmerzenden Kopf. Genervt presste sich Charlotte ihre Bettdecke auf die Ohren, aber das Klingeln fand auch durch die dicke Schicht Daunenfedern seinen Weg in ihr Bewusstsein.
„Tim", presste sie mühsam hervor. Ein schneller Blick auf den Wecker verriet ihr, warum sie so unfassbar müde war: 6:30 Uhr! Sie hatte gerade einmal vier Stunden geschlafen. Stöhnend tastete sie mit der rechten Hand die zweite Betthälfte ab.
Leer. Das Bett neben ihr war leer.
Konnte es wirklich sein, dass jemand so ein leidenschaftlicher Frühaufsteher war, dass er bereits nach vier Stunden Schlaf schon wieder Energie hatte? Aufstehen und die Welt verbessern wollte?
Und immer wieder das fürchterliche Klingeln.
Charlotte rollte sich jammernd unter ihrer Zudecke zusammen, versuchte gerade, sich an den Gedanken zu gewöhnen, jetzt aufstehen zu müssen, als das Geräusch plötzlich verstummte.
Was blieb, war lediglich ein leises Summen in ihren Ohren.
Sonst war es still. Wunderbar still. Für wenige Sekunden.
Da waren Stimmen im Treppenhaus, ein Schlüssel im Schloss...
„Komm erstmal rein", flüsterte Tim rücksichtsvoll. „Charlotte schläft bestimmt noch."
Tim und eine weitere Person schlichen nahezu geräuschlos in die Küche und schlossen die Tür.
Hatte sie nicht das Knistern einer Papiertüte gehört?

Wurde nicht eben die Kaffeemaschine eingeschaltet?
Wer war da in der Küche?
„Na gut!", grummelte Charlotte genervt. „Dann stehe ich auf. Ist ja auch egal, dass ich heute frei habe und ausschlafen könnte."
Schwungvoll schlug sie die Decke zurück, schwang die Beine über den Bettrand, zog sich die bunten Stricksocken über und schlüpfte in ihre flauschige Fleecejacke. Egal wer da zu nachtschlafender Zeit mit ihrem Freund in der Küche frühstückte, der oder diejenige würde nun eine ungewaschene, unausgeschlafene Charlotte im Schlafanzug ertragen müssen.
Mürrisch öffnete sie die Küchentür.
„Guten Morgen, Schatz", begrüßte sie ein gut gelaunter Tim mit leuchtenden Augen und von der Kälte geröteten Wangen. Augenscheinlich war er bereits beim Bäcker gewesen, denn auf dem Tisch stand der Brotkorb mit knusprig frischen Brötchen. „Darf ich dir auch einen Cappuccino machen?"
„Ja, gerne", murmelte sie und bemerkte erst jetzt die zusammengesunkene Gestalt auf dem Küchenstuhl.
„Sandra!", entfuhr es ihr erschrocken. „Wie siehst du denn aus?"
Sandra trug noch immer ihr Kostüm, die Haare waren verfilzt, das Gesicht verschmiert. Sie zitterte am ganzen Leib. Tränen rannen ihr über die Wangen.
Sie bot ein Bild des Jammers.
„Warst du noch gar nicht zu Hause?"
Charlotte war schlagartig wach, reichte der Freundin ein Taschentuch und setzte sich betroffen zu ihr an den Tisch.
Bei dem bedauernswerten Zustand, in dem sich ihre Freundin befand, war der Streit der vergangenen Nacht vergessen.
„Was ist denn passiert?"
Sandra starrte zu Boden und schwieg.
Charlotte warf Tim einen fragenden Blick zu.
„Ich kam gerade vom Brötchenholen zurück, da stand sie klingelnd vor der Haustür."
Vorsichtig stellte er eine große Tasse Kaffee vor Sandra ab.

„Trink erst einmal. Du zitterst ja vor Kälte."
Sandra nahm die heiße Tasse in ihre blaugefrorenen Hände.
„Warst du etwa die ganze Nacht draußen?", fragte Charlotte mit einem leicht vorwurfsvollen Unterton in der Stimme, doch auch dieser Versuch, das Gespräch in Gang zu bringen, scheiterte.
„Wenn du nicht sagst, was los ist, kann ich dir auch nicht helfen", setzte sie nach, stand auf und holte drei Gläser Marmelade aus dem Schrank.
Sie spürte, wie sie langsam wieder ungeduldig wurde. So gern sie Sandra auch mochte, es war manchmal richtig anstrengend, mit ihr befreundet zu sein.
Sie war ein solcher Pechvogel, zog das Unglück förmlich an – und weidete sich dann darin. Sie konnte jammern und wehklagen, ließ sich bemuttern, bemitleiden und versorgen wie ein kleines Kind. Und immer wieder geriet sie an Männer, die sie ausnutzten, nicht ernst nahmen, mit ihr spielten.
Als sie vor acht Jahren den über 15 Jahre älteren Konstantin von Stetten kennenlernte, war das Desaster in Charlottes Augen schon vorprogrammiert. Konstantin wollte angeblich eine starke, selbstbewusste Frau, mit der er sich messen konnte. Sandra aber war zu schwach für ihn, hatte ihm nichts zu bieten, konnte ihm nichts recht machen. Warum er sie geheiratet hatte, war Charlotte schleierhaft. Die Ehe wurde zur Quälerei für alle Beteiligten – nicht zuletzt für Charlotte, bei der sich Sandra regelmäßig ausgeweint hatte. Als sich Sandra nach über fünf Jahren endlich dazu durchgerungen hatte, die Scheidung einzureichen, war sie emotional am Ende. Sie konnte ihren Beruf als Krankenschwester nicht mehr ausüben und ging regelmäßig zur Therapie.
Konstantin ließ ihr auch dann keine Ruhe. Immer wieder drangsalierte er sie, versuchte weiterhin, die Kontrolle über ihr Leben zu behalten. Die gescheiterte Ehe war natürlich auch unangenehm für sein Ego. Er, der sonst immer alles im Griff hatte, sollte plötzlich jeglichen Einfluss auf seine Frau verlieren? Das konnte er nicht zulassen.
Sandra war kurz davor gewesen, den Scheidungsantrag zurückzuziehen. Allein dem Engagement Charlottes und der

Anwältin war es zu verdanken, dass die Trennung auch vollzogen wurde.
In den letzten Monaten schien es Sandra wieder besser zu gehen. Sie hatte einen neuen Job, der ihr sehr viel Spaß machte und wirkte deutlich ausgeglichener – bis sie diesen Magnus kennengelernt hatte.
„Er ist nicht gekommen und meldet sich auch nicht", wisperte sie kaum hörbar. „Dabei hat er es versprochen."
Charlotte warf Tim einen flehenden Blick zu. Er verstand sofort, was gemeint war und verließ mit seiner Kaffeetasse die Küche. „Ich muss noch korrigieren", verkündete er. „Ihr kommt doch sicher alleine zurecht?"
„Ich mache mir solche Sorgen, dass ihm etwas passiert ist", brach es aus Sandra heraus, kaum, dass sich die Tür hinter Tim geschlossen hatte. „Es muss etwas passiert sein, das spüre ich!"
Sandras verzweifelte Miene versetzte Charlotte einen Stich. Die Freundin tat ihr so leid. Auf der anderen Seite hatte sie keine Ahnung, wie sie helfen konnte. Am liebsten würde sie mit ihr verreisen. Einfach für eine Woche auf die Malediven oder vielleicht doch nur in den Bayerischen Wald. Hauptsache weg von hier, weg von dem ganzen Durcheinander, dem ganzen Stress.
„Du musst mir helfen", flehte Sandra und begann wieder zu schluchzen.
„Aber wie denn?" Charlotte schmierte sich Butter und Marmelade auf eine Brötchenhälfte und biss mit großem Appetit hinein. Sie ahnte, dass sie an diesem Morgen noch viel Kraft brauchen würde.
„Was sollen wir denn tun?", fragte sie mit vollen Backen.
„Wir müssen ihn suchen!"
Plötzlich waren Sandras Lebensgeister erwacht. Erwartungsvoll blickte sie Charlotte mit weit aufgerissenen Augen an, wischte sich die Tränen ab und sprang auf. „Jetzt!"
„Aber..."
„Kein Aber! Ich will nicht länger herumsitzen und darauf warten, dass etwas passiert! Ich muss endlich selbst aktiv werden!"

Charlotte traute ihren Augen kaum.
Gerade noch hatte sie einem Häufchen Elend gegenüber gesessen, plötzlich stand da eine junge Frau voller Energie und Tatendrang.
„Zieh dich an, wir fahren zu seiner Wohnung!"
Charlotte verschluckte sich beinahe an ihrem Brötchen. Was war das denn für ein Kommandoton?
„Bitte", setzte Sandra versöhnlich hinzu. „Ich will endlich wissen, was da los ist. Und dazu brauche ich deine Hilfe."
Charlotte seufzte. Was blieb ihr anderes übrig?
„Gib mir noch zehn Minuten."

Wenig später saßen sie erneut in einem Taxi – diesmal auf dem Weg zum *Hirsch* in die Südstadt, wo sie am vergangenen Abend ihre Fahrräder abgestellt hatten. Da keine von beiden ein Auto hatte, waren sie bei jedem Wetter das ganze Jahr mit dem Fahrrad unterwegs. Bei der angespannten Parksituation in der Stadt war das auch sehr vernünftig. Charlotte hatte mit Mühe die Freundin dazu überreden können, statt des Faschingskostüms doch vernünftige Kleidung anzuziehen und sich die Schminke aus dem Gesicht zu waschen. Dadurch, dass sie etwa die gleiche Figur hatten, konnte sich Sandra aus Charlottes Kleiderschrank etwas Passendes aussuchen.
„Weißt du denn, wo er wohnt?", fragte Charlotte, als sie mit kalten Fingern ihr Fahrrad aufsperrte.
„Ja, in der Okenstraße 17."
„Hat er dir das gesagt?"
„Nicht direkt", gab Sandra verlegen zu. „Ich habe mal gehört, wie er es am Telefon jemandem gesagt hat."
„Na dann! Auf geht´s. Es ist ja nicht so weit", meinte Charlotte und verkniff sich jeden weiteren Kommentar.

Dick in ihre Daunenjacken, Lammfellhandschuhe und Strickmützen gepackt strampelten die beiden Frauen auf schneeglatter Fahrbahn in Richtung Norden. Nach etwa einem Kilometer erreichten sie eine kleine Querstraße der Gibitzenhofstraße – die Okenstraße. Hier im Herzen der Südstadt sahen die vierstöckigen Mietshäuser alle gleich aus.

Gelegentlich stand ein einsamer, kahler Baum am Straßenrand, als hätte er sich versehentlich hierher verirrt. Charlotte kannte die Gegend, hatte sie doch selbst einige Jahre hier gewohnt – direkt an der Hauptstraße mit zwei Fahrbahnen in jede Richtung und der Straßenbahn in der Mitte. Es war immer laut, zu laut für Charlottes Geschmack. Die Leute hatten gesagt, sie würde sich schon an den Lärmpegel gewöhnen, aber auch nach Jahren hatte sich nicht die geringste Gewöhnung eingestellt. Um so glücklicher war sie, als sie zusammen mit Tim in die kleine Gasse in der Altstadt gezogen war, zentral gelegen und doch ruhig.
Vor dem Haus mit der Nummer 17 stiegen sie ab.
„Wie heißt er mit Nachnamen?", fragte Charlotte, während sie den Blick auf das messingfarbene Klingelschild geheftet hatte.
„Larsson, Magnus Larsson", antwortete Sandra und hüpfte nervös von einem Bein auf das andere.
War es richtig, Magnus einfach zu besuchen, obwohl es ganz klar war, dass er nicht wollte, dass jemand zu ihm nach Hause kam? Wie würde er reagieren? Würde er sie überhaupt hereinlassen?
Egal, das Risiko mussten sie eingehen. Sie musste einfach wissen, warum er sich am vergangenen Abend nicht gemeldet hatte, musste wissen, ob es ihm gut ging.
„Hier steht kein Magnus Larsson", wunderte sich Charlotte. „Bist du sicher, dass die Adresse stimmt?
„Ja, ich meine, ich denke schon, dass ich richtig gehört habe, aber warum, ...", stotterte Sandra irritiert und scannte noch einmal das Klingelschild nach dem gesuchten Namen ab.
Nichts.
Was war da los?
Hatte er sie belogen? Oder hatte sie sich nur verhört?
„Das kann doch nicht sein. Was sollen wir denn jetzt tun?"
In diesem Moment öffnete sich die Tür und ein älteres Paar trat auf die Straße heraus.
„Suchen Sie jemanden?", fragte die Frau freundlich.
„Ja, wir wollen zu Herrn Larsson", versuchte Charlotte ihr Glück. „Kennen Sie ihn?"
Die Frau schaute ihren Mann fragend an. „Wie soll der

Mann heißen?"
„Larsson, Magnus Larsson."
„Hier wohnt kein Larsson, ganz sicher nicht. Wissen Sie, wir wohnen seit über 50 Jahren in dieser Wohnung, und mein Mann ist seit etwa 20 Jahren der Hausmeister. Wir kennen jeden Mieter im Haus. Das tut mir leid. Vielleicht haben Sie sich ja in der Hausnummer geirrt?"
„Ja, das kann sein. Trotzdem vielen Dank und einen schönen Tag noch."
Sandra blickte den beiden mit versteinerter Miene hinterher.
Charlotte versuchte, die Freundin aufzumuntern. „Wie wäre es mit einem zweiten Frühstück? Fahren wir doch zu dir, das ist ja nicht weit. Vielleicht hat er bei dir zu Hause auf deinem Festnetzanschluss eine Nachricht hinterlassen?"
„Ja", rief Sandra hoffnungsvoll, „du hast recht! Ich fahre hier durch die Kälte, dabei versucht er vielleicht die ganze Zeit, mich daheim zu erreichen."
So schnell es ihre klammen Finger zuließen, sperrte sie ihr Fahrrad wieder auf, schwang sich auf den Sattel und trat in die Pedale. „Ich fahre schon vor!", rief sie noch schnell über die Schulter. „Bist du so lieb und bringst mir zwei Dinkelbrötchen mit?"
Und weg war sie.

„Na prima", murmelte Charlotte missmutig vor sich hin und folgte der Freundin.
Dieser Magnus wurde ihr immer unsympathischer, obwohl sie ihn gar nicht kannte. Sie konnte diese Spielchen nicht ausstehen. Er wusste sicher alles über Sandra, während sie so gut wie nichts über ihn wusste – nicht einmal seine Adresse. Charlotte war sich sicher, dass sich Sandra nicht verhört hatte. Er hatte Okenstraße 17 gesagt, ein Haus, in dem definitiv kein Magnus Larsson wohnte.
Seufzend setzte sie sich auf ihr Rad und steuerte auf den nächsten Bäcker zu. Doch das zweite Frühstück musste warten, denn Sandra kam ihr bereits schon wieder entgegen gefahren.
„Er hat sich nicht gemeldet", rief ihr Sandra zu. „Wir fahren jetzt zu Franky in die Findelwiesenstraße."

Charlotte stöhnte.
Es war wirklich nicht das schönste Wetter für eine ausgedehnte Radtour durch die grauen Häuserschluchten der Nürnberger Südstadt, die selbst bei herrlichstem Frühlingswetter kein gern gewähltes Ausflugsziel waren. Aber am Faschingsdienstagmorgen bei einigen Grad unter Null war es schon fast eine Höchststrafe.
„Wer ist Franky?", schrie sie der Freundin hinterher, doch sie erhielt keine Antwort.
Wenige Minuten später stieg sie keuchend vom Rad. Ihr Unterhemd war samt T-Shirt bereits durchgeschwitzt, der dicke Schal fühlte sich feucht an. Trotzdem öffnete sie ihre Jacke und spürte sofort, wie die Kälte auf ihren erhitzten Körper traf.
Das konnte nicht gesund sein.
Schnell schloss sie den Reißverschluss wieder und folgte Sandra, die bereits ungeduldig wartete.
„Er macht nicht auf", jammerte sie. „Womöglich sind sie gemeinsam verschwunden?"
„Jetzt beruhige dich doch", entgegnete Charlotte mindestens ebenso ungeduldig. Dieser jammervolle, elende Ton in Sandras Stimme machte sie wahnsinnig. Mag sein, dass Sandra verliebt war und sich Sorgen machte. Aber es ging in diesem Fall um einen äußerst unzuverlässigen Zeitgenossen, der Sandra aller Wahrscheinlichkeit nach nicht einen Bruchteil von der Zuneigung entgegen brachte, die sie an ihn verschwendete.
Er hatte die Verabredung mit ihr einfach vergessen, war mit seinen Freunden am Rosenmontag versumpft und schlief gerade irgendwo seinen Rausch aus – vermutlich hier in dieser Wohnung in der Findelwiesenstraße 1.
„Schau mal auf die Uhr. Es ist noch vor neun. Wahrscheinlich schläft dieser Franky noch. Wer ist das überhaupt?"
„Es ist Magnus` bester Freund. Er weiß bestimmt, wo er ist", gab Sandra zurück und drückte erneut mehrmals auf die Klingel neben dem schlampig aufgeklebten Schildchen, auf dem nur noch schwach der Name *Dix* zu lesen war.
Frank Dix, sinnierte Charlotte, auch kein Allerweltsname.

Sie begann zu frieren. „Komm jetzt, wir frühstücken und versuchen es nachher noch einmal."

„Ich muss wissen, was los ist", entgegnete Sandra, ohne sich umzudrehen. „Du kannst ja nach Hause fahren, ich schaffe das schon."

„So ein Quatsch." Charlotte verdrehte genervt die Augen. „Ich lasse dich doch jetzt nicht alleine hier stehen."

Plötzlich ertönte ein leiser Summton.

„Na also", meinte Sandra erleichtert, öffnete die schwere Tür und ging ins dunkle, muffige Treppenhaus.

„Wer ist da und was wollen Sie mitten in der Nacht?", hörte man eine raue, verschlafene, alles andere als gut gelaunte Stimme. Eine Wohnungstür im Erdgeschoss war einen Spalt breit geöffnet. Im Dämmerlicht konnte man einen großen, schlanken, unrasierten Mann in Boxershorts und mit zerzaustem Haar erkennen. Aus der Wohnung drang eine Wolke unangenehmer Gerüche, eine Mischung aus Zigarettenrauch, Alkohol und nassem Hund.

Charlotte trat unwillkürlich einen Schritt zurück, doch Sandra schien dieser Angriff auf ihren Geruchssinn nichts auszumachen.

„Bist du Franky?", fragte sie erwartungsvoll.

Der Mann musterte sie skeptisch von oben nach unten.

„Wer will das wissen?"

„Ich bin Sandra", erklärte sie. „Sandra Watzlawick."

„Na und, Sandra Watzlawick, sollte ich dich kennen?", fragte er spöttisch.

„Ich bin die Freundin von Magnus", ergänzte sie schnell. „Er muss doch von mir erzählt haben. Schließlich bist du doch sein bester Freund."

Franky lachte schallend und öffnete dabei die Tür noch etwas weiter, was zur Folge hatte, dass eine weitere Duftwolke aus der Wohnung strömte und zudem auch noch einige Ursachen des strengen Geruchs sichtbar wurden.

Im Flur lagen zwei große Schäferhunde auf schmutzigen, fleckigen Kissen zwischen Bergen von Müll und starrten die Besucher aus müden Augen an. Das kleine Stückchen Teppich, das nicht von Müll bedeckt war, war von kleinen, runden Brandlöchern durchsetzt.

Aschenbecher schienen in diesem Haushalt ebenso verzichtbare Accessoires zu sein wie Besen, Staubsauger oder Putzlappen.
Charlotte konnte nur mit Mühe einen Brechreiz unterdrücken.
„Das hat er dir erzählt, der Idiot?", presste Franky unter Gelächter hervor. Dabei präsentierte er eine Galerie reparaturbedürftiger, oder gar nicht mehr vorhandener Zähne, die bei einer möglichen Berührung mit einer Zahnbürste vermutlich sofort alle vor Schreck herausfallen würden. Dabei schätzte ihn Charlotte erst auf etwa 30 Jahre. Es war schon erschütternd, wie unwichtig manchen Leuten die eigene Gesundheit war. Wahrscheinlich hatte dieser Mann nicht einmal eine Krankenversicherung.
„Wie meinst du das?", fragte Sandra vorsichtig nach.
Charlotte wollte das, was jetzt kam, gar nicht hören, aber Franky legte bereits los, natürlich ohne Rücksicht auf Sandras Gemütszustand.
„Du bist also seine Freundin?", fragte er höhnisch. „Hat er dir auch von all seinen anderen Freundinnen erzählt? Ich weiß gar nicht, wieviel er momentan am laufen hat, der Frauenheld."
„Aber ...", stammelte Sandra mit Tränen in den Augen.
„Nichts aber, Kleines, du bist auf ihn hereingefallen, wie die anderen auch. Und das mit dem besten Freund würde ich auch ganz anders sehen."
Er kam jetzt ganz nah an Sandra heran. Charlotte wandte sich angewidert ab.
„Magnus hat keine besten Freunde, er hat nämlich gar keine Freunde, verstehst du? Und jetzt lass mich schlafen!"
„Weißt du, wo er ist?", rief ihm Sandra noch hinterher, kurz bevor er die Tür schließen konnte.
Franky drehte sich um und grinste überheblich.
„Man weiß nie, wo er ist."
Krachend fiel die Tür ins Schloss.

5

Er erwachte, wusste zunächst nicht, wo er sich befand, blickte auf die Uhr: 6:45 Uhr.
Was war passiert?
Die Erkenntnis traf ihn wie ein Keulenhieb.
Er war gefangen, saß in einem feuchten Loch tief unten in den Felsengängen, tief unter der Stadt, in einem Raum, den so gut wie niemand kannte.
Man hatte ihn hierher gelockt und eingesperrt.
Er sollte sich eigentlich mit einem Freund treffen, doch niemand war gekommen.
Noch Stunden später hatte er die Hoffnung gehabt, sein Freund würde jeden Augenblick lachend in der Tür stehen und ihm fröhlich über seinen gelungenen Scherz auf die Schulter klopfen, um anschließend gemeinsam mit ihm in der Vergangenheit zu schwelgen.
Niemand war gekommen.
Er war wütend geworden, hatte gebrüllt, getobt, sich die Fäuste an der Tür blutig geschlagen. Schließlich war er wohl vor Erschöpfung eingeschlafen.
Panisch warf er einen Blick auf das kleine, grüne Display eines schwarzen Kästchens, das an seinem Gürtel befestigt war – die Insulinpumpe.
Er war Diabetiker und trug seit einigen Jahren diese Pumpe, die seinem Körper in kurzen Abständen geringe Mengen Insulin verabreichte. In verschiedenen Schulungen und Seminaren hatte er gelernt, mit der Krankheit zu leben. Er war sehr gut auf das Medikament eingestellt und führte nahezu das Leben eines Gesunden – vorausgesetzt er hatte Zugang zu ausreichend Insulin.
Wie oft schon hatte er sich ausgemalt, was passieren würde, wenn er beim Joggen im Wald zusammenbrechen würde, denn beim Sport nahm er die Pumpe immer ab.

Was, wenn er entführt würde?
Er hatte diese Horrorszenarien nie zu Ende gedacht, zu beängstigend war die Vorstellung immer gewesen.
Jetzt war sie Realität!
Er saß gefangen in diesem Raum und musste hoffen, dass sein Insulinvorrat reichen würde, bis er wieder frei kam – vorausgesetzt man würde ihn überhaupt finden.
Eine Gänsehaut überzog seinen Rücken, der Schweiß brach ihm aus allen Poren, er konnte regelrecht spüren, wie sich das Adrenalin in jeder Faser seines Körpers ausbreitete und seinen Blutzuckerspiegel nach oben drückte.
„Ruhig, ganz ruhig", murmelte er vor sich hin und versuchte die aufkeimende Panik in den Griff zu bekommen.
Mit zitternden Fingern fischte er sein Messgerät aus der Tasche, pikste sich in die Fingerkuppe, entnahm mit einem Teststreifen einen Tropfen Blut und steckte es in das Messgerät. Der Wert war nur leicht erhöht – noch!
Ein Blick auf das Display der Pumpe verriet ihm, wieviel Insulin in der Kartusche noch vorrätig war: 46 Resteinheiten, das würde für etwas mehr als drei Tage reichen – vorausgesetzt er würde nichts essen.
Bei jeder Zufuhr von Kohlenhydraten würde sein Körper mehr Insulin brauchen, was ihm dann am Ende fehlen würde.
Er schluckte, als ihm bewusst wurde, dass er sich nun würde entscheiden müssen: Entweder er aß nichts, dann reichte der Vorrat aus, um ihn etwa vier Tage am Leben zu erhalten, oder er nahm etwas zu sich, dann war die Kartusche schon entsprechend früher leer.

Er atmete tief durch, zwang sich, ruhig zu bleiben, sah sich in seinem Gefängnis um.
Es gab die feuchte Matratze, auf der er gerade saß, ein wackeliges Regal mit einigen Schokoriegeln, Salzgebäck, Chipstüten und Dosen mit Red Bull, einem koffeinhaltigen, zuckersüßen Aufputschgetränk. Am Boden standen zwei Flaschen Wasser und ein halbvoller Kasten Cola. In der Ecke entdeckte er eine Campingtoilette, von der Decke baumelte ein Kabel mit einer nackten Glühbirne, die

schummriges Licht verbreitete.
Zumindest musste er nicht im Dunkeln sitzen.
Er war alleine.
16 Meter unter der Erde.
Man hatte ihn hierher gelockt, um ihn, ja, was hatte man mit ihm vor?
Wollte man ihn hier unten verrecken lassen?
Angst kroch in ihm hoch.
Entsetzliche Angst.
Er sprang auf, trommelte mit beiden Fäusten an die Tür, schrie, was seine Lungen hergaben, obwohl er wusste, dass ihn niemand hören konnte.
Verzweifelt durchsuchte er den Raum nach einem Brecheisen, einer Eisenstange oder etwas Ähnlichem, mit dem er die Tür aufbrechen konnte.
Sein Blick fiel auf das Regal. Es war aus mehreren Metallteilen zusammengeschraubt.
Vielleicht konnte er die Böden abnehmen und die Seitenträger als Brecheisen benutzen?
Hektisch fegte er alle Tüten und Dosen herunter, drehte das Gestell um und entdeckte auf der Unterseite, dass die Böden mit rostigen Schrauben fixiert waren. Ohne Werkzeug würde er die Muttern nie lösen können.
Ein kurzer Blick durch sein Gefängnis machte ihm schnell klar, dass kein gut gefüllter Werkzeugkoffer auf ihn wartete, kein Schraubenschlüssel, keine Zange, nicht einmal ein kleines Taschenmesser.
Nichts.
Dann musste es so gehen.
Er packte das Regal, versuchte, das Ende eines Seitenträgers in den winzigen Türspalt zu stecken, doch der Spalt war zu schmal.
Außer sich vor Wut schlug er mit dem Metallgestell auf die Tür ein.
Er tobte und schrie.
Vergeblich!
Die Tür blieb verschlossen.
Er war alleine, von der Außenwelt abgeschnitten.
Lebendig begraben!

6

Dunkelheit, Kälte und dichter Nebel lagen wie ein schützender Film über der langsam erwachenden Stadt. Nach dem Faschingstrubel der vergangenen Tage hing der Geruch nach Schwefel und Alkohol noch in den Ritzen, schien der Lärm der Feiernden, das Knallen der Böller und Dröhnen der Musik noch immer zwischen den Mauern nachzuhallen.

Am Aschermittwoch ist alles vorbei... von wegen.

Da fängt alles erst an.

Zumindest für Manfred Wenninger und seine Kollegen von der Stadtreinigung. Die Männer und Frauen in den dicken, orangeroten Anzügen mit den breiten Reflektorstreifen und den gefütterten Mützen auf den müden Köpfen waren bereits seit einer Stunde unterwegs, um die Hinterlassenschaften der Nachtschwärmer zu beseitigen. Fluchend stocherten sie mit den langen Borsten ihrer groben Besen im Schnee nach Pappbechern, Papiertüten und Plastikflaschen.

Diese Wetterlage war so ziemlich das Schlimmste, was ihnen am Aschermittwoch passieren konnte:

Schnee und Frost.

Tagsüber würde der Schnee etwas antauen – es waren für heute erstmals Plusgrade gemeldet – nur um nachts dann wieder festzufrieren, zusammen mit all dem Müll. Womöglich würde der ganze Dreck dann auch noch mit einer dichten Neuschneedecke zugeschneit werden. Wenn dann endlich Tauwetter einsetzte, hätte man eine unerträgliche Mischung aus Schneematsch und altem, halb vergammeltem, schmierigem Müll. Und dann würde es wieder heißen, die Stadtreinigung habe versagt.

Nein! Manfred Wenninger wollte dieses Horrorszenario unter allen Umständen vermeiden und hatte seine Mitarbeiter heute bereits eine Stunde früher als sonst zum

Dienst eingeteilt. Schließlich nahm er seinen Job ernst und ließ sich keine Nachlässigkeit vorwerfen.

Obwohl die Stadtreinigung seit Jahren schon mit modernen Kehrfahrzeugen ausgestattet war, war heute auf dem steilen, eisglatten und verschneiten Kopfsteinpflaster des Burgberges Handarbeit gefragt.

Die orangeroten Gestalten hatten ihr Fahrzeug auf dem Sebalder Platz abgestellt und arbeiteten sich nun schweigend, wie einst Beppo Straßenkehrer in Michael Endes Roman Momo, in Richtung Dürerplatz voran.

„Franz!", rief Manfred Wenninger einem seiner Kollegen zu und deutete auf einen ansehnlichen Müllhaufen, den er eben aufgeschichtet hatte. „Ich hab wieder einen!"

Franz Schobert, dem wegen seines Namens immer wieder scherzhalber ein außergewöhnliches musikalisches Talent unterstellt wurde, winkte zurück und schob seine riesige Schubkarre den Berg hinauf.

Während Franz Schobert den vorbereiteten Haufen in seine bereits mehr als halbvolle Karre schaufelte, wandte sich Manfred den nächsten Böllerresten, Fast-Food-Tüten und Zigarettenschachteln zu.

Er liebte seinen Job, liebte das gleichförmige, rhythmische Kehren an der frischen Luft, liebte die sauberen Straßen, die er hinterließ. Es hatte beinahe etwas Meditatives, Beruhigendes. Er konnte seine Gedanken schweifen lassen, überlegen, was er nach Dienstschluss machen, wohin er im nächsten Urlaub fahren möchte.

Inzwischen hatte er das Dürer-Denkmal erreicht.

Mächtig und imposant stand Albrecht in seinem edlen Mantel und mit wallendem Haar auf einem steinernen Sockel und blickte hinab auf seine Stadt. Im Sommer saßen fast die ganze Nacht junge Leute auf den Stufen zu seinen Füßen, rauchten, tranken Bier oder ließen sich ein Bratwurstbrötchen schmecken.

Schade eigentlich, dass der Platz um den berühmtesten Sohn der Stadt herum so langweilig war, so wenig imposant und mächtig, so gar nicht der Prominenz des Mannes in Stein angemessen. Parkende Autos, gleichförmige Wohnhäuser aus den 50er Jahren, eine Apotheke. Vielleicht tröstete es ihn, dass er direkt hinüber zur Agnesgasse sehen konnte, jener schmalen, hübschen Gasse, die nach seiner Frau benannt worden war, wenngleich man Agnes Dürer auch eine Mitschuld am frühen Ableben ihres Gatten nachsagte. Sie sei ein *pöses weip* gewesen und habe *an seinem Herzen genagt*, hieß es.

Manfred musste lächeln.

Er interessierte sich sehr für die Geschichte Nürnbergs und liebte solche Anekdoten. Erst kürzlich hatte er erfahren, dass der steinerne Mantel des Künstlers am Rücken einen Flicken hat, ein Zeichen dafür, dass es seine Frau wohl mit ihren hauswirtschaftlichen Pflichten nicht ganz ernst genommen haben musste.

Langsam umrundete er den Sockel und stieß plötzlich mit seinem Besen an einen Turnschuh.

Erschrocken blickte er auf und entdeckte eine Gestalt in weißem, langem Kleid mit weiten, goldbestickten Ärmeln und üppigem, blond gelocktem Haar, in dem ein goldenes Krönchen steckte. Sie lehnte an der Rückseite des Denkmals, den Kopf auf die Brust gesunken, die Haare über dem Gesicht.

„Ja, Mädchen, was machst du denn hier in dieser Kälte? Steh auf, du holst dir doch den Tod!", rief er besorgt und schubste erneut mit seinem Besen den Turnschuh an.

„Was ist denn, Manfred?", fragte Franz neugierig und kam näher. „Hast du wieder eine Schnapsleiche gefunden?"

„Also, wie eine Schnapsleiche sieht das nicht aus. Eher wie das Christkind."

„Oder ein Rauschgoldengel", ergänzte Franz mit verklärtem Blick.

„Mädchen!", versuchte es Manfred erneut. Vorsichtig schob er die Haare beiseite und zuckte zurück.

„Na, das ist wohl eher der Erzengel Gabriel, schätze ich. Unser Rauschgoldengel könnte sich mal wieder rasieren."

Franz riss ungläubig die Augen auf.

„Ein Mann in einem Engelskostüm? Das hat es zu unserer Zeit nicht gegeben. Was ist mit ihm?"

Jetzt packte Manfred den Engel an der Schulter und rüttelte ihn kräftig.

„Hallo! Wachen Sie auf! Fasching ist vorbei! Heute ist Aschermittwoch!"
Doch der Engel antwortete nicht.
Er kippte zur Seite.
Franz schrie auf!
Der Rücken des weißen Gewandes war blutdurchtränkt.

7

Das ehrwürdige Dürer-Denkmal war weiträumig mit rotweißem Flatterband abgesperrt. Beamte in weißen Anzügen hatten um den Toten herum mehrere kleine Schildchen mit Zahlen aufgestellt, machten Fotos und sammelten jede noch so kleine Kleinigkeit auf, denn alles könnte wichtig sein. Mehrere Polizisten versuchten unterdessen, neugierige Passanten zum Weitergehen zu bewegen. Eine Gruppe asiatischer Touristen mit Headsets um den Hals zog Fotoapparate und Kameras verschiedenster Größe hervor, um das spektakuläre Geschehen für die Lieben zu Hause festzuhalten.

„Bitte gehen Sie doch mit ihrer Gruppe weiter", bat ein junger Mann in dicker Daunenjacke und bunter Strickmütze eine ältere Dame, deren Namensschild sie als Stadtführerin auswies. „Sie behindern nur die Polizeiarbeit."

„What happened?", fragte einer der Touristen und machte Anstalten, mit seinem Fotoapparat unter der Absperrung hindurch zu klettern, doch zum Glück setzte die Stadtführerin ihren Rundgang fort und zog den Schaulustigen von der Absperrung weg.

„Wir machen das schon. Geh du nur zu deiner Leiche", meinte einer der Uniformierten schmunzelnd und wies in Richtung des Toten.

Torsten Klein schluckte. Er war noch neu bei der Mordkommission, absolvierte hier seit etwa vier Monaten sein Umlaufpraktikum und damit seine Qualifizierung für den gehobenen Dienst. Von all den Dienststellen, die er innerhalb der vergangenen zwei Jahre besucht hatte, gefiel ihm diese hier am besten. Er schätzte die Zusammenarbeit mit Hauptkommissarin Charlotte Gerlach, mit der er im vergangenen Herbst seinen ersten Mordfall zu lösen hatte. Es war um einen Mann gegangen, der sich als Nachfolger

des berühmten Nürnberger Henkers Franz Schmidt gesehen hatte.
Und jetzt lag da ein junger Mann in einem Engelskostüm.
„Guten Morgen, Torsten", hörte er in diesem Moment erleichtert die etwas abgehetzte Stimme seiner Chefin und Kollegin. „Wie schaffst du es nur, immer vor mir da zu sein?"
Außer Atem steckte sie ihr Handy in die Jackentasche und tauschte ihre dicken Winterhandschuhe gegen ein Paar dünne Gummihandschuhe aus.
Es war zwar erst 6:30 Uhr, aber sie hatte das Gefühl, an diesem Morgen bereits mehrere Monate ihrer Gesamtlebenserwartung eingebüßt zu haben.
Nach der erfolglosen Suche nach Magnus und den niederschmetternden Aussagen seines angeblich besten Freundes war Sandra zusammengebrochen. Charlotte hatte sie mit nach Hause genommen und sich unter dem missbilligenden Blick Tims die halbe Nacht um sie gekümmert – und eben schon wieder ein zermürbendes Telefonat mit ihr geführt.
Es war ihr völlig schleierhaft, wie man es sich nur so extrem zu Herzen nehmen konnte, wenn man versetzt wurde. Es ging gerade einmal um einen oder zwei Tage. Außerdem konnte man nicht behaupten, dass die beiden bisher eine langjährige, vertrauensvolle, emanzipierte Beziehung geführt hatten, im Gegenteil. In Charlottes Augen fand die Beziehung allein in Sandras Kopf statt. Magnus hatte diesbezüglich sicher eine ganz andere Einschätzung. Trotzdem war es natürlich unmöglich und ärgerlich, Sandra in dem Glauben zu lassen und mit ihr zu spielen.
Aber es gehörten nun einmal immer zwei dazu.
Charlotte atmete tief durch und versuchte, Sandras Probleme auszublenden und sich auf ihre Arbeit zu konzentrieren. Sie war froh, dem Gejammer der Freundin für einige Stunden entfliehen zu können.
„Hallo, Charlotte. Ich bin doch Frühaufsteher und war schon mit dem Frühstück fertig, als der Anruf kam", grinste er.
„Das ist eine gute halbe Stunde Vorsprung", stimmte Charlotte zu. „Wo ist der Tote?"

„Hier, hinter dem Denkmal."
Torsten Klein führte sie hinter den steinernen Sockel.
„Hieß es nicht, es sei eine männliche Leiche? Das sieht eher aus wie", sie suchte nach den passenden Worten, „das Christkind."
„Oder ein Rauschgoldengel", ergänzte Torsten nüchtern.
„Das meinte zumindest einer der beiden Männer, die den Toten entdeckt haben."
Charlotte trat etwas verwirrt an den leblosen Körper heran.
„Ist es jetzt ein Mann oder eine Frau? Nehmt doch mal die Perücke ab."
„Es ist ein Mann von etwa 30 Jahren", erläuterte der Rechtsmediziner Jens Kohlbrenner sachlich, „und die Haare sind echt. Guten Morgen übrigens, Frau Kollegin."
„Oh!", entfuhr es Charlotte erstaunt. Sie dachte daran, wie viel Mühe es sie kostete, in ihre eher glatten Haare etwas Volumen zu bekommen. Und da lag ein Mann vor ihr, der mit reichlich Volumen im Haar gesegnet gewesen war.
„Entschuldige, Jens, ich wünsche dir natürlich auch einen guten Morgen. Wisst ihr schon, wer es ist?"
„Nein, er hatte keine Papiere bei sich."
„Ein Handy?"
„Haben wir noch keines gefunden. Er hatte nur einen Schlüssel und ein paar Münzen in der Hosentasche."
„Schlecht. Vielleicht sind ja seine Fingerabdrücke in unserer Datenbank?"
„Diese Frage kann dir unser Kollege von der Spurensicherung sicher schon bald beantworten", meinte Kohlbrenner augenzwinkernd.
Charlotte mochte den jungen Rechtsmediziner, der, anders als in vielen Fernsehkrimis beschrieben, kein einsilbiger, arroganter Angeber war, dem man alles aus der Nase ziehen musste. Er war mit Leidenschaft bei der Sache und lieferte alle Informationen schnell und zuverlässig, was Charlotte die Arbeit oft erheblich erleichterte.
„Er starb vermutlich an den Folgen eines Messerstichs in den Rücken. Ob der Stich selbst tödlich war, oder ob er dann später verblutet ist, kann ich noch nicht sagen."
„Wie lange ist er schon tot?"

„Kann ich auch noch nicht sagen. Es war frostig in der Nacht. Ich gehe aber davon aus, dass er irgendwann in der Nacht gestorben ist und gestern tagsüber noch nicht hier lag. Bei dem Faschingstrubel gestern wäre er doch bestimmt aufgefallen."

„Da wäre ich mir nicht so sicher. An Fasching sitzen an den unmöglichsten Plätzen die seltsamsten Gestalten", gab Charlotte zu bedenken und dachte an die aufwändig verkleideten Besucher der Rosenmontagsparty im *Hirsch*.

„Meinst du, das hier ist der Tatort?"

Kohlbrenner schüttelte den Kopf.

„Nein, dazu ist hier zu wenig Blut. Außerdem hat die Spurensicherung dort unten auf den Treppenstufen Blutspuren sichergestellt. Es sieht fast so aus, als sei er unten im Keller zumindest verletzt und dann hier abgelegt worden."

Der Rechtsmediziner wies auf eine Treppe, die direkt hinter dem Denkmal hinunter in die Felsengänge führte. Eine Informationstafel am Eingang warb für verschiedene Führungen durch die weit verzweigten Kelleranlagen im Nürnberger Burgberg.

Charlotte konnte sich noch vage daran erinnern, wie sie als Kind mit ihren Eltern einmal eine Führung durch die Anlage mitgemacht hatte. Das, was der Stadtführer damals erzählt hatte, hatte sie bereits eine Stunde später vergessen, aber an die Stimmung dort unten konnte sie sich noch sehr gut erinnern. Es war eine Mischung aus Beklemmung und Geborgenheit gewesen, aus Furcht und Abenteuerlust. Komischerweise war sie seither nicht mehr dort gewesen. Die Tatsache, dass der Burgberg durchlöchert war wie ein Schweizer Käse, war gänzlich aus ihrem Bewusstsein verschwunden.

„Frau Gerlach", riss sie ein Uniformierter aus ihren Gedanken. „Die Herren von der Stadtreinigung fragen, wann sie weitermachen dürfen."

„Stadtreinigung?", fragte Charlotte verständnislos.

„Die Herrschaften haben den Toten gefunden."

„Ja natürlich, ich komme. Torsten, kommst du mit?"

Die beiden stapften auf ein Grüppchen Männer zu, die ganz in Orange gekleidet waren. Sie standen ungeduldig um eine riesige Schubkarre voller Müll herum und hielten brennende Zigaretten in ihren dick behandschuhten Händen.

„Bitte entschuldigen Sie, dass Sie so lange warten mussten, aber ich muss immer zuerst mit dem Rechtsmediziner sprechen", erklärte Charlotte freundlich und zeigte ihren Dienstausweis. „Ich bin Kriminalhauptkommissarin Gerlach und leite die Ermittlungen. Wer von Ihnen hat den Toten entdeckt?"

„Ich habe zuerst gar nichts bemerkt", meldete sich ein etwa 50-jähriger Mann. „Und dann lag da plötzlich einer."

„Wir haben noch gesagt, sie soll aufstehen", mischte sich nun ein älterer Kollege ein. „Wir dachten natürlich, das sei ein Mädchen! Es kann ja keiner damit rechnen, dass heutzutage schon erwachsene Männer im Engelskostüm herumlaufen, oder?"

„Darf ich fragen, wie Sie heißen?", fragte Charlotte den jüngeren Mann.

„Wenninger, Manfred Wenninger", antwortete er, drückte seine Zigarette an der Schubkarre aus und warf sie anschließend hinein.

„Herr Wenninger, Sie haben den Toten zuerst bemerkt?"

„Richtig! Ich dachte auch, es sei ein Mädchen, das eines über den Durst getrunken hat wie so viele junge Leute, besonders an Fasching."

„Die jungen Leute saufen doch wie die Löcher", schimpfte der andere Mann, zog seinen Handschuh aus und streckte Charlotte seine schwielige Hand entgegen. „Schobert, Franz Schobert, nicht zu verwechseln mit Franz Schubert." Er lachte kurz auf, als freue er sich über den gelungenen Scherz. „Manfred hat den Engel entdeckt und dann gleich nach mir gerufen."

Charlotte zog belustigt die Augenbrauen nach oben.

„Gut, Herr Schobert, nicht Schubert. Was haben Sie dann gemacht?"

„Naja", fuhr Franz Schobert zögerlich fort, „wir konnten doch nicht ahnen, dass..."

„Sie haben ihn angefasst", mutmaßte Charlotte.

„Wir dachten doch, sie, beziehungsweise er, würde nur schlafen", verteidigte sich nun Wenninger.
„Das ist doch auch in Ordnung", beruhigte Charlotte die beiden Männer. „Das wäre mir genauso gegangen. Lag der Tote schon so da wie jetzt?"
„Nein, er saß an den Sockel gelehnt", berichtete Wenninger nun etwas ruhiger. „Deshalb habe ich doch auch gedacht er schläft. Ich habe ihn an der Schulter gerüttelt, wollte ihn aufwecken."
„Und dabei ist er umgekippt", vervollständigte Charlotte.
Wenninger nickte eifrig.
„Dann haben wir das Blut gesehen und sofort die Polizei verständigt. Wissen Sie, ich mache diesen Job schon seit über 20 Jahren, aber so was ist mir noch nie passiert. Fürchterlich ist das!"
„Ich kann sehr gut verstehen, dass Sie erschrocken sind. Kennen Sie den Mann zufällig?"
Wenninger schüttelte beinahe angewidert den Kopf. „Solche Leute kenne ich nicht, was denken Sie von mir?"
„Was meinen Sie mit *solchen* Leuten?", hakte Charlotte nach. Sie konnte sich zwar genau vorstellen, worauf ihr Gegenüber abzielte, wollte es aber gerne aus seinem Munde hören.
„Naja, Sie wissen schon, was ich meine", versuchte er sich aus der Affäre zu ziehen, doch die Kommissarin blieb hartnäckig.
„Meinen Sie Männer mit blondem Haar?"
„Nein", stammelte er unsicher. Eine leichte Röte überzog sein Gesicht. „Sie wissen schon, so Männer vom anderen Ufer." Verlegen trat er von einem Bein auf das andere und blickte zu Boden.
Charlotte wollte ihn nicht länger als nötig verunsichern und lenkte ein. Es war doch immer wieder erstaunlich, wie verkrampft viele Leute nach wie vor mit dem Thema Homosexualität umgingen. Viele fürchteten offensichtlich, allein dadurch, dass sie die entsprechenden Bezeichnungen in den Mund nahmen, bereits dieser Szene zugeordnet zu werden.
„Ach, Sie denken, der Mann war homosexuell?"

„Naja, wer lässt sich sonst die Haare lange wachsen und zieht ein Engelskostüm an? Mir würde so etwas nicht einfallen."
„Wir werden das überprüfen", meinte Charlotte versöhnlich. Sie würde sich jetzt ganz bestimmt nicht auf eine Diskussion über sexuelle Neigungen oder Modegeschmack einlassen. „Vielen Dank, die Herren. Ich denke, Sie haben Ihre Personalien bereits den Kollegen mitgeteilt. Falls wir noch Fragen haben, würden wir uns bei Ihnen melden."
„Das war's schon?", entfuhr es Schobert enttäuscht. „Aber wir haben doch einen Toten entdeckt, eine Leiche! Da sind wir doch wichtige Zeugen!"
„Das sind Sie auch, Herr Schobert", bestätigte Charlotte geduldig. „Gibt es noch etwas, was Sie mir zu dem Opfer sagen können?"
„Äh, nein, ich...", stotterte er kleinlaut. „Ich dachte nur..."
Charlotte klopfte ihm aufmunternd auf die Schulter und steckte ihm lächelnd ihre Visitenkarte in die Jackentasche.
„Rufen Sie mich doch einfach an, wenn Ihnen noch etwas einfällt. Vielen Dank."

„Charlotte, kommst du mal?" rief Markus Metz, der Leiter der Spurensicherung.
Er stand an der Treppe, die hinunter in die Felsengänge führte. „Wir sind jetzt fertig dort unten. So, wie es aussieht, hat sich das Opfer selbst nach oben geschleppt", erläuterte er. „An der Mauer sind Blutspuren. Wahrscheinlich hat er sich immer wieder an der Wand abgestützt – mit seinem eigenen Blut an den Händen."
„Habt ihr schon einen möglichen Tatort?", fragte Charlotte und wollte sich erst gar nicht vorstellen, welche Anstrengung es den Mann gekostet haben dürfte, sich schwer verletzt durch diese Gewölbe nach draußen zu schleppen.
„Noch nicht. Die Blutspur endet bereits nach wenigen Metern. Wir gehen später noch einmal mit jemandem hinunter, der sich dort auskennt, sonst habt ihr mal einen Spurensicherer gehabt", setzte er grinsend hinzu. „Aus diesem Labyrinth findest du alleine nicht mehr raus."

Charlotte schluckte und blickte mit gemischten Gefühlen die Treppe hinab, die an einer grauen Stahltür endete.

„Jetzt bringe ich das Blut ins Labor und überprüfe die Fingerabdrücke. Ihr wollt doch sicher bald wissen, wer das Opfer ist, oder?"

„Ja, das wäre doch sehr nützlich, danke dir, Markus."

Der Leiter der Spurensicherung war, ähnlich wie der Rechtsmediziner, ein sehr sympathischer, umgänglicher Kollege. Er war nur wenig älter als Charlotte und eigentlich immer fröhlich und gut gelaunt. Vor kurzem war er Vater geworden und erzählte seither gerne über Freud und Leid des Lebens mit einem Baby. Er hatte eine so lebhafte, witzige Art zu erzählen, dass es ein Vergnügen war, ihm zuzuhören, selbst wenn es um die Schilderung einer chaotischen, durchwachten Nacht oder den Kampf mit einer übervollen Windel ging.

„Bitte ruf mich an, sobald du etwas weißt!", rief ihm Charlotte noch hinterher, obwohl sie wusste, dass sie sich darauf verlassen konnte, schnell informiert zu werden.

„Warst du schon einmal dort unten?", fragte Torsten, als Markus Metz und seine Kollegen weg waren.

„Ja, als Kind, aber seither nicht mehr", antwortete Charlotte und ahnte, worauf ihr junger Praktikant anspielte. „Ich denke, wir sollten einen kurzen Blick hinunter werfen, was meinst du?"

„Immerhin ist irgendwo dort unten vermutlich der Tatort", stimmte Torsten zu. In seinen Augen konnte Charlotte eine gehörige Portion Abenteuerlust erkennen.

„Dann mal los."

8

Vorsichtig stiegen die beiden die rutschigen Stufen hinab in die Eingeweide der Stadt. Die Treppe wand sich in einem breiten, hell erleuchteten Treppenhaus nach unten. Nach den frostigen Temperaturen im Freien blies den Beamten ein nahezu warmes, feuchtes Lüftchen entgegen. Je tiefer sie nach unten kamen, desto wärmer wurde die Luft. Es roch nach Beton.
An einer Wand war ein riesiges Schwarz-weiß-Bild mit einem Flugzeug aus dem Zweiten Weltkrieg angebracht, daneben hing das Modell einer Fliegerbombe von der Decke herab. Charlotte ahnte, dass sie gleich einen der Teile der Felsengänge betreten würden, die seinerzeit als Luftschutzbunker genutzt worden waren.
Eine leichte Gänsehaut überzog ihren Rücken.
Trotzdem wurde ihr langsam warm. Sie öffnete den Reißverschluss ihrer Jacke. Es musste mindestens zehn Grad wärmer sein als draußen, vermutete sie. Als sie die letzten Stufen hinter sich gelassen hatten, erreichten sie einen Gang, an dessen Wand mehrere beleuchtete Schautafeln hingen. Sie zeigten Fotos, Skizzen und Pläne der zerstörten Nürnberger Altstadt nach den Bombenangriffen des Zweiten Weltkriegs.
Charlotte blieb fasziniert stehen und betrachtete die Bilder der Verwüstung. Nahezu jedes Haus lag in Trümmern. Nur hie und da ragte noch eine Mauer empor.
Natürlich wusste sie von der Zerstörung der Stadt, aber jedes Mal, wenn sie Fotos aus dieser Zeit sah, wurde ihr wieder aufs Neue bewusst, wie wenig eigentlich damals von ihrer Stadt noch übrig gewesen war. Das, was jedes Jahr von Millionen Touristen als historische Altstadt bewundert wurde, war nichts weiter als eine Neubausiedlung aus den 50er Jahren.

„Komm, wir gehen weiter", drängte Torsten, der seine Neugier kaum zügeln konnte. Er war zum ersten Mal hier unten und konnte es kaum erwarten, auf Entdeckungstour zu gehen.

Auf der rechten Seite führte eine weitere Treppe noch tiefer hinunter. Der Zugang war jedoch durch eine niedrige Tür versperrt und zudem unbeleuchtet.

„Hier entlang." Torsten deutete auf eine Tür, die nach etwa 20 Metern nach links abzweigte. Im nächsten Moment war er darin verschwunden.

„Torsten, jetzt warte doch", rief Charlotte und folgte ihm. Ihr wurde etwas unbehaglich zumute, als sie einen Blick in den schmalen, niedrigen Gang warf, dessen Ende nicht zu sehen war. Torstens gebückte Gestalt wurde immer kleiner. Er war nicht zu bremsen.

Auch Charlotte war mit ihren 1,75 Metern eindeutig zu groß für den Durchgang. Sie zog den Kopf ein und nahm die Verfolgung auf.

Kurz schoss ihr das Märchen von Hänsel und Gretel durch den Kopf. Vielleicht sollte sie doch besser ihr Frühstücksbrötchen auf den Boden krümeln, um später den Ausgang wieder zu finden? Noch kannte sie sich aus, noch wusste sie, wo der Ausgang war.

Erleichtert stellte sie fest, dass nicht nur Lampen, sondern auch beleuchtete grüne Notausgangsschilder in regelmäßigen Abständen an der feuchten, steinernen Decke angebracht waren. Vermutlich würde sie doch nicht so leicht verloren gehen.

Konzentriert stapfte sie mit gebeugtem Rücken weiter. Für Menschen mit Platzangst war das nicht unbedingt zu empfehlen, denn der Gang war höchstens einen Meter breit. Sie konnte die kühlen Wände links und rechts berühren, ohne die Arme ganz ausstrecken zu müssen. Ab und zu landete ein Wassertropfen auf ihrer Jacke.

Plötzlich bog der Weg scharf nach links und anschließend wieder nach rechts ab, und Charlotte stand in einem etwa 2,50 Meter hohen, nach der Enge zuvor nahezu weitläufig wirkenden Sandsteingewölbe. Es gab Nischen, Säulen und Ausbuchtungen, in denen mehrere Schautafeln ausgestellt waren. Da war ein großer Plan der gesamten Kelleranlagen, historische Darstellungen einzelner Handwerker und verschiedene Informationen über die Nutzung der Räumlichkeiten.

Bevor sie weiterging, drehte sie sich noch einmal zu der Tür um, durch die sie eben gekommen war, um sich den Weg zum Ausgang merken zu können.

„Torsten! Wo bist du? Du findest doch nie wieder hier raus!", rief sie nach ihrem Kollegen, doch sie erhielt keine Antwort.

Wo war er nur?

Er kannte sich doch hier nicht aus.

Erlaubte er sich einen Scherz mit ihr?

Vorsichtig warf Charlotte einen Blick in alle Ecken und Winkel. Hätte sie nur ihre Taschenlampe mitgenommen.

Der Weg war zwar gut ausgeleuchtet, aber es waren überall unzählige dunkle Nischen, in denen sich leicht jemand verstecken könnte.

Langsam ging sie weiter.

Nach einigen Metern stieß sie auf eine Abzweigung und wusste nicht, wo es jetzt weiterging.

Sie blieb stehen und lauschte in die vollkommene Stille.

Wo sonst herrschte eine solche absolute, vollständige, kompromisslose Stille? Kein Laut, kein Windhauch, nur das Geräusch des eigenen Atems.

Auch die Luft war faszinierend. Sie schloss die Augen und schnupperte. Kein feuchter Moder, der in so manch anderen alten Kellergewölben üblich war. Kein Geruch nach fauligen Lebensmitteln oder Schimmel.

Charlotte roch, dass sie nichts roch.

Die Luft war frisch, unverbraucht, rein.

Plötzlich spürte sie eine leichte Berührung am Rücken. Sie erschrak zu Tode, schrie auf und fuhr herum. Ihr Herz drohte zu zerspringen.

„Wer ist da?!", brüllte sie voller Angst.

Da öffnete sich direkt neben ihr wie von Geisterhand eine vergitterte Tür.

„Entschuldige, ich wollte dich nicht erschrecken", grinste

Torsten und tauchte wie eine Erscheinung aus der Dunkelheit auf. „Das musst du dir ansehen."
„Spinnst du?", fuhr ihn Charlotte wütend und gleichzeitig erleichtert an. „Natürlich hast du mich erschreckt! Warum antwortest du nicht, was fällt dir ein?"
Sie war völlig außer sich.
„Tut mir leid, aber das ist alles so faszinierend", versuchte ihr junger Kollege einzulenken, doch Charlottes Puls raste noch immer. Sie konnte sich nicht erinnern, sich jemals so erschrocken zu haben.
Torsten stand mit gesenktem Kopf neben ihr und scharrte verlegen mit einem Fuß.
„Sorry, aber es war so", er zögerte, „so verlockend."
„Verlockend?" Charlotte glaubte, sich verhört zu haben.
„Naja, sieh dir doch mal dieses Gitter an", erklärte er enthusiastisch, „und dahinter der stockfinstere Raum. Von hier außen kann man höchstens ein paar Zentimeter weit hineinschauen und von innen kann man alles beobachten, ohne gesehen zu werden."
„Du machst mir Spaß!"
Inzwischen hatte sich ihr Adrenalinspiegel wieder etwas gesenkt und die Neugier siegte.
Nach dem Gitter ging es eine Stufe hinab. Torsten reichte ihr seine Hand und führte sie ein paar Schritte weiter in die Dunkelheit.
„Man sieht wirklich gar nichts", bemerkte sie mit weit aufgerissenen Augen und streckte beide Hände aus.
„Diese Gewölbe sind unglaublich."
Charlotte glaubte beinahe, durch Torstens leuchtende Augen einen leichten Lichtschimmer in der Finsternis ausmachen zu können.
„Man sieht nichts, man riecht nichts und man hört nichts", ergänzte sie flüsternd.
Die beiden standen für einen Moment regungslos da und ließen dieses ungewohnte Nichts auf sich wirken.
Unwillkürlich hielten sie den Atem an.
Die Stille dieses Augenblicks war überwältigend, meditativ, berauschend.
Charlotte spürte einen leichten Schwindel und drehte sich

langsam wieder um. Das schummrige Licht, das den Ausschnitt der vergitterten Tür erhellte, blendete fast in ihren Augen. Da standen sie nun in völliger Schwärze, von außen unsichtbar.
Plötzlich hörten sie ein Geräusch.
Ganz leise, ganz weit entfernt.
Aber es war da.
Und es wurde langsam lauter.
Schritte. Schnelle Schritte.
Atem.
Überrascht blickten sich die beiden Polizisten an. Lautlos zogen sie sich weiter in ihr finsteres Versteck zurück.
Die Schritte kamen näher.
Es klang nach einer einzelnen Person.
War der Täter zurückgekommen?
Charlotte legte die Hand an ihre Dienstwaffe. Der kühle Griff war beruhigend.
Sie wagte nicht, den Druckknopf zu öffnen, starrte auf den hellen Fleck vor ihr.
Die Person musste jetzt das Ende des schmalen Ganges erreicht haben, hielt inne, sah sich vermutlich um.
Charlotte und Torsten wagten kaum zu atmen.
Man konnte beinahe ihre Herzen pochen hören.
Suchte die Person nach ihnen?
Die Schritte kamen langsam näher.
Noch wenige Meter. Ein Schatten war erkennbar.
Er blieb direkt vor der Gittertür stehen.
Es war ein bärtiger junger Mann in Jeans, Fleecepulli und grauer Mütze.
Torsten trat einen weiteren Schritt nach hinten und stieß an einen herumliegenden Stein. Er strauchelte, konnte sich nicht mehr auf den Beinen halten. Er versuchte noch, sich an Charlottes Arm festzuhalten, doch seine Hand griff ins Leere. Leise schimpfend fiel er rückwärts auf einen Haufen Geröll.
Plötzlich wurde der Raum von bunten Scheinwerfern erleuchtet. Eigenartige Geräusche ertönten durch eine Lautsprecheranlage, eine Discokugel warf gespenstische Lichtpunkte an die Wände.

Charlotte entfuhr erneut ein Schrei.

„Frau Gerlach?", rief der Unbekannte vor der Gittertür erstaunt. „Herr Klein? Sind Sie das?"

Er machte Anstalten, den Raum zu betreten, doch Charlotte zog aus einem Reflex heraus ihre Waffe und richtete sie auf den jungen Mann.

„Stehenbleiben! Polizei!", rief sie um Sicherheit und Entschlossenheit bemüht.

Der junge Mann wich schockiert zurück und streckte unwillkürlich beide Arme in die Luft.

„Hallo ... Entschuldigung ... ich meine ... ja natürlich ...", stotterte er ängstlich, „ich weiß, dass Sie von der Polizei sind. Mein Name ist Guido Baumgart. Ich bin vom Verein *Nürnberger Keller* und soll Ihnen etwas von Ihren Kollegen ausrichten."

Charlotte reagierte nicht.

„Bitte, können Sie die Waffe herunternehmen?", bat er eindringlich.

Langsam ließ Charlotte die Hand sinken.

„Verein *Nürnberger Keller*?", fragte sie mit leicht zittriger Stimme. Der Schreck steckte ihr noch deutlich in den Gliedern.

„Ja, wir bieten hier unten Führungen an. Ihre Kollegen haben mich gebeten, nach Ihnen zu sehen", erklärte Baumgart eifrig, erleichtert, der unmittelbaren Gefahr entronnen zu sein. „Sie kennen sich doch hier unten nicht aus. Und wenn Sie sich verlaufen, können Sie nicht einmal Hilfe rufen – hier gibt es nämlich keinen Handyempfang."

Inzwischen hatte sich auch Torsten wieder aufgerappelt und klopfte sich den Staub von der Hose. Er hatte sich offenbar schneller von dem Schreck erholt als seine Chefin, die noch immer etwas blass um die Nase war.

„Bitte entschuldigen Sie, Herr Baumgart, aber die Installation hat uns doch sehr erschreckt", versuchte Charlotte, die Situation zu retten. „Hier in diesen Gewölben reagiert man offensichtlich anders als sonst."

Sie steckte die Pistole wieder zurück und schüttelte dem jungen Mann die Hand.

„Charlotte Gerlach", stellte sie sich vor, „aber das wissen Sie ja bereits."

„Torsten Klein", schloss sich ihr Kollege an. „Wenn ich eine Waffe gehabt hätte, hätte ich sie vermutlich auch gezogen", setzte er verschmitzt hinzu. „Diese Räumlichkeiten haben eindeutig etwas Unheimliches, Unberechenbares. Und wenn man dann in einem solch dunklen Raum steht, unerwartet eine fremde Gestalt auftaucht und dann auch noch eine Lightshow mit akustischer Untermalung losgeht, muss man sich nicht wundern, dass man nicht mehr ganz Herr der Lage ist, oder?"

„Ich verstehe, was Sie meinen", lenkte Baumgart versöhnlich ein. Wir erleben das täglich bei unseren Führungen hier unten. Es gibt immer wieder Leute, die mit dieser Enge nicht zurechtkommen und eigenartig reagieren."

„Kann ich gut verstehen", pflichtet ihm Charlotte bei. „Und was hat es mit dieser Installation auf sich? Sie wollen doch damit sicher keine Besucher erschrecken, oder?"

„Wissen Sie, hier unten finden die verschiedensten Führungen statt – für Erwachsene, für Kinder, mit Bierverkostung oder Theatereinlagen. Die Leute wollen immer mehr unterhalten werden, nicht nur informiert. Infotainment ist angesagt. Dieser Raum hier ist eine Station im Rahmen einer Kinderführung und wird ab und zu auch dazu genutzt, neugierigen Polizisten das Fürchten zu lehren."

Baumgart grinste in seinen dichten, gepflegten Bart.

Charlotte schätzte den Mann auf Mitte bis Ende 20, ein Alter in dem man bisher nie einen Vollbart getragen hatte. In letzter Zeit waren ihr jedoch immer wieder junge Bartträger aufgefallen, oft auch mit einer etwas längeren Mütze auf dem Kopf, unabhängig von den aktuell herrschenden Temperaturen. Vor einigen Jahren hatte es noch so kalt sein können, niemand unter 25 hätte sich freiwillig eine Mütze aufgesetzt. Heute nahmen die jungen Leute ihre Kopfbedeckungen selbst bei größter Hitze nicht ab. Charlotte musste schmunzeln, war sie selbst doch einigermaßen resistent gegenüber der ständig wechselnden Modetrends. Abgesehen davon war sie mit ihren 34 Jahren auch schon deutlich jenseits der 25.

„Das ist Ihnen auch wirklich gelungen", lachte sie, wurde aber schnell wieder ernst. „Herr Baumgart, Sie wissen, was vergangene Nacht hier passiert ist?"
„Ja, Ihre Kollegen haben es mir gesagt. Es ist wirklich schrecklich!"
„Wann hat gestern die letzte Führung stattgefunden?"
„Dienstags bieten wir immer fünf Veranstaltungen an. Die letzte um 17:00 Uhr."
„Haben Sie die Gruppe geführt?"
„Nein, tut mir leid, ich hatte die letzten Tage frei. Wissen Sie, ich liebe den Fasching."
Das erklärte auch das müde Gesicht und die kleinen Augen des jungen Mannes. Er hatte vermutlich auch den Faschingskehraus bis zur letzten Minute genossen.
„Ich kann das aber alles für Sie in Erfahrung bringen. Kommen Sie doch mit hinauf in unser Büro. Wir verkaufen viele Karten online und können Ihnen bestimmt auch die eine oder andere E-Mail-Adresse der Teilnehmer geben. Wenn das aus Datenschutzgründen überhaupt erlaubt ist?", schränkte er ein.
„Das ist eine gute Idee", stimmte Charlotte zu. So faszinierend auch die Atmosphäre dort unten war, richtig gemütlich war es nicht. Die Aussicht auf ein gut geheiztes Büro mit bequemen Stühlen und einer Tasse Kaffee war doch sehr verlockend.
„Gut, dann folgen Sie mir."
Anders als Charlotte erwartet hatte, bog Guido Baumgart nicht nach rechts in Richtung des schmalen Ganges ab, durch den sie gekommen waren, sondern genau in die entgegengesetzte Richtung, weiter hinein in das scheinbar unübersichtliche Sandsteinlabyrinth.
Charlotte und Torsten warfen sich fragende Blicke zu.
„Kommen Sie schon", ermunterte sie Baumgart, der das Zögern der Beamten bemerkt hatte. „Wir nehmen einen anderen Ausgang, sonst muss ich so lange durch die Kälte laufen. Ich habe keine Daunenjacke dabei."
Mit diesen Worten stiefelte er zielstrebig los, vorbei an weiteren beleuchteten Schautafeln, großen hölzernen Fässern und verschiedenen Requisiten, die vermutlich für

die Theatereinlagen benötigt wurden. Die drei passierten niedrige Durchgänge, hohe Räume und schmale Treppen.
Charlotte heftete sich an die Fersen des jungen Mannes, während Torsten fasziniert in alle möglichen Fenster, Löcher, Ecken und Winkel spähte. Bereits nach wenigen Minuten hatte sie die Orientierung verloren.
Sie hasste dieses Gefühl der Abhängigkeit, des Ausgeliefert-Seins, auch wenn die akute Gefahr für Leib und Leben in dieser Situation sicherlich überschaubar war.
„Das ist wirklich irre hier unten, findest du nicht?"
Torstens Euphorie war ungebremst, doch Charlotte hatte keinen Sinn mehr für die faszinierende Ausstrahlung der Kelleranlagen. Sie war nur noch darauf bedacht, den Anschluss an den Einzigen unter ihnen nicht zu verlieren, der in der Lage war, sie wieder wohlbehalten ans Tageslicht zu bringen.
So hoffte sie zumindest.
„Du kannst ja bei anderer Gelegenheit mal hier unten auf Entdeckungsreise gehen", schlug sie vor. „Lass dich doch mal für eine Nacht einsperren, dann hast du genug Zeit, alles genauestens zu erforschen. Was hältst du davon?"
Sie erhielt keine Antwort.
Erstaunt drehte sie sich um.
Torsten war weg, war wahrscheinlich hinter irgendeiner Mauer verschwunden.
Ebenso wie Guido Baumgart.
„Hallo!", rief sie mit einem mulmigen Gefühl in der Magengegend. „Herr Baumgart, warten Sie doch bitte einen Moment!"
Nichts passierte.
„Herr Baumgart?", versuchte sie es erneut und ging ein Stück in die Richtung, in die der Mann eben abgebogen war.
Zu ihrer Erleichterung kam er ihr bereits entgegen.
„Wollen Sie die Keller auf eigene Faust erkunden?", fragte er amüsiert. „Das würde ich Ihnen nicht empfehlen. Wenn Sie aber Interesse an einer Führung haben, kann ich Ihnen gerne behilflich sein. Es gibt auch Dunkelführungen nur mit Taschenlampenbeleuchtung. Das ist etwas für ganz Hartgesottene."

Charlotte lächelte gequält. „Darauf komme ich sicherlich gerne zurück."
„Wo ist denn Ihr Kollege?"
„Herr Baumgart", hörten sie eine gedämpfte Stimme, „wohin führt denn diese Treppe?"
Torsten kam hinter einem Mauervorsprung hervor und deutete mit einem Strahlen im Gesicht hinter sich.
„Das ist ein Zugang hinunter in die vierte Sohle", antwortete Baumgart beflissen und wollte zu einer längeren Erklärung ansetzen, doch Charlotte ging dazwischen.
„Bitte entschuldigen Sie, das ist alles wirklich sehr interessant, aber wir haben einen Mord aufzuklären. Vielleicht können Sie uns auf dem Weg nach draußen noch Informationen über die Topografie der Felsengänge geben?"
„Aber gerne", gab Baumgart zurück, und das Grüppchen setzte sich wieder in Bewegung.
„Die ganze Anlage umfasst ca. 25000 Quadratmeter und zieht sich quer durch den ganzen Burgberg. Es gibt vier Sohlen, also Stockwerke, die im Abstand von jeweils 200 Jahren in den Sandsteinfelsen geschlagen wurden", dozierte er und war dabei ganz in seinem Element. „Jede Sohle ist vier Meter tief. Der Eingang am Dürer-Denkmal führt hinunter in die dritte Sohle, also 12 Meter unter die Erde. Inzwischen sind wir in der zweiten Sohle und haben auch bald den Ausgang erreicht."
Nach einigen weiteren Abbiegungen, vergitterten Türen und niedrigen Gewölben kamen sie an eine mehrfach gewundene Treppe, die sie in die frostige Kälte nach draußen führte.
Sie landeten im Innenhof der Burgbrauerei.
Seit Mitte der 80er Jahre wurde hier nach alten Rezepturen das traditionelle Rotbier gebraut. Von allen Bieren, die der fränkische Raum zu bieten hatte, mochte Charlotte diese leicht rötlich schimmernde Variante am liebsten.
Sie atmete tief durch und schloss fröstelnd den Reißverschluss ihrer Jacke.
So interessant der Ausflug in die Nürnberger Unterwelt auch war, so froh war sie, wieder an der Oberfläche zu sein, sich wieder auszukennen und – sie hörte das leise Klingeln ihres Handys – wieder erreichbar zu sein.

„Entschuldigung", meinte sie und zog den Apparat aus der Tasche.
Es war Markus Metz von der Spurensicherung.
„Hallo, Charlotte. Wir wissen, wer das Opfer ist. Seine Fingerabdrücke sind in unserer Datenbank."
„Wer ist es?"
„Es ist der Rauschgoldengel."

9

„Was heißt Rauschgoldengel?", fragte Torsten verwirrt, als sie kurz darauf auf dem Weg ins Präsidium am Jakobsplatz waren.

„Der Mann hieß eigentlich Wilfred Schlecht, war Drogendealer und wurde wohl wegen seiner Haarpracht in der Szene Rauschgoldengel genannt", erläuterte Charlotte. „Er war schon öfter wegen geringfügiger Delikte aufgefallen und ist deshalb in unserer Datenbank registriert."

„Rauschgoldengel", murmelte Torsten ungläubig vor sich hin. „Es ist schon erstaunlich, was es alles gibt. Nicht nur dass ein toter Mann in einem Engelskostüm gefunden wird... jetzt war er auch noch Drogendealer und trug einen außergewöhnlichen Spitznamen." Er zuckte mit den Schultern. „Außerdem sieht es danach aus, als sei er in den Felsengängen ermordet worden. Das ist auch nicht gerade ein naheliegender Tatort."

„Das kann man wohl sagen. Die Frage ist, warum sich das Opfer und der Täter ausgerechnet dort unten getroffen haben. War es Zufall?"

„Könnte es sein, dass das Opfer an einer Führung teilgenommen hat?"

„Im Engelskostüm?"

„Vielleicht gibt es ja am Faschingsdienstag eine Führung für verkleidete Besucher?", spekulierte Torsten mit ernster Miene.

Charlotte warf ihm einen zweifelnden Blick zu.

„Und dann hat ihn wohl ein anderer Teilnehmer im Zorrokostüm unbemerkt in ein dunkles Eck gezerrt, ihm ein Messer in den Rücken gejagt und sich daraufhin wieder der Gruppe angeschlossen?"

„Warum nicht? Du sagst doch immer, man soll nichts außer Acht lassen und sei es noch so unwahrscheinlich",

verteidigte sich Torsten schmollend, als er für seine Bemerkung einen weiteren skeptischen Blick geerntet hatte.
„Du hast ja recht. Wir müssen uns gleich im Präsidium die Unterlagen ansehen, die uns Herr Baumgart mitgegeben hat. Wann hat welche Führung mit wie vielen Teilnehmern stattgefunden, gab es tatsächlich eine Veranstaltung mit Kostümen, beziehungsweise ist jemandem ein Mann in einem Engelskostüm aufgefallen?"
„Kommt man eigentlich auch ohne Führung hinunter in die Felsengänge?"
„Danach haben wir Herrn Baumgart gar nicht gefragt, ich nehme aber an, dass nur autorisierte Personen Zugang zu der Anlage haben."
„Dann kommt womöglich ein Mitarbeiter als Täter infrage? Vielleicht sogar Herr Baumgart selbst? Wir wissen gar nicht, wo er in der vergangenen Nacht war."
„Wir werden alle Mitarbeiter auf der Personalliste überprüfen müssen, auch Herrn Baumgart. Entweder Wilfred Schlecht oder sein Mörder musste im Besitz eines Schlüssels gewesen sein."
„...oder sich anderweitig Zugang zu den Kellern verschafft haben", ergänzte Torsten. „Vielleicht war es auch jemand aus dem Drogenmilieu, der sich wie auch immer einen Schlüssel besorgt hat. Ich könnte mir vorstellen, dass er in der Szene nicht nur Freunde gehabt hat."
Charlotte schüttelte den Kopf.
„Das muss nicht sein. Du solltest aufpassen, dich nicht zu früh festzulegen und die Menschen nicht vorschnell in Schubladen zu stecken. Der Mann war vielleicht Drogendealer, aber er war sicherlich auch Privatmann, vielleicht Student, Arbeitnehmer, Exfreund, Sohn, Nachbar, Kumpel, Bekannter oder was auch immer. Womöglich hat er seit Jahren nicht mehr gedealt, arbeitete inzwischen als Altenpfleger, Berufsmusiker oder Künstler. Auf den Punkt gebracht wissen wir von Wilfred Schlecht noch gar nichts, außer dass er irgendwann einmal mit Drogen gedealt hat und jetzt tot in der Pathologie liegt."
„Ist ja gut", gab Torsten kleinlaut zu. „Du hast ja recht. Aber es ist einfach verlockend bei einem toten Dealer gleich an

einen Täter aus der Szene zu denken."

„Man kann ja daran denken, sollte sich aber nicht darauf festlegen. Wir schauen mal, was über ihn im Computer zu finden ist und wo er gewohnt hat. Aber vorher, mein lieber Torsten, steht etwas anderes auf dem Programm."

Mittlerweile waren sie auf der Trödelmarktinsel angekommen und steuerten zielsicher auf eine kleine Espressobar zu. Bereits beim Öffnen der Tür strömte ihnen ein so unfassbar köstlicher, verführerischer Duft in die Nase, dass sie augenblicklich alle Rauschgoldengel dieser Welt vergaßen und sich einzig und allein der Vorfreude auf einen Espresso mit etwas Gebäck hingaben.
Hier war die Welt noch in Ordnung, hier war man fernab jeglicher Gewalt, weit entfernt von allen Abgründen des menschlichen Daseins, hier zählte einfach nur eines: Frischer Espresso mit ofenwarmen, krossen Keksen!
„Guten Morgen, die Herrschaften", begrüßte sie Attila Benkö, der Besitzer des *café al fiume* fröhlich. „Ihr seid aber schon früh auf den Beinen."
„Hallo Attila", antwortete Charlotte ganz verklärt, den Blick auf das heiße Backblech geheftet, das Mariella, Attilas Frau, eben aus dem Backofen genommen hatte.
„Hat euch etwa der Duft meiner Kekse hergeführt?" schmunzelte sie, schob vorsichtig einige Stücke auf ein kleines Tellerchen und stellte es auf den Tresen. Attila vervollständigte das ganze noch mit zwei Tässchen Espresso.
Attila stammte eigentlich aus Ungarn, lebte aber seit etwa zehn Jahren in Deutschland und war bis vor zwei Jahren Charlottes Chef bei der Nürnberger Mordkommission gewesen. Nach seiner Pensionierung hatte er sich einen lange gehegten Traum erfüllt und gemeinsam mit seiner Frau eine Espressobar eröffnet.
Das war gut, aber schlecht, denn so sehr Charlotte auch die wunderbaren Besuche im *café al fiume* genoss, so sehr fehlte ihr Attila bei der Arbeit. Er war ein fantastischer Chef gewesen, kollegial, konstruktiv und einfühlsam, hatte sie nach besten Kräften unterstützt, ihr so ziemlich alles

beigebracht, was sie als junge Kommissarin wissen und können musste.
Jetzt wehte im Kommissariat ein anderer Wind, ein strenger, kalter, unangenehmer, einer, der immer von vorne kam, immer unglaublich anstrengend war.
Attilas Nachfolger war Tilman Peter, ein Mann Anfang 50, der seinen Posten in Charlottes Augen weniger seiner überragenden Polizeiarbeit, sondern eher den richtigen Kontakten mit entscheidenden Persönlichkeiten aus Politik und Gesellschaft zu verdanken hatte. Er hielt sich bei der Ermittlungsarbeit meist im Hintergrund, schickte Charlotte und ihren Praktikanten vor, nur um dann die Arbeit der beiden zu kritisieren. Sie konnte ihm nichts recht machen, konnte sich nicht erinnern, jemals ein Lob oder anerkennende Worte von ihm bekommen zu haben.
Tilman Peter war einer der Menschen, die an allem und jedem etwas auszusetzen hatten, die nicht in der Lage waren, einfach mal etwas stehen zu lassen, etwas gut zu finden, so, wie es war.
Charlotte machten diese ewigen Nörgler wahnsinnig. Egal was man sagte, er wusste es immer besser, hatte immer ein *„Ja, aber"* parat, fand immer ein Haar in der Suppe, und wenn da keines war, dann warf er schnell eines hinein. Diese ständige Besserwisserei kostete viel Kraft und raubte Charlotte die Energie, die sie dringend für die Ermittlungsarbeit brauchte.
Selbst wenn es positive Dinge zu berichten gab, Ergebnisse, Geständnisse, Festnahmen, Tilman Peter war es nie gut genug. Immer fiel ihm etwas ein, was noch fehlte, was sie noch besser hätte recherchieren, noch präziser hätte ermitteln müssen.
Wären da nicht ihr engagiertes Team und die Gespräche mit Attila gewesen, hätte sie womöglich schon alles hingeworfen.
Daher kehrte sie so oft sie es einrichten konnte im *café al fiume* ein und stärkte sich an Leib und Seele.
Abgesehen von der psychologischen und manchmal auch ermittlungstechnischen Unterstützung war jeder Besuch in Attilas Café natürlich auch ein kulinarischer Hochgenuss.

Während Mariella immer neue Rezepte ausprobierte, von denen eines leckerer war als das andere, verwirklichte sich Attila in Sachen Espressobohnen. In regelmäßigen Abständen besuchte er Seminare zu unterschiedlichen Röstverfahren und studierte die Vor- und Nachteile verschiedener Anbaugebiete. Die Ergebnisse konnten kurz darauf von den begeisterten Gästen ausprobiert werden.

„Heute Morgen wurde ein Toter hinter dem Dürer-Denkmal gefunden", berichtete Charlotte mit dem Mund voller Brösel. Es war klar, dass sie Attila gegenüber offiziell keine Interna erwähnen oder gar diskutieren durfte, sie wusste aber genau, dass ihr ehemaliger Chef absolut verschwiegen war und sie sich darauf verlassen konnte, dass nichts nach außen drang. Abgesehen davon war sie nicht die Einzige im Präsidium, die ab und zu Attilas Beratung in Anspruch nahm. Es mussten nur alle darauf achten, dass Kommissar Peter nichts davon erfuhr, denn er war erwartungsgemäß nicht gut auf den Pensionär aus Ungarn zu sprechen, dem alle Mitarbeiter so nachtrauerten.
„War es noch eine Schnapsleiche vom Faschingskehraus?", vermutete Attila ironisch.
„Es war der Rauschgoldengel", antwortete Torsten mit geheimnisvoller Stimme. „Im Engelskostüm."
„Der Rauschgoldengel?", entfuhr es Attila erstaunt. „Wirklich?"
„Du kennst ihn?" Charlotte war nicht minder überrascht.
„Ich habe ihn nicht persönlich kennengelernt, habe aber einiges über ihn gehört. Immerhin ist ein Drogendealer mit solchen Haaren ziemlich auffällig. Was ist passiert?"
„Er wurde vermutlich in den Felsengängen erstochen. Mehr wissen wir noch nicht."
Attila pfiff durch die Zähne.
„Sapperlot, das klingt ja spannend. Da juckt es gleich in meinen Fingern. Ein Toter im unterirdischen Nürnberg."
„Warst du schon einmal dort unten?", wollte Charlotte wissen. „Die Anlage ist wirklich sehr beeindruckend."
„Nein, leider nicht, aber ich werde das schnellstmöglich nachholen. Mariella, hast du am Donnerstag Lust auf einen

kleinen Ausflug in die Unterwelt?"

Charlotte und Torsten hatten das Tellerchen und die Espressotasse geleert und zogen sich ihre Jacken über.
„Ciao, wir müssen los."
„Ciao, und viel Erfolg."
Im Hinausgehen drehte sich Charlotte noch einmal um.
„Und viel Spaß in den Felsengängen. Es kann dort echt gruselig sein."

10

Er warf einen müden Blick auf seine Uhr, konnte die Anzeige kaum erkennen. Die Zeiger verschwammen vor seinen Augen.
Halb drei.
Wieder ein Tag hier unten.
Ein ganzer Tag ohne Essen. Ihm war schwindelig vor Hunger.
Niemand war gekommen.
Auch sein Rufen und das Trommeln an die schwere Holztür hatten keine Wirkung gezeigt.
Er hatte natürlich gewusst, dass der Raum viel zu weit entfernt von allen Wegen und Strecken lag, die üblicherweise von den Stadtführern und ihren Besuchern benutzt wurden, aber er wollte trotzdem nichts unversucht lassen. Seine Hände schmerzten.
Es war kalt und ungemütlich.
Er hatte sich eine alte, löchrige Militärdecke um die Schultern gelegt und schlotterte – vor Kälte und vor Angst.
Verzweifelt starrte er auf die Schokoriegel und das Knabbergebäck, das über den ganzen Boden verstreut war. Sein Magen verkrampfte sich, das Wasser lief ihm im Mund zusammen. Wie gerne würde er in den weichen, süßen, klebrigen Marsriegel beißen. Er hörte förmlich die dicke Schokoladenhülle knacken, spürte die Karamellschicht auf seiner Zunge, schmeckte die verführerisch zarte Creme an seinem Gaumen.
Nein!
Er durfte nicht schwach werden.
Er musste durchhalten.
Das grüne Display der Insulinpumpe zeigte noch 32 Einheiten.
32!!!

Das waren knapp 10% einer vollen Kartusche.
Normalerweise würde er zu dieser Zeit die neue Kartusche bereitlegen.
Normalerweise!
Und jetzt?
Er hatte Hunger und Durst. Eine der beiden Wasserflaschen war schon leer, dann gab es nur noch Cola und Red Bull, also für ihn nichts mehr.
Sein Insulin würde noch für höchstens zwei Tage reichen.
Und was passierte dann?
Er würde hier sterben!
Außer sich vor Wut und Verzweiflung sprang er auf, trat mit den Füßen gegen die massive Holztür, schrie, tobte, trampelte auf Chips und Schokolade herum, hämmerte erneut mit seinen wunden Händen an die Tür, ließ sich auf die Matratze fallen und weinte wie noch nie in seinem Leben.

11

Im Präsidium angekommen fand Charlotte einige Mitteilungen auf ihrem Schreibtisch.

Obenauf lag eine Nachricht von Sandra mit der dringenden Bitte um Rückruf. Sie hatte es auch schon mehrfach auf dem Handy versucht, aber Charlotte hatte die Gespräche nicht angenommen. Sie hatte wirklich Verständnis für die Sorgen und Nöte ihrer Freundin, aber irgendwann musste sie sich auch um ihre eigenen Angelegenheiten kümmern. Immerhin gab es einen Mordfall zu lösen, da hatte sie nicht die Muse, sich um angeblich verschwundene Liebhaber zu kümmern.

Charlotte legte die Nachricht zur Seite. Auch die Bitte, oder besser ausgedrückt, die Anordnung ihres Chefs, ihn schnellstmöglich zu informieren, schob sie genervt wieder in den Stapel zurück.

Das passte zu ihm: Der Fall war gerade einmal wenige Stunden alt, da forderte er schon erste Ergebnisse. Würde sie jetzt sofort zu ihm in sein Büro kommen, was ihr natürlich nie einfallen würde, wüsste sie genau, womit sie zu rechnen hätte: Haben Sie schon...? - Wann machen Sie endlich...? - Sie sollten doch schon längst... - Warum können Sie nicht endlich...? - Habe ich Ihnen nicht schon hundertmal gesagt...?

Das wollte sie sich noch sparen. Sie würde kurz vor Feierabend zu ihm gehen, sollte er am späten Nachmittag überhaupt noch im Präsidium sein, und ihn über den Stand der Dinge in Kenntnis setzen. Je mehr Informationen sie bis dahin schon hatte, desto besser würde das Gespräch verlaufen. Auch wenn vermutlich nur wenige gesicherte Erkenntnisse dabei sein würden, allein die Erwähnung aller Aktionen, Befragungen und Untersuchungen reichten oft aus, um Tilman Peter einigermaßen zufriedenzustellen, sofern man bei ihm überhaupt ansatzweise von Zufriedenheit sprechen konnte.

„Na, dann wollen wir mal. Vielleicht hat Matthias ja schon die Adresse des Opfers rausgesucht."

Konzentriert blätterte sie sich weiter durch den Berg an Papier und zog triumphierend ein Blatt hervor.

„Wer sagt's denn. Auf den Mann ist Verlass."

Matthias war ein Kollege in Charlottes Alter, der seit seinem Motorradunfall vor einigen Jahren im Rollstuhl saß und seither die gute Seele der Abteilung war. Er arbeitete schnell und zuverlässig, meisterte sämtliche Herausforderungen und lieferte alle nötigen Informationen in kürzester Zeit.

„Wilfred Schlecht ist in Nürnberg geboren und aufgewachsen", las sie vor. „Er verlor früh seine Eltern und wuchs bei einer Tante auf, die vor kurzem verstorben ist. Weitere Verwandte sind nicht bekannt."

So bedauerlich dies wahrscheinlich für Schlecht gewesen sein musste, so erleichtert war Charlotte, denn dadurch blieb es ihr erspart, jemandem die Nachricht vom Tod eines nahen Angehörigen überbringen zu müssen.

„Hier steht auch die Adresse", fuhr sie fort und stutzte.

Wilfred Schlecht wohnte in der Okenstraße 17.

War das nicht auch die Adresse von Sandras Freund Magnus? Konnte das Zufall sein? Wohnten die beiden Männer tatsächlich im selben Haus, oder gar zusammen in einer Wohnung?

„Was ist denn mit der Adresse?", fragte Torsten verwundert, als Charlotte noch immer wie gebannt auf den Zettel starrte. „Warst du schon einmal dort? Oder kennst du dort jemanden?"

„Ja, nein, ich meine doch", stammelte sie, „ich war tatsächlich gestern dort."

„Wirklich?"

Charlotte erzählte ihm kurz von Sandra und ihrem neuen Freund, der angeblich dort wohnen sollte und seit Montag nicht mehr erreichbar war.

„Und wie heißt der Mann? Wohl nicht zufällig Wilfred Schlecht, oder?"

„Nein, er heißt Larsson, Magnus Larsson."

„Lass uns doch herausfinden, ob dieser Larsson tatsächlich unter der Adresse gemeldet ist. Vielleicht hat er deiner Freundin ja einen Bären aufgebunden?"
„Das würde passen", gab Charlotte zu. „Ich kenne ihn nicht, aber allein aus Sandras Erzählungen wirkt er alles andere als seriös und zuverlässig."
Sie griff zum Telefonhörer und bat Matthias, die Meldeadresse von Larsson zu recherchieren.
„Hier ist eine Nachricht von der Spurensicherung", erzählte sie weiter. „Markus ist mit seinen Leuten wieder unterwegs in die Felsengänge, um den Tatort zu suchen. Diesmal haben sie jemanden dabei, der sich dort unten auskennt."
Sie schauderte kurz bei der Vorstellung, die weit verzweigten Kelleranlagen mit einer UV-Lampe in der Hand nach Blutspuren absuchen zu müssen.
Aber auch hier galt: Augen auf bei der Berufswahl.
Zugegebenermaßen hatte sie selbst auch einen Job, den die Mehrzahl ihrer Freunde und Bekannte nicht mal geschenkt nehmen würden.
Das Telefon klingelte.
„Ich habe keinen Magnus Larsson in Nürnberg gefunden", berichtete Matthias in seiner bekannt gradlinigen Art.
„Wie?" Charlotte war verblüfft.
„Es ist niemand mit diesem Namen in Nürnberg gemeldet."
„Kein Magnus Larsson?"
Charlotte hatte zwar schon vermutet, dass die Adresse nicht richtig war, aber dass es in Nürnberg niemand mit diesem Namen gab, überraschte sie doch. Möglicherweise war der Mann ja in Fürth, Erlangen oder Schwabach gemeldet?
„Jetzt bin ich noch dabei, das Umland abzuklappern", fuhr Matthias fort, bevor Charlotte etwas sagen konnte.
„Das wollte ich gerade vorschlagen. Bitte melde dich so schnell es geht."
„Natürlich!"
„Danke dir. Kannst du bitte auch seine Telefondaten überprüfen? Wir haben zwar kein Handy bei ihm gefunden, ich bin aber ziemlich sicher, dass er eines hatte."
„Alles klar, bis bald."
„Warte! Da wäre noch etwas."

„Immer her mit den Aufträgen", flachste er gut gelaunt, „sonst wird mir hier drin noch langweilig so ganz ohne euch."
„Wenn wir dich nicht hätten", schmeichelte Charlotte. Sie wusste tatsächlich nicht, was sie ohne seine Recherchearbeit machen würde. Selbst stundenlang am PC sitzen? Nein, da war ihr die Arbeit draußen doch viel lieber.
„Was gibt es denn?"
„Ich habe hier eine Aufstellung der Mitarbeiter des Vereins *Nürnberger Keller*..."
„Lass mich raten", unterbrach er sie. „Ich soll bei allen das Alibi überprüfen, richtig?"
„Richtig! Und frage bitte alle, ob am Faschingsdienstag eine Führung mit Kostümierung stattgefunden hat."
Matthias lachte herzhaft.
„Glaubst du im Ernst, dass eine Gruppe Clowns, Draculas, Cowboys und Engelchen dort unten war?"
„Tu es einfach."
„Ist ja schon gut. Ich frage mal nach."
„Vielleicht hat jemand den Rauschgoldengel gesehen?"
„Wird gemacht!"
„Danke, Matthias."
Sie legte nachdenklich auf.
„Na, das wird ja spannend", murmelte sie vor sich hin.
„Sandras neuer Freund wohnt angeblich in der Okenstraße 17, obwohl er gar nicht in Nürnberg registriert ist. Dafür wohnt in besagter Adresse unser Mordopfer", fasste sie zusammen.
„Klingt ziemlich verwirrend", gab Torsten zu.
„Es ist natürlich überhaupt nicht klar, ob Larsson etwas mit der Sache zu tun hat, nur weil er angegeben hat, dort zu wohnen. Aber wie kommt er ausgerechnet auf diese Adresse?"
„Das Haus hat doch sicherlich mehrere Wohnungen. Lass uns doch mal dort hinfahren und danach weiter überlegen, ob und was die beiden Männer miteinander zu tun hatten."
„Du hast recht. Genau das werden wir jetzt tun."

Es taute langsam. Die Schneeberge im Hof des Präsidiums

wurden weich und matschig. Zum Glück konnte Charlotte ein Dienstfahrzeug aus der Tiefgarage nehmen und musste nicht nassen, pappigen Schnee von der Scheibe wischen.
Sie fuhren über den Plärrer in Richtung Süden, durchquerten den Steinbühler Tunnel und erreichten nach wenigen Minuten die kleine Querstraße, die von der stark befahrenen Gibitzenhofstraße abzweigte. Überraschenderweise fanden sie eine Parklücke direkt vor dem Haus und stellten den Wagen zwischen zwei Schneehaufen ab.
Jetzt erst realisierte sie, dass sie keinen Schlüssel zur Wohnung hatte und forderte einen Kollegen aus dem Präsidium an.
Charlotte hatte in diesem Moment ein Déjà-vu-Erlebnis. Wieder stand sie bei unangenehmer, feuchter Kälte in dieser kleinen Straße vor dem schmucklosen Mietshaus und starrte auf das messingfarbene Klingelschild. Wieder stand jemand frierend neben ihr.
Doch diesmal fand sie den gesuchten Namen: Wilfred Schlecht, vierter Stock, links.
Sie klingelte.
Ein bisschen rechnete sie damit, den Türöffner zu hören und vor Larsson zu stehen, der hier illegal zur Untermiete wohnte.
Nichts geschah.
Sie klingelte bei mehreren anderen Wohnungen. Aus dem Augenwinkel erkannte sie in einem Fenster im Erdgeschoss jemanden hinter einer vergilbten Gardine stehen.
Man wollte erst wissen, wer da vor der Tür stand, bevor man den Öffner drückte.
Es summte.
„Danke, Reklame!", rief Charlotte laut durch das muffige Treppenhaus und schielte möglichst unauffällig zu der Erdgeschosswohnung hinüber. Die Tür war einen kleinen Spalt geöffnet, die Kette vorgelegt.
„Was wollen Sie hier?", keifte eine unangenehme Stimme.
„Sie haben keine Reklame dabei. Ich hole die Polizei!"

Charlotte kannte diese Häuser und ihre Bewohner zur Genüge, hatte sie doch selbst für mehrere Jahre das

Vergnügen gehabt, immerzu unter Beobachtung der Nachbarn zu stehen. Sie war damals deutlich jünger gewesen als der Durchschnitt der Bewohner und damit per Definition ein verkommenes Subjekt. Die *lieben* Nachbarn hatten sie auf Schritt und Tritt beobachtet, all ihre unverzeihlichen Sünden gesammelt, um diese dann an die Vermieter melden zu können.
Die Liste ihrer Verfehlungen reichte von Herrenbesuch über unerträgliche Lärmentwicklung bis hin zur größtmöglichen Todsünde, die ihr eines frühen Morgens in Gestalt einer Nachbarin mit Kehrschaufel in der Hand mit folgenden unmissverständlichen Worten offenbart wurde:
„Sie haben nicht geputzt, nur gekehrt!"
Die exorbitante Ansammlung unappetitlicher Staubpartikel, die in Charlottes Augen kaum wahrnehmbar waren, seien zweifelsfrei Zeugen dieses unverzeihlichen Versäumnisses, sprächen eine eindeutige Sprache!
Die Zeit in diesem angeblich ordentlichen Haus war von Anfeindungen und Misstrauen geprägt gewesen.
Charlotte dankte dem Himmel, dieses unerfreuliche Kapitel seit etwa zwei Jahren hinter sich gelassen zu haben und genoss die freundliche und kollegiale Atmosphäre in dem Haus in der Unteren Wörthgasse. Dort gab es eine gut funktionierende Hausgemeinschaft, aus der bereits einige Freundschaften entstanden waren.

Ruhig und beinahe amüsiert zog sie ihren Dienstausweis aus der Tasche.
„Nur keine Umstände, Frau...", sie spähte auf das verschnörkelte Namensschild neben der Tür, „Rosenbach. Die Polizei ist bereits da."
Die Frau zog misstrauisch die Augenbrauen zusammen und fragte sich augenscheinlich, ob sie dieser jungen Frau über den Weg trauen konnte.
„Kommen Sie näher", meckerte sie. „Ich kann diesen Wisch von hier aus nicht erkennen."
Charlotte setzte ihren freundlichsten Es-ist-alles-in-bester-Ordnung-Blick auf und hielt der Dame den Ausweis direkt unter die Nase.

„Kriminalhauptkommissarin Gerlach", stellte sie sich betont langsam und deutlich vor. „Und der junge Mann dort ist mein Kollege Klein."
„Sie wollen sicher zu dem unmöglichen Langhaarigen aus dem vierten Stock, habe ich recht? Solche Leute haben hier in diesem Haus nichts verloren. Dies ist ein ordentliches Haus!"
Jetzt musste sich Charlotte regelrecht das Lachen verbeißen. Es schien so, als hätten alle Bewohner solcher Mietshäuser bis zu ihrem 65. Geburtstag einen Kurs zum Umgang mit jüngeren Mietern besucht. Einen Kurs, in dem der angemessene Sprachgebrauch und die Liste der möglichen Verfehlungen gelehrt wurde. Leider wurde in diesem Rahmen wohl vergessen, auch Benimmregeln für sich selbst aufzustellen, beispielsweise die Verpflichtung zu regelmäßigem Lüften und Reinigen der eigenen Wohnungen. Die Gerüche, die allein durch den schmalen Türspalt in Charlottes Nase drangen, ließen Schlimmstes vermuten. Sie hoffte inständig, keine Befragung mit dieser Frau in dieser Wohnung durchführen zu müssen.
„Ich könnte Ihnen Geschichten über diesen Mann erzählen!", fuhr sie fort und machte Anstalten, die Kette zu lösen und die Beamten hereinzubitten, doch Charlotte fühlte sich dazu nicht in der Lage. Sie war bereits wieder einige Schritte zurückgewichen und atmete ganz flach. Dieser Alte-Leute-Geruch und der Gestank nach ungewaschenen Körpern und Urin ließ einen Brechreiz in ihr aufsteigen.
„Vielen Dank, Frau Rosenbach", griff nun Torsten in das Geschehen ein. „Wir kommen gerne später noch einmal bei Ihnen vorbei, wenn wir noch weitere Informationen brauchen. Auf Wiedersehen."
Er lächelte sie verständnisvoll an und wandte sich der Treppe zu, während die alte Dame kopfschüttelnd die Tür schloss.
Charlotte holte tief Luft.
„Hoffentlich sind wir nicht auf die Aussage dieser Person angewiesen. Ich weiß nicht, ob ich in der Lage wäre, diese Wohnung zu betreten."
Torsten grinste. „Wenn es der Sache dienlich ist, wirst du es

schaffen." Er klopfte ihr aufmunternd auf die Schulter. „Da glaube ich fest an dich!"

Sie stiegen die ausgetretenen Holzstufen hinauf in den vierten Stock. Das Treppenhaus hätte zwar eine Renovierung vertragen, war aber sauber. Vor keiner der Türen standen Schuhe, es war kein türkischer oder arabischer Name auf den Klingelschildern zu lesen.
Dafür standen auf den Treppenabsätzen gepflegte Topfpflanzen, und an so mancher Tür hing ein staubfreier Plastikblumenkranz. Offenbar bestand die Hausgemeinschaft ausschließlich aus deutschen, christlichen Ehepaaren über 65 ohne Haustiere und Kinder – mit einer Ausnahme: Wilfred Schlecht, der Drogendealer mit den Engelslocken.
Wie er es wohl geschafft hatte, diese Wohnung zu bekommen? Vielleicht würde das für ihre Ermittlungen noch wichtig werden.
Ganz oben auf dem letzten Treppenabsatz sah die Welt allerdings ganz anders aus. Hier gab es keine Blumenkränze oder Pflanzen, hier dominierte das Chaos. Entweder Wilfred Schlecht hatte das ganze Stockwerk alleine bewohnt, oder aber die direkten Nachbarn hatten resigniert.
Es stapelten sich gefüllte Mülltüten, Pizzakartons und Schachteln, Schuhe, Kisten und Zeitungen, kaputte Stühle, Kabel und sogar ein altes Fahrrad.
Weder an der Tür, noch an der Klingel war ein Name angebracht. Man konnte nur vermuten, dass hier ein Mann namens Wilfred Schlecht gewohnt hatte.
Charlotte betätigte den Klingelknopf.
Keine Reaktion.
Plötzlich klingelte es erneut.
Charlotte erschrak. Bekam Wilfred Schlecht etwa Besuch?
Die Haustür wurde geöffnet, man hörte Stimmen von unten, jemand kam die Treppe herauf.
„Charlotte? Bist du da oben?"
Der Kollege aus dem Präsidium!
„Ja, ganz oben, vierter Stock!", antwortete sie mit einer gewissen Erleichterung in der Stimme.
Kurz darauf erschien ein junger Mann mit Fahrradhelm und

roten Wangen auf dem Treppenabsatz.
„Hallo Fabian", begrüßte ihn Charlotte. „Kann dich Markus im Keller entbehren?"
Fabian Rohleder war ein Mitarbeiter der Spurensicherung. Er war sehr sportlich und trainierte das ganze Jahr für seine Teilnahme am Rothsee-Triathlon im Sommer. Die Spurensicherer schickten jedes Jahr eine Staffel an den Start – mit Fabian als Radfahrer. Deshalb nutzte er jede sich bietende Gelegenheit zum Training, und sei es nur eine kurze Fahrt vom Jakobsplatz bis in die Südstadt.
„Ja, ich war gerade dabei, die Blutproben vom Tatort und die Fingerabdrücke zu bearbeiten. Die Kollegen kommen auch ohne mich in diesem Labyrinth zurecht", meinte er schmunzelnd. „Hoffe ich zumindest."
„Wir freuen uns jedenfalls, das du so schnell kommen konntest." Charlotte senkte die Stimme. „Hast du auch Bekanntschaft mit diesem Hausdrachen gemacht?"
Fabian blickte sie verständnislos an.
„Hausdrache? Nein. Da war nur eine freundliche alte Dame aus der Erdgeschosswohnung, die mich gleich auf einen Kaffee und ein Stück frisch gebackenen Apfelkuchen einladen wollte. Das war vielleicht ein köstlicher Duft, der da aus ihrer Wohnung kam. Am liebsten wäre ich gleich..."
„Apfelkuchen? Willst du mich auf den Arm nehmen?"
„Wieso? Hat sie euch nichts angeboten?" Er riss die Augen auf und blickte seine Kollegen mit unschuldiger Miene an. Charlotte knufft ihn freundschaftlich in die Seite und grinste.
„Na, dann wissen wir ja schon, wer nachher am reich gedeckten Tisch dieser überaus zuvorkommenden Zeitgenossin alle nötigen Fragen stellen wird, nicht wahr?"
Das Lächeln gefror in seinem Gesicht, während Torsten nicht mehr ernst bleiben konnte.
„Eins zu null für dich", kommentierte Fabian mit Grabesstimme.
„Und bis es soweit ist, lasst uns doch mal einen Blick in die Wohnung werfen", schmunzelte Charlotte triumphierend.
„Wenn es in der Wohnung so aussieht, wie hier draußen, dann können wir uns auf etwas gefasst machen."
Fabian setzte sein Werkzeug an und hatte einen Augenblick

später die Tür geöffnet.
„Bitte sehr. Ich sollte mir vielleicht doch überlegen, mich als Schlüsseldienst selbständig zu machen. Da verdient man gutes Geld."
„Aber da hat man mit Sicherheit keine so charmanten Kollegen", konterte Charlotte. „Denk lieber noch einmal darüber nach."
„Das ist natürlich ein Argument. Hier, zieht die an."
Fabian Rohleder reichte den beiden dünne Handschuhe und Überziehschuhe aus Plastik.
Entgegen aller Vermutungen glich die Wohnung keinem Chaos, lag nicht alles voll mit Müll, Papier und Essensresten – im Gegenteil. Es lag so gut wie gar nichts herum, weil einfach so gut wie gar nichts in der Wohnung war.
In der Diele standen zwei Paar Turnschuhe und ein Kasten Wasser, in der Küche neben einer eingebauten Küchenzeile lediglich ein kleiner Tisch und zwei Stühle. Auch im Schlafzimmer fanden die Beamten nur das Allernötigste, nämlich eine Matratze und eine Nachttischlampe. Daneben stand ein geöffneter Koffer, in dem einige Kleidungsstücke lagen. In der Ecke stand ein großer Fernseher und eine moderne Hi-Fi-Anlage mit Plattenspieler und unfassbar viele CDs und LPs.
„Sieh dir das an", meinte Torsten überrascht. „Wilfred Schlecht war offensichtlich ein Musikliebhaber."
Nur zu gerne hätte er sich den Rest des Tages durch die Musik der vergangenen Jahrzehnte gehört. Die Sammlung war wirklich beeindruckend.
Es gab noch einen weiteren kleinen Raum, der offensichtlich als Abstellkammer diente. Hier fanden Charlotte und ihre Kollegen einige Bücher, Dosen mit Fertiggerichten, Getränkeflaschen, Toilettenpapier und Waschpulver.
Alles in allem sah die Wohnung so aus, als sei hier jemand entweder gerade erst eingezogen, oder im Begriff wieder auszuziehen.
Charlotte fand auch keine Hinweise darauf, dass hier zwei Leute gewohnt hatten. Es gab nur eine Matratze, eine Zahnbürste, einen benutzten Teller.
„Na, das ist ja mal eine übersichtliche Einrichtung",

bemerkte Torsten trocken. „Dieser Mann wollte sich wohl nicht mit unnötigen Dingen belasten."
„Und wenn, dann lagerte er sie im Treppenhaus", setzte Charlotte hinzu. „Die gute Nachricht lautet: Wir müssen nicht so viele Schränke und Schubfächer durchsuchen. Mit diesen paar Koffern und Kisten sind wir schnell fertig."
Sie machten sich ans Werk.
Charlotte durchsuchte den Koffer, der wohl als Kleiderschrank fungiert hatte. Außer einigen Hosen, T-Shirts, Pullis und Unterwäsche, von denen so manches Teil dringend eine Wäsche nötig gehabt hätte, war nichts zu finden. Sie warf auch einen Blick in die Seitenfächer und das Reißverschlussfach im Deckel, doch auch hier steckten lediglich ein paar Taschentücher.
„Hier ist eine Schachtel mit Papieren", rief Torsten nach wenigen Minuten aus der Abstellkammer. „Scheinbar hatte Herr Schlecht auch eine Aversion gegen Ordner."
Er brachte einen zerknautschten Umzugskarton ins Wohnzimmer und leerte den Inhalt vorsichtig auf den Boden.
„Ich vermute, dass wir etwas mehr über unser Opfer wissen, wenn wir uns diese Unterlagen zu Gemüte geführt haben", schlug er vor, setzte sich im Schneidersitz auf den fleckigen Teppichboden und nahm das erste Papier zur Hand.
Charlotte musste schmunzeln, erinnerte sie sich doch daran, als ihr Praktikant vor wenigen Monaten bei ihr angefangen hatte: Ein schüchterner, zurückhaltender junger Mann, etwa zehn Jahre jünger als sie, engagiert, motiviert, aber sehr unerfahren. Sie hatten im vergangenen Jahr kurz vor Weihnachten ihren ersten gemeinsamen Mordfall gelöst und mussten ebenfalls zu Beginn der Ermittlungen die Wohnung des damaligen Opfers durchsuchen. Charlotte sah Torsten noch vor sich, wie er leicht überfordert und desorientiert in der Wohnung gestanden und keine Ahnung gehabt hatte, wonach er suchen sollte. Jetzt ergriff er die Initiative, fragte nicht bei jedem Zettel oder Foto nach, ob das wichtig sein könnte. Er fand zielsicher die richtige Kiste und fing einfach an. Es war toll zu beobachten, wie er sich im Laufe der Zeit entwickelt hatte, wie sein Selbstbewusstsein gewachsen war,

er an Erfahrungen dazugewonnen hatte. In diesem unscheinbaren Mann mit dem Norwegerpulli und der eigens für die Arbeit angeschafften wasserdichten Outdoorjacke, steckte mehr Potenzial, als man auf den ersten Blick vermuten würde.
Aus dem unselbständigen Praktikanten war in den letzten Monaten ein zuverlässiger Kollege geworden. Leider war ein Ende seines Praktikums abzusehen und Charlotte hatte noch keine Ahnung, wie sie es schaffen könnte, ihn zu behalten.
Konzentriert arbeiteten sie sich durch den Wust an Rechnungen, Mahnungen, Kontoauszügen und Werbung.
Die Umsätze auf dem Sparkassenkonto waren übersichtlich.
„Wir wissen ja, wovon er gelebt hat", meinte Torsten nüchtern, als er einen weiteren Auszug auf den entsprechenden Stapel gelegt hatte. „Bei den minimalen Kontobewegungen wäre ich sonst stutzig geworden."
Charlotte blätterte die lückenhafte Sammlung durch.
Außer Miete, Telefonrechnung, und gelegentlichen Bareinzahlungen tat sich auf dem Konto wenig. Wilfred Schlecht schien meist bar bezahlt zu haben, was in den Kreisen, in denen er sich offenbar bewegt hatte, sicherlich üblich war.
„Habt ihr nicht gesagt, er sei Dealer gewesen?", rief Fabian Rohleder aus der Küche herüber.
„Ja, warum?"
„Ich finde keine Drogen! Nirgends! Nicht einmal Zigaretten oder Alkohol."
Charlotte stutzte. Erst jetzt, als ihr Kollege davon sprach, fiel ihr auf, dass es in der Wohnung nicht nach Rauch roch, dass keine überfüllten Aschenbecher oder leere Bier- oder Schnapsflaschen herumstanden.
Ein Drogendealer, der nicht rauchte und keinen Alkohol trank. Bemerkenswert.
Sie blätterten sich weiter durch Unmengen an Unterlagen, bildeten verschiedene Stapel, sortierten, ordneten.
„Jetzt dürfen wir auch noch Sekretärin spielen", nörgelte Torsten leise vor sich hin. „Ich hasse das."
So engagiert und zuverlässig er auch in der Arbeit war, so

chaotisch sah es bei ihm zu Hause aus. „Können wir nicht auch mal bei mir die ganzen Papiere ordnen und einheften?"
Charlotte grinste, war sie doch bei diesem Thema außen vor. Bereits nach wenigen Wochen des Zusammenlebens war es ihrem Freund Tim klar gewesen: Charlotte war nicht in der Lage, alle Papiere ordnungsgemäß abzuheften. Innerhalb kürzester Zeit herrschte ein Durcheinander, das Tim keinesfalls aushalten konnte.
Seither war er für den ganzen lästigen Papierkram zuständig. Er hatte ein perfektes System an farbigen Ordnern, Trennblättern, Registern und Wiedervorlagen.
Faszinierend.
Jede Rechnung wurde sofort bezahlt, Anfragen beantwortet, Werbung aussortiert. Das Sahnehäubchen war jedes Jahr die Steuererklärung. Bereits in den Weihnachtsferien bereitete Tim Steuerfachmann alle Belege vor, kopierte jeden Zettel, klebte Quittungen auf, suchte Rechnungen heraus. Sobald dann die Lohnsteuerkarte ins Haus flatterte, wurde die Steuererklärung abgegeben. Seine. Und ihre auch.
Wenn dann der Erstattungsbetrag auf dem jeweiligen Konto eingegangen war, lud ihn Charlotte als Dankeschön zum Essen ein, so richtig groß, mit mehreren Gängen.
Eine Hand wäscht die andere.
„Schau dir das mal an", riss sie Torsten aus ihren Gedanken.
Es war ein kreischend bunter Flyer einer Veranstaltung in einer Disco namens *Club 52* nahe Weißenburg.
Angekündigt waren mehrere Partyzonen mit den angesagtesten DJs, unter anderem, Charlotte traute ihren Augen nicht, mit DJ Rauschgoldengel.
Auf dem Foto war Wilfred Schlecht im Engelskostüm zu erkennen, mit goldenen Locken, auf denen statt eines Krönchens ein moderner Kopfhörer thronte.
„Das gibt es doch nicht", entfuhr es ihr.
Der Rauschgoldengel war DJ.
Im Engelskostüm.
Unglaublich!
Das erklärte auch die Menge an CDs und Schallplatten im Schlafzimmer. Sie sah sich den Flyer noch einmal genau an. Die Termine lagen erstaunlicherweise nicht nur in der

Vorweihnachtszeit, sondern waren über das ganze Jahr verteilt.

„Hast du jemals etwas von einem DJ Rauschgoldengel in Nürnberg oder Fürth gehört?", wunderte sich Charlotte.

„Nein, ich bin aber auch nicht so der Partylöwe", gab Torsten zu.

„Das geht mir genauso."

Charlotte erinnerte sich daran, wie viel Überredungskunst es Sandra gekostet hatte, sie zur Faschingsparty im *Hirsch* zu überreden.

Sandra.

Hatte sie nicht einmal erwähnt, ihr Magnus sei auch DJ?

Vielleicht kannten sich die beiden aus der Szene?

Langsam bekam Charlotte ein ungutes Gefühl.

Wilfred Schlecht und Magnus Larsson.

Der Rauschgoldengel und ein Mann, der nicht in Nürnberg gemeldet war und auch nicht im Umland, wie ihr Matthias inzwischen per SMS mitgeteilt hatte.

Die gleiche Adresse? Beide arbeiteten als DJ?

Konnte das alles Zufall sein?

Nein, da musste mehr dahinter stecken. Sie musste herausfinden, ob in dem Haus noch ein junger Mann wohnte und dazu musste sie...

„Torsten", wandte sie sich mit einem schmeichelnden Unterton an ihren Praktikanten.

Der blickte skeptisch auf.

„Du kannst doch besonders gut mit, na sagen wir mal, etwas eigenwilligen alten Damen, oder?", begann sie vorsichtig, denn sie wusste, was auf dem Spiel stand. Wenn sich Torsten weigerte, den Job zu übernehmen, musste sie selbst...

„Wie meinst du das?" Er ahnte schon, was auf ihn zu kam.

„Also diese Dame im Erdgeschoss..."

„Frau Rosenbach?"

„Genau die. Würdest du bitte zu ihr hinuntergehen und sie fragen, ob hier im Haus noch ein junger Mann wohnt?"

„Na klar, gerne. Das ist mal etwas Abwechslung zu diesem elenden Papierkram."

Charlotte atmete erleichtert auf. Sie hätte ein weiteres

Gespräch mit dieser Frau, womöglich auch noch in der müffelnden Wohnung, nicht ausgehalten.

„So ein Praktikant ist doch Gold wert, oder?", grinste Fabian Rohleder und steckte seinen Kopf zur Tür herein. „Ich bin jetzt soweit fertig. Ich habe nur Fingerabdrücke von zwei weiteren Personen gefunden und davon nur wenige. Im Bad waren beispielsweise nur seine eigenen Abdrücke. Unser Engel schien selten himmlischen Besuch empfangen zu haben. Oder die Gäste hatten alle Handschuhe an. Ich sage dir Bescheid, ob die Fingerabdrücke der beiden Herrschaften bei uns registriert sind. Bis später."

Damit fiel die Tür ins Schloss.

Charlotte ließ das Blatt sinken, das sie gerade in der Hand hielt.

Also doch kein Untermieter. Schlecht hatte alleine hier gewohnt – ohne Magnus Larsson.

Warum ließ ihr dieser Larsson keine Ruhe?

Seufzend vertiefte sie sich wieder in den immer kleiner werdenden Papierstapel.

Plötzlich erstarrte sie.

Vor ihr lag eine Immatrikulationsbescheinigung auf den Namen Magnus Larsson.

„Also doch!"

Sie blickte ungläubig auf das Papier.

Die Bescheinigung war aktuell, im November des vergangenen Jahres ausgestellt.

Es klopfte an der Tür. Sie schrak auf.

„Charlotte mach auf", hörte sie die gedämpfte Stimme Torstens aus dem Treppenhaus. „Ich bin es."

„Ich habe noch gar nicht mir dir gerechnet", flachste sie, als sie ihren Kollegen hereinließ. „Ich war sicher, sie bietet dir einen 1a Apfelkuchen und einen frischen Cappuccino an."

„Das hätte ich doch zu gerne angenommen, aber ich musste meine Fragen leider bei vorgelegter Sicherheitskette stellen", berichtete Torsten bedauernd. „So ein Kaffee würde mir jetzt wirklich gut tun."

„Wem sagst du das. Gibt es etwas Neues?"

„Nein, außer diesem langhaarigen, unfreundlichen Mann aus dem vierten Stock wohnen hier angeblich nur ordentliche, ältere Menschen. Er schien auch nie Besuch bekommen zu haben, jedenfalls hat Frau Rosenbach nie jemanden bemerkt, und das mag was heißen."

„Das habe ich mir gedacht", stimmte Charlotte zu. „Fabian hat nur zwei weitere Fingerabdrücke sichergestellt. Diese Wohnung war wohl Wilfred Schlechts Festung, in die er niemanden hineinließ."

„Es ist doch wirklich eigenartig, wie manche Leute leben. Geht bei dir was voran?", fragte er und deutete auf die Kiste mit den Papieren.

„Das will ich meinen. Sieh mal, was ich hier habe."

Sie zeigte ihm die Bescheinigung.

„Das wird ja immer seltsamer. Mal sehen, was da noch alles zu Tage tritt."

Er sah sich die letzten Zettel an, die in dem Karton ganz unten gelegen hatten.

„Schau, hier sind Zeugnisse von Larsson, von einem Gymnasium in Hamburg. Er hat ein Einser-Abitur."

„Dann wohnt er doch hier und ist vielleicht noch in Hamburg gemeldet. Aber wo ist sein Bett? Wo sind seine Sachen? Und seine Fingerabdrücke?"

Sie sah sich fragend um und schüttelte verständnislos den Kopf. „Ich bin sicher, hier wohnte nur eine Person – und die hieß Wilfred Schlecht!"

„Charlotte...", begann Torsten aufgeregt. „Schau mal!"

Er hielt einen Studentenausweis in der Hand.

„Ich fürchte, hier wohnte wirklich nur eine Person."

Sie warf einen Blick auf den Ausweis. Er war auf Magnus Larsson ausgestellt, doch das Foto zeigte einen Mann mit auffälligen blonden Locken – den Rauschgoldengel!

12

Sandra weinte sich die Augen aus dem Kopf.
Wie ein kostbares Kleinod hielt sie den Ausweis mit dem Foto in der Hand, fuhr liebevoll mit dem Finger darüber und schluchzte.
Gleich nachdem sich abgezeichnet hatte, dass Wilfred Schlecht und Magnus Larsson ein und dieselbe Person waren, hatte Charlotte die Freundin angerufen und in die Okenstraße kommen lassen.
Sandra hatte den Verdacht bestätigt und den Mann auf dem Foto als Magnus Larsson identifiziert.
Sie weinte um ihre neue Liebe und darum, so belogen und getäuscht worden zu sein.
Charlotte versuchte, sie zu trösten und gleichzeitig wichtige Informationen von ihr zu bekommen.
„Wo habt ihr euch denn kennengelernt?"
„Ich habe ihn so geliebt", jammerte Sandra abwesend in Charlottes Pulli hinein.
„Warst du vielleicht auf einer der Partys, bei der er aufgelegt hat?"
Im letzten Moment hatte sie sich noch den Begriff *Rauschgoldengelparty* verkneifen können. Humor und Ironie wären in dieser angespannten Situation sicher unangemessen gewesen.
Erschrocken fuhr Sandra hoch und schaute die Freundin mit weit aufgerissenen Augen an.
„Du weißt davon?"
„Seit gerade eben. Warum hast du mir denn nichts davon erzählt?"
In dem Augenblick, in dem sie den Satz aussprach, kannte sie bereits Sandras Antwort und zog sicherheitshalber schon den Kopf ein. Tatsächlich löste sich Sandra ruckartig aus Charlottes Armen.

„Das fragst du noch?", wetterte sie und blitzte ihre Freundin wütend an. Auf ihrem rotgeweinten Gesicht bildeten sich Zornesfalten. „Stell dir vor, ich hätte dir gesagt, mein neuer Freund tritt als DJ im Engelskostüm auf. Was denkst du, was du gesagt hättest? Wärst du begeistert gewesen? Hättest du mich unbedingt zu einer Party nach Weißenburg begleiten wollen? Niemals! Ausgelacht hättest du mich!"
Sie brüllte sich regelrecht in Rage.
„Aber..."
„Nichts aber! Ich weiß doch, was du von ihm gehalten hast!"
Jetzt begann sie, verzweifelt mit den Fäusten auf Charlottes Brust einzutrommeln.
„Du hast leicht reden! Du hast deine Schäfchen im Trockenen, bist glücklich liiert – und ich? Endlich hatte ich jemanden gefunden, der mich liebte, der etwas Besonderes war, und dann meckerst du ununterbrochen an ihm herum! Und jetzt ist er tot! Ich hasse dich!"
Mit Mühe gelang es Charlotte, Sandras Hände festzuhalten, bevor sie bitterlich weinend zusammenbrach.
„Ich rufe einen Krankenwagen", meinte Torsten und zog sein Handy aus der Tasche. „Ich glaube, sie braucht professionelle Hilfe."

Müde und durchgeschwitzt beobachtete Charlotte wenig später, wie Sandra schlafend auf einer Liege im Krankenwagen verschwand. Der Notarzt hatte ihr ein Beruhigungsmittel gespritzt.
„Wo bringen Sie sie hin?", fragte sie den Sanitäter mit schwacher Stimme. Sandras Anfall hatte sie unheimlich viel Kraft gekostet.
„In die Notfallambulanz im Nordklinikum. Sie braucht jetzt Ruhe."
Charlotte nickte. „Vielen Dank."
Der Krankenwagen fuhr davon.

Sie fror, hatte Kopfschmerzen und Hunger.
In diesem Zustand konnte sie sich nicht mehr auf die Auswertung der Unterlagen in der Wohnung konzentrieren.
„Wie wäre es mit einer Pause?", fragte Torsten vorsichtig.

„Ich habe deine Tasche mitgebracht und die Wohnung versiegelt."
Charlotte lächelte ihn müde an.
„Danke, du bist ein Schatz. Ich brauche jetzt dringend einen Kaffee und etwas zu essen. Bist du dabei?"
„Schon überredet. Fahren wir zur Bratwurst-Gerti?"

Die Bratwurst-Gerti war seit Jahrzehnten eine Institution am Hauptmarkt. Sie betrieb eine kleine Bratwurstküche direkt gegenüber des *Schönen Brunnens* und war – ähnlich wie Attilas *café al fiume* - eine beliebte Anlaufstation für hungrige Beamte. Bei ihr bekam man die besten Bratwürste zu einem fairen Preis und noch eine Information über dies und das obendrauf.
„Gute Idee. Kannst du fahren?"
Sie reichte ihm den Schlüssel und setzte sich auf den Beifahrersitz. Da klingelte ihr Handy. Im Display erschien die Nummer von Markus Metz.
„Bitte geh du ran", bat sie. „Ich kann keine Informationen mehr aufnehmen."
„Hallo Markus, hier ist Torsten...sie sitzt neben mir...nein, alles in Ordnung, sie hat nur Hunger...wo ist das?...Gut, bis gleich."
„Planänderung!", verkündete er gut gelaunt. „Es gibt nicht nur *Drei im Weggla*, sondern mindestens *Sechs auf Kraut*, Wir päppeln dich schon wieder auf."

Torsten fuhr wieder über den Plärrer und weiter in nördliche Richtung am Westtorgraben vorbei, der Stelle, die Charlotte so sehr liebte, da man von hier aus einen sensationellen Blick auf die Kaiserburg hatte. Doch heute hatte sie keinen Sinn für die Schönheiten ihrer Stadt, starrte einfach nur schweigend aus dem Fenster.
Sie machte sich bittere Vorwürfe.
Wie hatte das nur passieren können? Sandra hatte einen Rückfall erlitten, weil sie, angeblich ihre beste Freundin, nicht aufgepasst hatte. Sie war viel zu rücksichtslos vorgegangen, hatte Sandras labilen psychischen Zustand ignoriert, zu wenig Einfühlungsvermögen an den Tag gelegt,

nur die Ermittlungen im Auge gehabt.

Ihre beste Freundin Sandra, die sich gerade erst von einer schwierigen Trennungsphase erholt hatte, war mitten in einen Mordfall geraten, als eine wichtige Zeugin, aber auch unmittelbar Betroffene.

„Du hast nichts falsch gemacht", versuchte Torsten, sie zu beruhigen, aber sie reagierte nicht.

„Wir essen jetzt erst einmal etwas, dann sieht die Welt schon wieder anders aus."

Torsten lenkte den Dienstwagen vom Hallertor in Richtung Hauptmarkt. Es war erstaunlich, wie schnell er sich in Nürnberg zurechtfand, stammte er doch aus einem kleinen Dorf in der Oberpfalz, in dem es weder einen Zebrastreifen, noch eine Ampel gab. Sollte er irgendwann genug von der Verbrecherjagd haben, könnte er sofort als Taxifahrer sein Geld verdienen – und das ganz ohne Navi.

Kurz vor dem Hauptmarkt bogen sie nach links ab, den Burgberg hinauf, mitten hinein in die Sebalder Altstadt, vorbei am noch immer abgesperrten Dürer-Denkmal.

Jetzt erwachte Charlotte aus ihrer Lethargie.

„Wo fahren wir denn hin?", meldete sie sich zu Wort. „Gibt es wohl *Sechs auf Kraut* in den Felsengängen?"

Torsten grinste erleichtert. Seine Chefin hat ihrem leeren Magen und den aufregenden Ereignissen zum Trotz ihren Humor wieder gefunden. Und das war gut so.

„Nein, Markus hat gesagt, er sitzt mit seinen Kollegen in einem kleinen urigen Lokal in der Unteren Schmiedgasse und hat sich gerade ein Schäufele bestellt. Er hat Neuigkeiten und hat vorgeschlagen, uns beim Essen zu informieren."

Charlotte spürte, wie ihr bei der bloßen Erwähnung dieses saftigen Fleischberges mit riesigem Knochen und krosser Kruste augenblicklich literweise das Wasser im Munde zusammenlief. Dazu einen leckeren Kloß und fruchtiges Blaukraut.

Sie warf einen Blick auf die Uhr.

Kein Wunder, dass sie ihre Gemütslage nicht mehr ganz im Griff hatte. Es war bereits nach 13:00 Uhr und damit sieben Stunden nach ihrem nicht allzu üppigen Frühstück. Jetzt

konnte es ihr nicht schnell genug gehen, doch das Schicksal wusste, was es zu tun hatte: Direkt vor einem kleinen, schnuckeligen Lokal wartete ein leerer Parkplatz auf sie.
Torsten stellte den Wagen ab.
„Warst du schon einmal hier?", fragte er, als er die Tür unter dem historisch aussehenden Schild *Kaiserkeller* öffnete.
Charlotte verneinte. „Nein, es ist mir noch nie aufgefallen."
Sie war echte Nürnbergerin und mied normalerweise die Etablissements der Touristen. Nie würde sie auf die Idee kommen, in einem kleinen Gasthaus direkt unterhalb der Burg einzukehren, das zu allem Überfluss auch noch *Kaiserkeller* hieß. Warum nicht gleich *Zum Eppelein*, oder *Bratwursthütte*.
So sehr es sie auch stolz machte, die vielen Touristen aus Amerika und Fernost in Heerscharen durch die Altstadt flanieren zu sehen, so sehr hatte sie das Bedürfnis, sich von ihnen fernzuhalten, sich in ihrer Stadt Ecken und Winkel zu bewahren, die noch nicht tausendfach auf verschiedensten Displays auf der anderen Seite der Erdkugel gezeigt worden waren. Sie liebte es, die ausgetretenen Touristenpfade zu verlassen und in Straßen und Gassen einzutauchen, die nur Einheimischen bekannt waren.
Nicht umsonst wohnte sie mittlerweile in einer solchen Gasse.
Der Gastraum war klein, gemütlich und geschmackvoll eingerichtet. Alles war mit hellem Holz verkleidet, an den Wänden hingen Drucke berühmter Werke von Albrecht Dürer und Darstellungen verschiedener Nürnberger Sehenswürdigkeiten. Das Team von Markus Metz hatte es sich an einem großen, runden Tisch mit rot-weiß karierter Tischdecke und rustikaler Eckbank bequem gemacht. Die vier Kollegen hatten bereits nur noch halb gefüllte Bierkrüge vor sich stehen und waren bester Laune.
„Ah, da seid ihr ja", begrüßte sie Markus Metz fröhlich. Ähnlich wie seine Mitarbeiter hatte auch er rote Wangen und leuchtende Augen - wahrscheinlich wegen der Vorfreude auf das bestellte zünftige Mittagessen.
„Was ist mit dir, Charlotte?", fragte er besorgt. „Du bist ja kalkweiß im Gesicht."

Tatsächlich war Charlotte froh, sich setzen zu können. Ihr Kreislauf wurde zunehmend schwächer, die Knie wackelig.
„Alles in Ordnung", antwortete Torsten an ihrer Stelle. „Sie hat nur Hunger."
„Da kann dir doch schnell geholfen werden", freute sich Markus erleichtert. „Trink erstmal einen Schluck Bier. Ist zwar alkoholfrei, aber für den Anfang ganz gut."
Charlotte nahm das Angebot gerne an, trank einen kräftigen Schluck und spürte, wie ihre Lebensgeister langsam wieder erwachten.
„Felix!", rief Markus nach der Bedienung. „Bring uns doch bitte noch ein Bier und...", er warf den Neuankömmlingen einen fragenden Blick zu, „zwei Schäufele!"
Charlotte und Torsten nickten dankbar.
„Was gibt es Neues?", ergriff abermals Torsten die Initiative. „Habt ihr den Tatort gefunden?"
„Haben wir."
Der Chef der Spurensicherung breitete einen verblassten, abgegriffenen Plan auf dem Tisch aus, auf dem ein Teil des unterirdischen Labyrinths abgebildet war. Auf die vier Ecken stellte er jeweils ein Bierglas und beugte sich eifrig über das vergilbte Papier.
„Herr Baumgart hat gemeint, ihr seid hier entlang gekommen", erläuterte er und fuhr mit seinem Finger eine der Linien entlang, die es auf dem Plan zuhauf gab.
Charlotte erkannte gar nichts und konnte weder Markus' Finger noch seinen Worten folgen.
Für sie war nicht einmal klar, wo oben und unten, links und rechts, Ost oder West war. Vor ihren Augen flimmerte ein Wust an Strichen, Zahlen, Buchstaben.
„Hm", brummte sie vor sich hin, um die Euphorie des Kollegen nicht zu bremsen. Sie würde sich vermutlich später den Ort des Geschehens live ansehen dürfen.
„... Blutfleck entdeckt", referierte Markus weiter. „Deshalb denken wir, dass Schlecht dort den tödlichen Messerstich bekommen hat."
Stolz und mit inzwischen tiefroten Wangen rollte er den Plan wieder zusammen und blickte Charlotte triumphierend an, doch diese war mit ihrer Aufmerksamkeit ganz woanders,

nämlich bei einem jungen Mann im weißen Hemd und krachledernen Hosen, der ein nahezu ein Quadratmeter großes Tablett voller duftender Köstlichkeiten durch den Gastraum balancierte – direkt auf sie zu.

„Vorsicht, bitte", rief er mit einer ungewöhnlich tiefen Stimme und stellte seine wertvolle Fracht gekonnt auf dem Tisch ab.

Charlottes Augen weiteten sich, bevor sich schmerzende Ernüchterung einstellte. Auf dem Tablett waren nur vier Schäufele, die vier Schäufele, die das Team von Markus Metz vor einer halben Stunde bestellt hatte.

Sie schluckte, biss sich auf die Lippen, schluckte erneut.

Musste sie jetzt ernsthaft zusehen, wie die lieben Kollegen vor ihren Augen...?

Dieser Gedanke war unerträglich.

Sie musste unaufhörlich schlucken, denn ihr Körper bereitete sich gerade intensiv auf den Verzehr dieser lecker duftenden fränkischen Spezialität vor.

Sollte sie jetzt wirklich noch eine halbe Stunde warten müssen?

„Danke dir, Felix, du bist unsere Rettung", bemerkte Markus und traf damit den Nagel auf den Kopf, zumindest was seine Mitarbeiter betraf.

Der Kellner grinste und zeigte dabei bemerkenswert weiße Zähne. Er war etwa in Charlottes Alter, hatte eine sportliche Figur, ein braungebranntes Gesicht und dunkles, gelocktes Haar, ein richtiger Sonnyboy.

„Das freut mich. Lasst es euch schmecken. Eure Portion ist auch gleich fertig", fügte er an Charlotte und Torsten gewandt hinzu. „Trinkt doch so lange ein Bier, das macht auch satt."

Mit diesen gut gemeinten Worten stellte er zwei Bierkrüge ab und zog mit seinem Riesentablett wieder von dannen.

Charlotte hatte rein gar nichts für diese quasi perfekten Männer übrig, die aussahen, als bestünde ihr Leben ausschließlich aus Flirten und Fitnesscenter. Schon gar nicht, wenn sie hungrig war.

Seufzend setzte sie das Bierglas an die Lippen, als sich plötzlich von rechts ein dampfender Teller näherte.

„Du siehst so verhungert aus", meinte Markus einfühlsam. „Fang doch schon einmal mit meiner Portion an – ich halte es noch eine Viertelstunde aus."
Charlotte strahlte ihn glücklich an.
„Danke. Du hast was gut bei mir. Guten Appetit."
Damit griff sie zu Messer und Gabel, rupfte ein ansehnliches Stück vom Riesenknödel ab, tauchte ihn in die würzige, dunkle Soße und steckte ihn gierig in den Mund, gefolgt von einem ersten Stück Fleisch.
Sie konnte sich nicht erinnern, jemals ein Mittagessen so herbeigesehnt und dann so genossen zu haben.
„Danke Markus, das war wirklich Rettung in letzter Sekunde."
„So, hier noch die beiden letzten Schäufele", verkündete der bestens gelaunte Kellner nur fünf Minuten später und stellte nun auch vor Torsten und Markus einen Teller ab. „Habt ihr alles, was ihr braucht?"
Alle nickten zufrieden mit vollem Mund.
Es kehrte Ruhe ein am Tisch. Einzig das Klappern des Bestecks und ab und zu ein wohliger Seufzer waren zu hören, bis plötzlich ein lästiges Klingeln die konzentrierte Stille störte.
Niemand reagierte.
Es klingelte wieder und wieder und wieder.
Das nervtötende Geräusch kam aus Charlottes Tasche.
Fünf Augenpaare blickten sie vorwurfsvoll an, doch sie nahm nichts wahr, sah nur den immer kleiner werdenden Fleischberg und das letzte Stückchen Kloß in einer kleinen Soßenpfütze. Ihr Teller würde bald leer sein, und sie stellte sich eben die Frage, ob im gleichen Zug auch ihr Bauch ausreichend voll sein würde, als sie die Blicke der anderen auf sich spürte.
„Isch wasch?", nuschelte sie mühsam.
„Dein Handy klingelt", erklärte Torsten geduldig.
„Oh, danke."
Sie kramte kauend den Apparat hervor und las die Nummer auf dem Display.
„Ich brauche jetzt beim Essen keine unappetitlichen Details aus der Rechtsmedizin", entschied sie, wies den Anruf ab

und steckte das Gerät wieder ein.

„Ich bin ja gleich fertig", fügte sie mit einem Anflug von schlechtem Gewissen hinzu.

Genüsslich spießte sie das allerletzte Stückchen Knödel auf die Gabel und wischte damit den Teller sauber. Übrig blieb lediglich ein sauberer Knochen und eine satte und glückliche Kriminalhauptkommissarin.

Sie lehnte sich zurück, wischte sich mit der Serviette über den Mund und holte ihr Telefon wieder heraus.

„So, Jens Kohlbrenner, jetzt bin ich bereit", murmelte sie vor sich hin und war im Begriff, die Nummer zu wählen, als sich der gutaussehende Kellner zu ihnen an den Tisch setzte.

„Na, seid ihr wieder auf der Jagd nach gefährlichen Verbrechern", flachste er und klopfte Markus Metz freundschaftlich auf die Schulter. „Warum sonst würdet ihr euch am Mittwoch Mittag hier zum Essen treffen?"

„Das hast du ja wirklich blitzschnell erkannt", lobte Markus mit gespielter Anerkennung. „Willst du nicht diesen langweiligen Kellnerjob an den Nagel hängen und lieber mit uns auf Verbrecherjagd gehen?"

Felix lachte. „Das wäre schlecht. Wer soll euch denn sonst mit frischen Schäufele versorgen? Habt ihr einen neuen Fall?"

Die tiefbraunen Augen des Mannes leuchteten und bildeten sympathische Lachfältchen.

„Sobald du bei uns einsteigst, wirst du diesbezüglich immer auf dem neuesten Stand sein", gab Markus schlagfertig zurück. „Bringst du uns die Rechnung? Wir müssen weitermachen."

„Ich verstehe. Das ist alles wieder streng geheim."

Damit stand Felix wieder auf und verschwand in Richtung Küche.

„Woher kennst du ihn?", fragte Charlotte neugierig.

„Wieso? Gefällt er dir?" Der Chef der Spurensicherung grinste bis über beide Ohren. „Ich finde ja, Felix sieht ausnehmend gut aus. Fast schade, dass ich nicht schwul bin."

Charlotte konnte nicht verhindern, dass eine leichte Röte ihr Gesicht überzog.

„Markus, was soll das? Du weißt doch, dass..."
„Lass dich doch nicht ärgern. Natürlich weiß ich, dass Tim der Mann deines Lebens ist. Und um deine Frage zu beantworten: Ich habe ihn im Fitnesscenter kennengelernt."
Charlotte prustete laut los.
„Im Fitnesscenter? Das ist jetzt ein Scherz, oder?"
„Was ist daran so lustig?", fragte Markus überrascht.
„Du gehst in die Muckibude?" Charlotte schnappte nach Luft.
„Ich will mich fit halten", erklärte Markus mit einem verschmitzten Lächeln auf den Lippen, „und das am liebsten in der Gegenwart junger, gutaussehender Damen in leichter Sportbekleidung."
„So genau wollte ich das jetzt auch nicht wissen. Du kannst tun und lassen was du willst im Gegensatz zu mir, denn ich muss jetzt sofort in der Rechtsmedizin anrufen, sonst wird Jens sauer."
Damit griff sie nach Jacke und Handy und verschwand nach draußen.

13

Die Sonne schien vom nur leicht bewölkten Himmel – und das in Verbindung mit den ersten Plusgraden seit zehn Tagen.
Leichtes Tauwetter setzt ein.
Die Schneeberge am Straßenrand wurden zusehends zu unansehnlichen Matschhaufen, überall lagen noch Reste aufgeweichter Luftschlangen, zertretene Bonbons und kleine Schnapsfläschchen herum. Manfred Wenninger und seine Kollegen würden noch einiges zu tun haben, bis alle Straßen vom Faschingsmüll gesäubert waren.
Charlotte war müde. Sie war froh, nicht fahren zu müssen, hatte das Steuer gerne ihrem Praktikanten überlassen. Es war inzwischen später Nachmittag, und sie hatte Mühe, die Ereignisse des Tages in ihrem Kopf zu sortieren.
War es wirklich erst heute morgen gewesen, als sie den Toten am Albrecht-Dürer-Denkmal gefunden hatten? Als sie in den Felsengängen unterwegs gewesen waren und es sich schließlich herausgestellt hatte, dass es Sandras neuer Freund war, der jetzt bei Jens Kohlbrenner in der Pathologie lag?
Nach dem Telefonat mit dem Rechtsmediziner war sie mit Torsten gleich zum Krematorium am Westfriedhof gefahren, wo die Obduktionen durchgeführt wurden. Wie nach jedem Besuch in diesen sterilen, kalten Räumen, in denen der Geruch nach Desinfektionsmittel, Tod und Verwesung hing, war Charlotte auch diesmal nachdenklich und schweigsam.
Vor kurzem war dieser Mann mit der außergewöhnlichen Lockenpracht noch lebendig gewesen, gesund, vielleicht fröhlich und voller Tatendrang, mit Plänen für die Zukunft. Jetzt lag er nackt und tot, aufgeschnitten und bis in die kleinste Faser untersucht auf einem Edelstahltisch in einer engen Kühlkammer und wartete geduldig darauf, seine letzte

Reise antreten zu dürfen.
Wie konnte es sich nur ein Mensch anmaßen, dem Leben eines anderen ein Ende zu setzen, Träume zu zerstören, eine Zukunft auszulöschen?
In diesen Momenten kamen in Charlotte jedes Mal Zweifel auf, ob sie wirklich den richtigen Beruf gewählt hatte, ob sie wirklich ihr Leben damit verbringen möchte, diese Menschen zu jagen, diese Menschen, die sich zu Herren über Leben und Tod aufschwingen, die ein Leben nehmen, um ..., ja um was?
Um Ruhe in das eigene Leben zu bekommen?
Um ein besseres Leben führen zu können?
Um Genugtuung zu spüren?
Oder einfach, weil sie es konnten? Weil es in ihrer Macht stand?
Charlotte wusste, dass diese Frage nicht so einfach zu beantworten war, dass jeder Fall seine eigenen Antworten hatte, jeder Täter und jedes Opfer seine eigene Geschichte.
In ihrem letzten Fall hatte sich der Täter für all das Unrecht gerächt, das ihm im Laufe seines Lebens angetan wurde. Durfte er deshalb als Henker durch die Stadt ziehen und Leute foltern und töten? Gab ihm das Unrecht, das an ihm begangen wurde, das Recht, ebenfalls Unrecht zu tun?
Gleiches mit Gleichem zu vergelten?
Sie seufzte und fuhr sich mit den Händen über das Gesicht.
Das waren zum Glück nicht die Fragen, die sie zu beantworten, nicht die Taten, die sie zu bewerten hatte.
Sie war Polizistin und hatte dafür zu sorgen, dass all diejenigen, die das Gesetz gebrochen hatten, gefasst und angemessen bestraft wurden.
Und dennoch...
Trotz klarer Gesetzeslage, trotz aller Paragraphen und juristischer Beurteilungen. Übrig blieben die moralischen Überlegungen über Recht und Unrecht, über Rache und Macht.

„Charlotte? Wir sind da."
Torsten parkte den Wagen auf dem Gelände des Klinikums, nordwestlich der Altstadt. Sie wollten Sandra einen Besuch

abstatten und hofften, von ihr nähere Informationen zum Opfer, zu möglichen Tatverdächtigen oder Motiven zu bekommen.

„Soll ich lieber im Auto warten?", fragte er vorsichtig. Er hatte gemerkt, wie seine Kollegin bei den nüchternen Ausführungen des Rechtsmediziners immer schweigsamer geworden war.

Der Rauschgoldengel hatte weder Alkohol noch Drogen im Blut, er hatte kein Übergewicht, keine chronischen Krankheiten, keine Allergien oder Operationsnarben, nicht einmal Karies. Der Mann war kerngesund gewesen – bis ihn die Klinge eines Küchenmessers durchbohrt hatte und er daraufhin verblutet war.

Das einzig Auffällige waren Fesselungsspuren an den Handgelenken, ein leerer Magen und beginnende Dehydrierung.

„Es sieht so aus, als sei der Mann mit Kabelbindern gefesselt gewesen und habe etwa 48 Stunden vor seinem Tod nichts gegessen und getrunken. Außerdem hat er ein paar Kratzer an den Armen, die von einem Kampf stammen könnten und ihm etwa zwei Tage vor seinem Tod zugefügt worden waren." So die sachliche Analyse des Mediziners.

„Nein, komm nur mit rein. Schließlich ist Sandra nicht mehr nur meine Freundin, sondern auch eine wichtige Zeugin."

Die beiden Polizisten fragten an der Information nach der Psychiatrie und wurden dankenswerterweise von einem Mitarbeiter durch das Labyrinth an Häusern und Abteilungen zur richtigen Station begleitet.

Es begegneten ihnen unzählige Ärzte in weißen Kitteln, Besucher mit Blumen in der Hand und Patienten in Bademänteln und Hausschuhen, die langsam schlurfend ein Gestell mit einer Infusionsflasche vor sich her schoben.

Betten und Rollstühle wurden durch die Gänge geschoben, Akten von A nach B transportiert und Matschpfützen weggewischt. Überall hingen Wegweiser, Hinweisschilder und Pfeile, Übersichtspläne und andere Beschriftungen, die die Orientierung erleichtern sollten.

Charlotte war fasziniert davon, wie ein so großer Betrieb

funktionieren konnte. Diese Klinik war, wie alle anderen Krankenhäuser auch, ein eigener Mikrokosmos mit eigenen Gesetzen, Regelungen und Abläufen. Irgendwo in diesem riesigen Komplex war die Schaltzentrale, von der aus alles gesteuert wurde, saßen Heerscharen von Bürokraten, Sekretärinnen, Chefärzten, Kaufleuten und Logistikern, deren Aufgabe es war, dieses gewaltige Gebilde am Laufen zu halten. Jeder, der diese Räume betrat, hatte sich den herrschenden Regeln zu unterwerfen, hatte leise zu sein, das Handy abzustellen, Nummern zu ziehen oder sich grüne Plastikschuhe überzuziehen, je nachdem welche Abteilung er besuchte.

Sandra saß im Dämmerlicht des kleinen Zimmers auf einem Stuhl und starrte reglos aus dem Fenster. Sie hatte auf Charlottes Klopfen ebensowenig reagiert, wie auf die Fragen, die ihr die Freundin gestellt hatte.

„Sie hat ein starkes Beruhigungsmittel bekommen", erklärte der Arzt leise und schloss behutsam die Tür.

„Wie geht es dir?", versuchte es Charlotte erneut, doch ihre Worte schienen es nicht bis in Sandras Bewusstsein zu schaffen.

„Ich brauche dich, Sandra. Wir müssen herausfinden, wer das getan hat, und dazu müssen wir Wilfred besser kennenlernen."

Sandra murmelte etwas Unverständliches vor sich hin.

„Wie bitte?", fragte Charlotte vorsichtig nach, doch es kam keine Reaktion.

„Du kanntest ihn doch schon länger. Mit wem war er zusammen, wen kannte er, wer könnte einen Grund gehabt haben, ihn zu...?" Sie wagte nicht, den Satz zu Ende zu sprechen. „Wilfred Schlecht war Drogendealer, da hatte er doch sicher nicht nur Freunde."

Sandra zuckte zusammen.

„Magnus", stieß sie flüsternd hervor. „Er hieß Magnus, studierte Germanistik und nahm keine Drogen. Und jetzt geh. Lass mich alleine."

Charlotte atmete tief durch. Sie wusste nicht, ob sie nach diesem Tag noch in der Lage war, mit Samtpfötchen gegen den Widerstand der Freundin anzureden, ohne ungeduldig

oder gar laut zu werden. Hilfesuchend blickte sie sich um. Torsten stand unsicher neben der Tür und zuckte ratlos mit den Schultern.
„Sandra." So einfühlsam wie möglich nahm Charlotte die Hand der Freundin und blickte sie erwartungsvoll an.
Plötzlich brach Sandra in Tränen aus und klammerte sich an Charlotte fest.
„Er ist tot! Er kommt nie wieder zurück!"

Torsten beschloss, die beiden alleine zu lassen. Erleichtert verließ er die bedrückende Atmosphäre und fand schnell in die Eingangshalle zurück. Er holte sich im Bistro einen großen Milchkaffee, gönnte sich ein Stück Käsekuchen und setzte sich an einen freien Tisch. Gerade als er das erste Stück Kuchen im Mund hatte, vibrierte sein Handy in der Hosentasche. Entgegen aller Hinweise hatte er den Apparat nicht ganz ausgeschaltet, sondern den Vibrationsalarm eingestellt.
Im Display erkannte er die Nummer von Matthias.
„Hallo Torsten. Was ist denn mit Charlotte? Ist die Frau Kriminalhauptkommissarin nicht zu sprechen?"
„Grüß dich, Matthias", antwortete er mit vollem Mund. „Sie ist bei einer Zeugin. Was gibt es denn?"
„Ich habe Infos für Euch. Die Kollegen haben alle Unterlagen aus der Wohnung des Opfers mitgenommen und durchgesehen. Der Studentenausweis war eine ganz gute Fälschung, genauso wie die Zeugnisse aus Hamburg. Außerdem haben wir eine Liste mit Namen, die möglicherweise Kunden von ihm waren. Zumindest sind manche von den Leuten als Drogenkonsumenten bekannt. Einige leben nicht mehr. Dieses Crystal Meth ist doch ein Teufelszeug!"
„War nicht vor kurzem ein Bericht von einer Drogentoten durch Crystal Meth in der Zeitung?", erinnerte sich Torsten.
„Richtig, der Name des Mädchens war Isabella Dix und ist auch auf der Liste zu finden."
„Denkst du, ihr Tod könnte etwas mit unserem Fall zu tun haben?"
„Das denke ich schon, immerhin hat ein gewisser Frank Dix

regelmäßig bei Wilfred Schlecht angerufen. Vielleicht ist das der Vater des Mädchens, oder der Bruder, der sich am Dealer rächen wollte? Ich schicke dir die Liste auf dein Handy. Außerdem wurde das Mädchen in diesem Club in Weißenburg gefunden."

„Dort, wo der Rauschgoldengel aufgelegt hat?", fragte Torsten verblüfft.

„Ja, im *Club 52*. Die Kollegen kennen den Schuppen. Es scheint ein beliebter Drogenumschlagplatz zu sein. Wir sind gerade dabei, Näheres über den Club in Erfahrung zu bringen."

„Gut, gibt es noch etwas?"

„Ja, die Kollegen haben in der schmutzigen Wäsche des Opfers – und davon gab es wohl reichlich – ein Sweatshirt mit Blutflecken am Ärmel sichergestellt. Markus und seine Leute schauen sich das Shirt näher an, überprüfen von wem das Blut stammte und suchen nach anderer Fremd-DNA. Womöglich hatte der Mann tatsächlich eine heftige Auseinandersetzung mit Mister X?"

„Das klingt ja vielversprechend. Habt ihr schon die Telefondaten überprüft?"

„Das Festnetz ja, das Handy dauert noch."

„Und?"

„Eine Sandra Watzlawick hat gefühlte hundertmal am Tag angerufen."

„Das überrascht mich nicht. Sie war angeblich mit ihm zusammen."

„Angeblich?"

„Naja, in ihren Augen schon. Er war diesbezüglich wohl anderer Meinung."

„Die Frau, das unbekannte Wesen!", seufzte Matthias theatralisch. „Das erklärt auch, warum er sie nie zurückgerufen hat."

„Gut, dann sehen wir uns diesen Dix mal an. Du hast doch sicher die Adresse?"

„Schicke ich dir auch aufs Handy. Ich fürchte aber, ihr müsst euren Besuch auf morgen verschieben. Ihr sollt sofort zum Chef kommen. Er ist ziemlich sauer."

„Ich bringe es Charlotte möglichst schonend bei."

„Übrigens habe ich fast alle Mitarbeiter von diesem Kellerverein erreicht."
„Und?"
„Es gab erwartungsgemäß keine Führung in Kostümen. Es hat auch keiner einen auffälligen Engel bemerkt."
„Was ist mit den Alibis?"
„Das gestaltet sich ziemlich aufwändig. Die meisten waren faschingsmäßig unterwegs. Viele der Zeugen sind einfach noch nicht ansprechbar. Bisher bin ich auf nichts Ungewöhnliches gestoßen. Ich bleibe dran."
„Danke dir. Bis später."
„Macht´s gut und beeilt euch ein bisschen. Der Chef wartet nicht gerne."

Torsten schlürfte seinen inzwischen nur noch lauwarmen Kaffee und schob sich gerade das letzte Stück Kuchen in den Mund, als sich Charlotte mit einer riesigen Tasse neben ihn setzte.
„Manchmal hasse ich meinen Job", stöhnte sie erschöpft.
„Warum Sandra? Sie ist ein so lieber Mensch."
„Hast du etwas von ihr erfahren?", fragte Torsten. Er würde sich die unangenehme Nachricht vom bevorstehenden Besuch beim schlecht gelaunten Chef noch aufheben.
„Nicht wirklich. Sie redet unzusammenhängendes Zeug und ist ganz benommen von der Trauer und den Medikamenten."
„Matthias hat angerufen", berichtete er in der Hoffnung, seine Kollegin mit den Neuigkeiten etwas aufmuntern zu können. „Sie haben eine Liste mit möglichen Kunden vom Rauschgoldengel gefunden. Unter ihnen war auch die Drogentote, von der letzte Woche in der Zeitung berichtet wurde. Sie hieß Isabella Dix."
Charlotte blickte überrascht auf.
„Dix?"
„Ja, sagt dir der Name etwas?"
„Ich bin nicht sicher, aber ich bilde mir ein, diesen Namen kürzlich irgendwo gelesen zu haben."
„Sie wurde in dem Club in Weißenburg gefunden, in dem der Rauschgoldengel aufgelegt hat."
„Was?" Charlotte blickte überrascht auf.

„Matthias meinte, der Club sei bekannt für diverse Drogengeschäfte."
„Dann konnte Schlecht seine beiden Jobs gut unter einen Hut bringen. Wir sollten uns den Laden einmal näher ansehen."
„Außerdem haben die Kollegen ein blutiges Shirt in der Wohnung gefunden. Sie überprüfen jetzt, von wem das Blut stammt und ob es noch weitere DNA-Spuren auf dem Stoff gibt."
„Sehr gut."
„Und sie haben die Verbindungen des Festnetzanschlusses überprüft", fuhr Torsten fort. „Ein Frank Dix hat regelmäßig bei Wilfred Schlecht angerufen. Vielleicht ist das ja ein Verwandter, der Schlecht die Schuld am Tod Isabellas gibt?"
Charlotte verschluckte sich beinahe an ihrem Kaffee.
„Natürlich! Jetzt fällt es mir wieder ein. Franky!"
„Franky?", wiederholte Torsten verständnislos.
„Ja, Sandra und ich waren doch gestern auf der Suche nach diesem Magnus Larsson, alias Wilfred Schlecht. Sandra meinte, Franky sei ein guter Freund von ihm."
„Und?"
„Dort habe ich den Namen *Dix* auf dem Klingelschild gelesen."
„Habt ihr ihn getroffen?"
„Haben wir."
Charlotte dachte mit Abscheu an die verwahrloste Wohnung und den dazugehörigen Bewohner zurück. Trotzdem war das die erste Spur, zumindest der erste Hauch einer Spur. Sie ließ den Rest des Kaffees stehen und sprang auf.
„Los, fahren wir."
Doch leider musste Torsten ihren Tatendrang bremsen.
„Wir müssen zum Chef", brachte er die Sache auf den Punkt. „Matthias sagte, er sei ziemlich sauer."
Charlottes Motivation sackte augenblicklich in sich zusammen.
„Warum kann man nicht einfach mal so lange ermitteln, bis man was zu berichten hat? Soll er doch selbst raus fahren und nicht immer nur in seinem warmen Büro sitzen und auf Ergebnisse warten. Bringen wir es hinter uns."

14

Der Wagen glitt lautlos über die nassen Straßen, schien förmlich zu schweben. Der beheizte Sitz schmiegte sich an ihren Rücken an, als wäre er eigens für sie angefertigt worden. Es roch nach Leder und dezentem Rasierwasser. Leise, unaufdringliche Gitarrenmusik übertönte den ohnehin nur gedämpft wahrnehmbaren Verkehrslärm.
Der Mann neben ihr sah aus, als sei er direkt vom Titelblatt eines Hochglanzmagazins auf den Fahrersitz dieser Luxuslimousine gebeamt worden. Jung, braun gebrannt, charmant, gut aussehend, gepflegt, zuvorkommend... die Liste könnte noch endlos weitergeführt werden. Es war wie im Traum. Sie wurde von diesem Bild von Mann in einem unfassbar luxuriösen Fahrzeug durch Nürnberg gefahren.
Charlotte fühlte sich wie im Paradies und schloss kurz die Augen.
„Ist alles in Ordnung mit Ihnen?", erkundigte sich Mister Perfect mit seiner wohlklingenden, tiefen Bassstimme und offenbarte damit das einzige, das in Charlottes Augen und Ohren nicht ganz perfekt an ihm war: Sein breiter sächsischer Dialekt.
„Ja, ja, natürlich", gab Charlotte schnell zurück und wagte es kaum, den Mann anzusehen. So sehr sie auch stets um Akzeptanz und Unvoreingenommenheit bemüht war, so löste dieser Dialekt auch nach all den Jahren noch immer eine gewisse Heiterkeit in ihr aus. Sie hatte nach wie vor Mühe, die Leute wirklich ernst zu nehmen, ihnen, wie in diesem Fall, eine echte Kompetenz in Sachen Geldanlage zuzusprechen.
Maik Hesse war Mitarbeiter einer der größten Banken Nürnbergs und hatte ihren Freund Tim, seit Jahren Kunde dieser Bank, zu diesem besonderen Abend eingeladen.
Es ging um eine exklusive Führung durch das Heimstadion

des 1.FC Nürnberg, das Frankenstadion, das seit fast vier Jahren dazu verdammt war, den unseligen und ungeliebten Namen *easyCreditStadion* zu tragen. Alle Versuche, die Spielstätte nach dem berühmtesten Nürnberger Fußballer Max Morlock zu benennen, waren bisher gescheitert. Jeder, die Presse eingeschlossen, vermied es, dieses abenteuerliche, unpassende Namenskonstrukt in den Mund zu nehmen.
Unabhängig vom scheußlichen Namen war das Stadion natürlich ein überaus interessantes Bauwerk, gerade für einen so eingefleischten Club-Fan wie Charlotte Gerlach – im krassen Gegensatz zu ihrem Freund Tim. Er mied alles, was irgendwie mit Fußball zu tun hatte. Dementsprechend hatte er die Einladung seiner Bank auch ignoriert, bis ihm wenige Stunden vor der Veranstaltung eingefallen war, dass sich Charlotte womöglich über einen solchen Ausflug freuen würde.
Wie recht hatte er doch damit gehabt!
Trotz des anstrengenden Arbeitstages und der Zurechtweisung von ihrem Chef, trotz unzähliger Eindrücke, Gedanken und Überlegungen war sie Tim vor Freude um den Hals gefallen. Die Zeit hatte gerade noch gereicht, um den Pulli zu wechseln und das Gesicht zu waschen, schon saß sie bei einem sächsischen Topmodel im Hightech-Geschäftswagen auf dem Weg zum Stadion.
Hätte sie eine halbe Stunde früher gewusst, was an diesem Mittwoch Abend auf sie wartete, hätte sie vermutlich noch geduscht, ein leichtes Make-Up aufgelegt und das einzige Kleid angezogen, das in ihrem Schrank zu finden war.
Leider hatte sie dafür keine Zeit mehr gehabt – leider oder Gott sei Dank, denn das Tragen von Kleidern und Schminke gehörte nicht gerade zu ihren Lieblingsbeschäftigungen. Jetzt musste sie damit leben, in Jeans und Daunenjacke bei der Veranstaltung zu erscheinen.
„Frau Gerlach?"
„Ja, bitte entschuldigen Sie, ich war in Gedanken. Was sagten Sie?", beeilte sie sich zu antworten und war wieder einmal froh, dass es den Mitmenschen (noch) nicht möglich war, Gedanken zu lesen.
„Ich fragte, was Sie denn beruflich machen."

„Ach so, ja natürlich. Ich bin Beamtin."
Das war ihre Standardantwort bei Leuten, denen sie zunächst nicht ausführlich von Mordermittlungen erzählen wollte.
Viele gaben sich damit zufrieden, denn es klang so langweilig, dass sie nicht das Risiko eingehen wollten, nachzufragen, um sich anschließend Ausführungen über den Mantelboden der Einkommensteuererklärung oder die überfällige Erhöhung des Portos anhören zu müssen.
Nicht so Mister Perfect.
„Das ist ja interessant", behauptete er, ganz der zuvorkommende Banker, der an allem Interesse zu haben hatte, was potenzielle Kunden betraf. Und Beamte sind ja oft auch treue Kunden mit gesichertem Einkommen. „In welchem Bereich sind Sie tätig?"
„Im öffentlichen Dienst", lautete der zweite Ausweichversuch, doch auch dieser scheiterte.
„Ich vermute, Sie sind Lehrerin. Das würde gut zu Ihnen passen", preschte Maik Hesse lächelnd voran.
Charlotte schüttelte sich innerlich. Er dachte wirklich, Tim und sie seien ein Lehrerpaar.
Unvorstellbar.
Es war sicher aller Ehren wert, sich der Erziehung und Ausbildung des Nachwuchses zu widmen, aber die Vorstellung, eine ungezügelte Horde pubertierender, aufsässiger, ständig auf das Smartphone starrender Zahnspangenträger für die Ergüsse klassischer Literatur begeistern zu müssen, trieb ihr den Schweiß literweise auf die Stirn. Nein! Dann wäre doch der Mantelbogen der Einkommensteuererklärung die bessere Alternative. Sollte sie den gutaussehenden Mann neben sich in dem Glauben lassen? Sie konnte es nicht! Es war an der Zeit, die Katze aus dem Sack zu lassen.
„Nein, das ist nichts für mich", gab sie zu. „Ich bin Polizeibeamtin."
„Ach, wirklich?" Die Augen des Mannes leuchteten auf. „Sie sind Politesse? Haben Sie heute viele Strafzettel verteilt?"
Charlotte starrte Maik Hesse mit offenem Mund an.
Hatte sie richtig gehört?

Hatte sie dieser geleckte, sächsische Oberaffe tatsächlich als Politesse bezeichnet?
POLITESSE???
Sie spürte ganz deutlich, wie ihr der Kamm schwoll, wie die Wut in ihr aufstieg und beinahe aus ihr herausbrach.
Was fiel diesem dahergelaufenen Geldhai eigentlich ein?
Sollte sie das Ganze richtigstellen? Ihn beschimpfen und zurechtweisen, wie es wenige Stunden zuvor ihr Chef mit ihr gemacht hatte? Nein! Jedes Wort war dafür zu schade!
Außerdem war er doch für heute Abend der Schlüssel zum Glück, ihre Eintrittskarte ins Stadion, ihr Ticket zu einer exklusiven Veranstaltung mit Buffet und der Möglichkeit, ihre Clubstars persönlich kennenzulernen.
Der Preis war zwar hoch, aber sie entschied sich dafür, den Mund zu halten und für diesen Abend die Politesse zu spielen – auch wenn es ihr schwer fiel. Doch ein echter Fan des 1.FC Nürnberg ist bekanntlich leidensfähig.
„Ist Ihnen nicht gut?", fragte Maik Hesse besorgt. „Fahre ich zu schnell? Soll ich kurz anhalten?"
„Nein, es geht schon", heuchelte sie betont freundlich. „Wissen Sie, nach einem ganzen Tag an der frischen Luft bin ich jetzt einfach etwas müde."
„Das kann ich gut verstehen. Ich hoffe, Sie haben ein Einsehen, wenn mein Wagen einmal im Halteverbot steht?" Er lachte über seinen vermeintlich guten Witz und strahlte sie an.
„Da kann ich sicher was für Sie drehen." Langsam verflog ihre Wut und machte einer gewissen Erheiterung Platz.
Dann war sie eben für heute Abend Politesse.

Maik Hesse lenkte sein Fahrzeug über die Große Straße und durch ein kleines Waldstück direkt zur VIP-Einfahrt des Stadions. Auf dem kleinen Parkplatz war der teure Wagen in bester Gesellschaft. Es waren bereits mehrere kleinere Grüppchen schick gekleideter Leute auf dem Weg zur VIP-Lounge, wo zur Begrüßung ein kleiner Drink gereicht wurde. Der Raum füllte sich zusehends. Es wurden Hände geschüttelt, auf Schultern geklopft, mit Sektgläsern angestoßen.

„Bitte warten Sie einen Augenblick, ich hole ein Gläschen Sekt für uns." Im nächsten Moment war Maik Hesse in der Menge verschwunden.

Charlotte fühlte sich reichlich deplatziert in dieser Atmosphäre des Sehen-und-Gesehen-Werdens, des Zur-Schau-Stellens teurer Kleidung und wertvollen Schmucks. Ungeduldig wartete sie darauf, endlich etwas über das Stadion zu erfahren.

„Charlotte Gerlach!", hörte sie plötzlich eine unangenehme Stimme hinter sich.

Ein Schreck durchfuhr sie, als sich eine behaarte Hand auf ihre Schulter legte.

„Dich hätte ich nie hier vermutet."

Sie drehte sich um und erkannte einen kleinen, gedrungenen Mittvierziger mit hoher Stirn und dünnem, schwarzem Haar, das im Nacken zu einem kleinen Zopf zusammengebunden war. Er trug einen dunklen Anzug mit weißem Hemd, dessen Knöpfe zum Zerreißen gespannt waren. Der speckige Hals hing über den Hemdkragen, der vom herabrinnenden Schweiß bereits etwas feucht geworden war.

Neben ihm stand das weibliche Pendant zu Mister Perfect. Die Frau war höchstens Mitte 20 und mindestens einen halben Kopf größer als ihr Begleiter. Sie trug ein völlig unangemessenes, nahezu durchsichtiges Kleidchen, das tiefe Einblicke auf ihre spärliche Unterwäsche und die sich darunter befindliche üppige Oberweite gewährte. Jede Strähne des hellblonden, gelockten Haars saß genau dort, wo sie sitzen sollte, das strahlende Lächeln schien in ihr makelloses Gesicht gemeißelt worden zu sein.

„Du kennst diese Person, Darling?", flötete sie herablassend und nippte mit ihren stark geschminkten Lippen an ihrem Glas. Dabei legte sie, wohl um die Besitzverhältnisse von vornherein klarzustellen, ihren schlanken Arm um die Schultern des Mannes.

„Konstantin von Stetten. Warum überrascht es mich dagegen überhaupt nicht, dich hier zu sehen?"

Charlotte machte aus ihrer Abneigung keinen Hehl. Wie sie den Exmann ihrer Freundin Sandra da stehen sah, mit all seiner Arroganz und Widerwärtigkeit, spürte sie wie so oft,

wenn sie ihn sah, Übelkeit in sich aufsteigen.
Sie hatte nie verstanden, was Sandra an diesem schleimigen Emporkömmling gefunden hatte. War es nur seines Geldes wegen? Sicher, er war ein erfolgreicher Geschäftsmann und musste sich um sein täglich Brot keine Gedanken machen. Auch sein riesiges Grundstück in Schwaig mit der dazugehörigen modernen Villa und dem Pool war sicher nicht zu verachten. Aber nur deswegen ein Leben an der Seite dieses arroganten Schnösels zu führen? Sich Tag für Tag herablassende Bemerkungen gefallen zu lassen, sein eigenes Leben aufzugeben und seiner Freiheit beraubt ein neues Leben in einem goldenen Käfig zu führen?
Das waren für Charlottes Geschmack zu viele Kompromisse.
Sandra hatte das anders gesehen, hatte sich geschmeichelt gefühlt, dass der reiche Konstantin von Stetten an ihr, der unscheinbaren Krankenschwester, Interesse gehabt hatte.
Nach nur wenigen Monaten hatten sie geheiratet – ganz alleine, ganz geheim, ganz romantisch?
Charlotte hatte auch daran Zweifel gehabt. Sie hatte eher vermutet, dass dem ach so reichen Bräutigam die Ausrichtung einer großen Hochzeit zu teuer gewesen wäre. Er brauchte einfach schnell eine Frau an seiner Seite, die tat, was er von ihr verlangte.
So lautete zumindest Charlottes Vermutung.
Sandra hatte sich sehr verändert, war noch stiller geworden, hatte sich richtig abgekapselt, von ihrem bisherigen Leben völlig zurückgezogen.
Ab und zu war sie bei Charlotte aufgetaucht, hatte sich bei ihr ausgeweint, alle guten Ratschläge in den Wind geschrieben und war wieder zu ihrem Mann zurückgekehrt, nur um Monate später wiederzukommen.
Nach fünf langen Jahren hatte Sandra endlich begriffen, dass es besser für sie wäre, sich zu trennen. Gemeinsam mit Charlotte, der Scheidungsanwältin und verschiedenen Therapeuten hatte sie die Trennung schließlich geschafft, doch ihr Exmann hatte ihr keine Ruhe gelassen. Er hatte ihr nachspioniert, sie unter Druck gesetzt und drangsaliert, bis schließlich gerichtlich entschieden worden war, dass er keinen Kontakt mehr zu ihr aufnehmen durfte.

Und jetzt stand er hier und tat so, als seien sie alte Freunde. Widerlich!

„Chantal, das ist Charlotte Gerlach, eine Freundin meiner lieben Exfrau", stellte er sie der mageren Blondine vor. „Charlotte, das ist Chantal, meine Verlobte."

Er hob demonstrativ sein Glas, als sei gerade etwas passiert, das man unbedingt feiern musste.

Charlotte blieb jedes Wort im Hals stecken.

Noch bevor sie sich räuspern und etwas Unverfängliches erwidern konnte, stieß Maik Hesse zu ihnen.

„Ach, Sie kennen sich?", fragte er freudig überrascht und reichte Charlotte ein Sektglas. „Guten Abend, Herr von Stetten", begrüßte er den Geschäftsmann. Anschließend wandte er sich sichtlich beeindruckt Chantal zu und hauchte ihr einen formvollendeten Kuss auf den Handrücken. „Ich fürchte, wir kennen uns noch nicht?"

Chantal kicherte verlegen, während Konstantin die Szene missmutig beobachtet hatte.

„Herr Hesse, das ist meine Verlobte Chantal Moser. Frau Hauptkommissarin Gerlach kennen Sie ja bereits, wie ich annehme."

Maik Hesse blickte Charlotte irritiert an.

„Hauptkommissarin? Aber nein, Frau Gerlach ist Politesse", stellte er vermeintlich richtig. „Ich habe ihr schon das Versprechen abgerungen, bei meinem Wagen das nächste Mal Gnade vor Recht ergehen zu lassen."

Charlotte seufzte. Bislang hielt dieser Abend nicht, was er versprochen hatte. Warum konnte nicht ganz schnell die Stadionführung beginnen?

Konstantin von Stetten gab sich keine Mühe, seinen Hohn zu verbergen.

„Politesse? Und ich dachte immer, du bist bei der Mordkommission und jagst Nürnbergs Schwerverbrecher? Oder war dir die Verbrecherjagd zu gefährlich und du hast in den unverfänglicheren Bereich der Überwachung des ruhenden Verkehrs gewechselt? Gute Entscheidung."

Maik Hesse verstand nun gar nichts mehr.

„Mordkommission?"

„Lassen wir das doch", versuchte Charlotte, sich aus der

Affäre zu ziehen. „Ist das Buffet eigentlich schon eröffnet? Ich könnte eine Kleinigkeit vertragen, bevor wir in die Katakomben des Stadions abtauchen."

„Ja, ich hätte auch Appetit auf ein kleines Schnittchen", ließ sich die piepsige Stimme Chantals vernehmen.

„Warum geht ihr beiden nicht und holt uns etwas?", schlug Konstantin von Stetten vor und schob seine Verlobte sanft aber bestimmt in Richtung Buffet.

„Gerne", stimmte Maik Hesse zu und ließ der Dame galant den Vortritt. „Wir sind gleich zurück."

Charlotte holte tief Luft und blitzte Konstantin von Stetten genervt an.

„Was sollte das denn?"

„Reg dich doch nicht auf. Wo hast du denn diesen Schönling her? Der passt gar nicht zu dir?"

„Da passt dieses Püppchen schon viel besser zu dir, was?", erwiderte sie bissig.

„Niemand passt so gut zu mir wie Sandra. Wie geht es ihr denn?", fuhr er fort. „Ist sie glücklich mit ihrem blondgelockten Plattenaufleger?"

Charlotte stutzte.

Woher wusste er von Magnus Larsson alias Wilfred Schlecht?

„Du kennst ihn?"

Konstantin von Stetten lachte laut auf.

„Hast du etwa gedacht, ich lasse die Liebe meines Lebens aus den Augen?" Schlagartig wurde er wieder ernst und setzte eine verschlagene Miene auf.

„Ich weiß alles über sie", raunte er Charlotte zu. Dabei kam er ihr so nah, dass sie seinen knoblauchgeschwängerten Atem riechen konnte.

„Du weißt, dass...", weiter kam sie nicht, denn von Stetten packte sie unsanft am Arm.

„Erzähle du mir nicht, was ich zu wissen habe, Kleines. Das geht dich nichts an. Das ist einzig und alleine eine Sache zwischen Sandra und mir."

Charlotte riss sich wütend von ihm los.

„Nicht ganz, mein Kleiner", erwiderte sie, bemüht, ihren Zorn in Zaum zu halten. „Wenn du ihr weiterhin zu nahe kommst, …"

„Zu nahe? Was verstehst du schon davon? Halt dich da raus!"

„Hast du Magnus Larsson getroffen?"

„Magnus Larsson", stieß er verächtlich hervor. „Glaubst du wirklich noch, dass dieser Nichtsnutz so heißt? Du bist doch angeblich bei der Polizei, löst die schwierigsten Fälle und hast noch nicht herausgefunden, dass dieser kleine Dealer meine Sandra an der Nase herumführt? Jämmerlich."

Charlotte zuckte zusammen. Dieser Mann war noch widerwärtiger und gefährlicher als sie dachte. Woher wusste er all das? War er selbst in der Szene unterwegs? Er hatte seine dicken, speckigen Finger überall drin, hatte überall seine Leute sitzen.

„Hast du den Mann getroffen?", hakte Charlotte nach, nicht gewillt, sich einschüchtern zu lassen.

„Und wenn? Was willst du schon dagegen unternehmen?" Er grinste süffisant. „Früher oder später kommt Sandra zu mir zurück." Und wieder kam er so nahe an Charlotte heran, dass sich beinahe ihre Nasenspitzen berührten. „Dafür werde ich sorgen. Verlass dich darauf."

15

Das *café al fiume* war zu dieser frühen Stunde bereits gut besucht. Ob Geschäftsleute in Anzug und Krawatte, ältere Damen mit ihren Hunden, stark geschminkte Verkäuferinnen vor ihrem Dienstbeginn in einem der großen Kaufhäuser oder junge Kriminalbeamte auf dem Weg zu einer Befragung, alle saßen oder standen vor einer kleinen Tasse Espresso mit einem frisch gebackenen Keks in der Hand.
In diesen paar Minuten waren sie alle gleich, verspürten alle die gleiche Zufriedenheit, hatten alle das gleiche Ziel:
Vor ihrem Tagewerk noch einen Augenblick der Ruhe genießen.
So gestärkt ging wenig später jeder seines Weges, bis sich manche vielleicht mittags, nachmittags oder eben am nächsten Morgen wieder hier trafen, zu Espresso und Cantuccini.
Charlotte und Torsten hatten einen Platz am Fenster ergattert und beobachteten das frühmorgendliche Treiben auf der Karlsbrücke.
„Und du glaubst, dieser von Stetten könnte auch ein Motiv gehabt haben?", fragte Torsten, nachdem ihm Charlotte von dem Gespräch am gestrigen Abend erzählt hatte.
„Diesem Kerl ist alles zuzutrauen", knurrte Charlotte und löffelte den cremigen Schaum aus ihrer Espressotasse. Ihre Stimmung war an diesem Donnerstagmorgen nicht die beste. Die Auseinandersetzung mit Sandras Exmann hatte ihr die Freude an der Stadionführung gründlich verdorben. Sie hatte kurz überlegt, ob sie nicht alles absagen und nach Hause fahren sollte, hatte sich aber doch dagegen entschieden. Sie hatte sich die Veranstaltung nicht von diesem arroganten Schnösel madig machen lassen wollen, hatte aber trotzdem nur die Hälfte von dem mitbekommen, was die junge, engagierte PR-Dame vom 1.FC Nürnberg erklärt hatte. Ihre

Gedanken waren ununterbrochen um das gekreist, was Konstantin von Stetten gesagt hatte. Er würde Mittel und Wege finden, dass Sandra zu ihm zurück kam.
Was genau hatte er mit dieser kryptischen Andeutung gemeint?
Die Vorstellung, Sandra wäre wieder mit diesem Unsympathen zusammen, war für sich genommen schon beängstigend genug. Was die Sache aber noch schlimmer machte, war der Gedanke daran, welche Maßnahmen er zur Erreichung seines Zieles ergreifen würde, oder bereits ergriffen hatte.
Charlotte hatte ihm nichts vom Tod seines Widersachers erzählt. Er selbst hatte sich im Gespräch auch so ausgedrückt, als sei Wilfred Schlecht noch am Leben, aber das musste ja nichts heißen.
Wenn er tatsächlich der Mörder des Rauschgoldengels war, warum hatte er dann Charlotte nach Sandra und ihrem neuen Freund gefragt? Warum hatte er dieses Thema dann nicht vermieden? War auch das Berechnung?
Sie hatte Matthias gebeten, so viel wie möglich über Konstantin von Stetten zu recherchieren. Sie kannte diesen Mann zwar schon mehrere Jahre, aber vielleicht kamen doch noch einige Details ans Tageslicht, von denen sie bisher nichts gewusst hatte.

Langsam leerte sich das kleine Café und Attila konnte sich für ein paar Minuten zu ihnen setzen.
„Na, kommt ihr in eurem Fall weiter?", fragte er und blickte Charlotte erwartungsvoll an. „Du siehst nicht sehr glücklich aus, wenn ich das sagen darf."
Charlotte seufzte. „DU darfst das sagen, mein lieber Attila, DU schon."
„Hast du wieder Ärger mit deinem Chef?"
„Das kann man wohl sagen. Ich musste gestern wieder eine Belehrung über meinen Umgang mit Vorgesetzten über mich ergehen lassen. Fürchterlich!" Sie warf Attila einen strengen Blick zu. „Du bist an allem schuld. Du hast es versäumt, mir die richtigen Umgangsformen mit ranghöheren Beamten, die einem auch noch weisungsbefugt sind, beizubringen. Du bist

die Ursache allen Übels."
Attila lachte. „Du kannst mich gerne als Sündenbock vorschieben." Er verbeugte sich demütig. „Ich nehme alle Schuld auf mich, Hauptsache, dieser Mann lässt dich endlich in Ruhe."
„Das höre ich gerne", grinste Charlotte zufrieden und spürte ganz deutlich, wie sich ihre Stimmung besserte und ihr Tatendrang zurückkehrte.
„Gibt es Neuigkeiten von eurem Opfer?"
Charlotte erzählte ihm kurz davon, dass der Mann eigentlich Wilfred Schlecht hieß, sich aber auch Magnus Larsson genannt hatte, ein Dealer war und in der Szene als Rauschgoldengel bekannt war.
Attila pfiff durch die Zähne.
„Das ist doch schon einiges", meinte er anerkennend.
„Wir haben in seiner Wohnung keinerlei Drogen gefunden, ist das nicht eigenartig?"
„Nein, das ist wohl die Regel. Die Dealer haben üblicherweise irgendwo ein Lager, ein Depot für die Ware, einen sogenannten Bunker. Dort gibt es keine Hinweise auf das Privatleben oder die Person des Dealers. Und in der Wohnung findet man keine Hinweise auf Drogen. Es ist nicht weiter verwunderlich, dass sich der Mann einen anderen Namen zugelegt hat, abgesehen davon, dass Wilfred Schlecht auch kein wirklich angenehmer Name ist", setzte er schmunzeln hinzu. „Auch ein Spitzname ist in der Szene gang und gäbe."
Charlotte und Torsten hörten gespannt zu, hatten doch beide bisher noch nichts mit Drogendelikten zu tun gehabt.
„Und woher bekommen sie ihre Ware?", wollte Torsten wissen.
„Das kommt darauf an in welcher, sagen wir mal Hierarchiestufe der Dealer ist. Das zur Zeit so bekannte Crystal Meth wird ja zum Beispiel in Tschechien hergestellt. Diejenigen, die in größerem Stil dealen, reisen dorthin, handeln vor Ort aus, wieviel Ware zu welchem Preis den Besitzer wechseln soll und vereinbaren Ort und Zeitpunkt der Übergabe. Dann reisen sie wieder ab – unauffällig, ohne Ware und ohne großes Gepäck.

Abgeholt wird das Ganze dann von einem Boten, dem Springer, dem keinerlei Zusammenhang mit dem Auftraggeber nachzuweisen ist, sollte etwas schief gehen. Manchmal sind es Familien, Senioren oder andere Reisende, die als Überbringer der Ware tätig sind."

„Du meinst, unser Rauschgoldengel hat sich nicht selbst die Finger schmutzig gemacht?", mutmaßte Charlotte.

„Kommt darauf an, in welcher Größenordnung er im Geschäft war. Vielleicht war er auch nur ein kleiner Fisch, der ab und zu kleine Mengen an den Mann oder die Frau gebracht hat."

„Es könnte also sein, dass er irgendwo ein Depot hat, ein geheimes Lager, in dem er seine Ware versteckt hat?"

„Könnte sein."

„Vielleicht in den Felsengängen?"

„Vielleicht in den Felsengängen."

„Na prima. Ich hatte schon befürchtet, dass wir noch öfter in dieses beklemmende Labyrinth hinunter müssen."

In diesem Moment öffnete sich die Tür und ein gutaussehender junger Mann, der Charlotte irgendwie bekannt vorkam, betrat das Café.

„Hallo Felix", begrüßte ihn Attila freudig.

„Hallo Attila", gab der Dunkelhaarige zurück und strahlte Charlotte und Torsten an. „Wie ich sehe hast du einen wichtigen Termin mit der Polizei. Hast du etwas angestellt?"

Jetzt erkannte Charlotte den Kellner aus dem urigen Lokal unterhalb der Burg wieder.

„Kennt ihr euch?", fragte Attila überrascht.

„Die beiden waren gestern mit Markus bei mir im *Kaiserkeller* zum Essen."

„Felix, das ist meine ehemalige Assistentin und jetzt ermittelnde Kriminalhauptkommissarin Charlotte Gerlach und ihr Kollege Torsten Klein", machte Attila die drei miteinander bekannt.

„Freut mich, Charlotte, Torsten", begrüßte sie Felix herzlich.

„Hallo, bist du heute gar nicht in Sachen Schäufele unterwegs?", flachste Charlotte und schüttelte ihm die Hand.

„Um diese Zeit will selbst ein im wahrsten Sinne des Wortes

eingefleischter Schäufele-Fan noch keinen Fleischberg essen", antwortete er schmunzelnd. „Vor 11:00 Uhr sind alle eher auf Kaffee und Gebäck aus."

„Kann ich gut nachvollziehen." Sie musste zugeben, dass der junge Mann, der von seinem Aussehen her zwar ganz in das Klischee ungebildeter Schönling passte, doch ganz sympathisch war.

„Felix hilft zweimal in der Woche am Vormittag bei uns aus", erklärte Attila. „Dann haben Mariella und ich Zeit, uns um die Einkäufe zu kümmern, oder einfach mal frei zu machen."

„...um einen Rundgang in den Felsengängen zu besuchen!", vervollständigte Charlotte den Satz und erhob sich.

„Richtig!" Attila strahlte sie an. „Genau das haben wir heute vor. Wir haben Tickets für die erste Führung um 11:00 Uhr reserviert. Nachdem du mir so viel Interessantes über diese Anlage erzählt hast, bin ich richtig neugierig geworden."

„Na dann viel Spaß", wünschte sie und wandte sich anschließend an Felix. „Und dir wünsche ich gute Geschäfte. Vielleicht sehen wir uns die Tage noch einmal hier oder zum Mittagessen im *Kaiserkeller*."

„Würde mich freuen. Ciao!"

„Netter Kerl", meinte Torsten, als sie draußen an der frischen, kalten Luft waren und sprach Charlotte damit aus der Seele. „Ich denke, er macht seine Sache richtig gut."

„Das werden wir wohl noch das eine oder andere Mal testen müssen", kündigte Charlotte verschmitzt an. „Aber vorher müssen wir unseren Franky aus dem Bett holen. Und das wird ihm vermutlich gar nicht gefallen."

Das Thermometer im Auto zeigte +1°C an. Die angetauten Schneemassen des gestrigen Tages waren in der Nacht wieder festgefroren und hatten alle Straßen und Gehsteige in gefährliche Glatteispisten verwandelt. Obwohl dieser Winter nicht mit Eis, Schnee und Frost gespart hatte, schien es noch immer Autofahrer zu geben, die mit dieser Situation überfordert waren und es deshalb vorzogen, in Schrittgeschwindigkeit die Landgrabenstraße entlang zu fahren. Dank der Straßenbahn, der Schneehaufen am

Straßenrand und der parkenden Autos war es unmöglich, die Übervorsichtigen zu überholen. So blieb auch Torsten, der langsam zu Charlottes Chauffeur avancierte, nichts anderes übrig, als sich in Geduld zu üben. Charlotte hatte es ohnehin nicht eilig, Frank Dix mit den Überlegungen und Vermutungen der Polizei zu konfrontieren. Sie rechnete mit wenig bis gar keiner Kooperationsbereitschaft und stellte sich auf ein anstrengendes Gespräch ein.

Nach einer gefühlten Stunde hatten sie dann doch endlich die Findelwiesenstraße 1 erreicht, parkten den Wagen und klingelten bei *Dix*. Erwartungsgemäß tat sich beim ersten Klingeln noch nichts. Charlotte klingelte ein zweites und drittes Mal, doch niemand öffnete.

„Kann es sein, dass der Vogel ausgeflogen ist?", wunderte sich Torsten, als endlich ein leiser Summton zu hören war.
Sie durchquerten das dunkle Treppenhaus und klingelten an der Wohnungstür.

Nach einigen Minuten hörte man eine dumpfe Stimme.
„Was soll das? Ich komme ja schon!"
Die Tür wurde von innen aufgesperrt und einen Spalt weit geöffnet. Wie schon zwei Tage zuvor drangen auch heute derart unangenehme Gerüche nach draußen, dass Charlotte einen Schritt zur Seite treten musste. Sie überließ ihrem Praktikanten das Feld.

„Bist du noch bei Trost?", meckerte Frank Dix mit rauher Stimme. „Was fällt dir ein, mich mitten in der Nacht zu wecken?" Er musterte Torsten missbilligend. „Wer bist du überhaupt?"

Torsten blieb gelassen, lächelte den unrasierten Mann mit dem löchrigen T-Shirt und den ungepflegten Haaren freundlich an.

„Guten Morgen. Ich nehme an, Sie sind Herr Dix? Mein Name ist Torsten Klein von der Kripo Nürnberg."
„Was? Du bist bei der Kripo?", entfuhr es Frank Dix, doch Torsten zeigte ihm unbeeindruckt seinen Ausweis. Einen kurzen Moment fürchtete er, Dix würde ihm augenblicklich die Tür vor der Nase zuknallen, aber nichts dergleichen geschah.

„Es tut mir leid, dass wir Sie so unsanft wecken mussten",

fuhr Torsten betont einfühlsam fort, „aber wir haben einige wichtige Fragen an Sie." Jetzt würde er vermutlich das Unausweichliche aussprechen, befürchtete Charlotte.
Und genauso war es.
„Dürfen wir reinkommen?"
Es war klar, dass die Befragung nicht im Treppenhaus stattfinden konnte, aber die Vorstellung, sich dieser unerträglichen Attacke auf ihre Geruchsorgane aussetzen zu müssen, trieb ihr den Schweiß auf die Stirn.
„Worum geht es denn?", versuchte Dix die Beamten abzuwiegeln, als sei auch er nicht besonders erpicht darauf, die Kriminalpolizei in seine eigenen vier Wände zu lassen.
Da entdeckte er Charlotte.
„Du? Warst du nicht gestern mit dieser Tante hier, die der Meinung war, Magnus wäre ihr Freund?" Er grinste abschätzig. „Bist du deshalb mit den Bullen angerückt? Ihr Frauen kommt doch wirklich auf seltsame Ideen."
Torsten blieb weiterhin ruhig.
„Das ist meine Kollegin Frau Kriminalhauptkommissarin Gerlach, aber Sie kennen sich ja bereits."
Amüsiert konnte Charlotte beobachten, wie es im Hirn des Mannes arbeitete, wie er verzweifelt überlegte, was er jetzt tun sollte. Torsten nutzte das Überraschungsmoment, holte noch einmal halbwegs frische Luft, stieß sanft, aber bestimmt die Tür auf und betrat die stinkende Wohnung.
„Lassen Sie uns hier drinnen weiterreden, das ist doch viel gemütlicher."
Charlotte folgte ihm todesmutig und musste sich dabei das Lachen verbeißen, denn im Vergleich zu dieser vor Müll und Schmutz starrenden Diele war das dunkle, muffige Treppenhaus geradezu einladend. Ein Blick in die übrigen Räume machte klar, dass auch der Rest der Wohnung in einem verkommenen Zustand war, wie auch der Mieter selbst.
Frank Dix überlegte immer noch fieberhaft, wie er es verhindern konnte, für zwei Polizisten einen Sitzplatz in seinem Wohnzimmer freischaufeln zu müssen, als ihm Torsten zu Hilfe kam.
„Wie ich sehe, sind Sie nicht auf Besuch eingestellt",

bemerkte er scharfsinnig. „Wie wäre es, wenn Sie sich kurz frisch machen und wir dann in das Café ums Eck gingen? Ich spendiere uns allen einen Kaffee."
Frank Dix war es anzusehen, dass er mit einer solchen Entwicklung der Lage nicht gerechnet hätte.
Mit offenem Mund starrte er Torsten an.
„Wir warten so lange draußen", ergänzte dieser und zog den Wohnungsschlüssel ab. „Den hier nehme ich einfach schon mal an mich, nicht dass wir ihn nachher noch vergessen."
Damit verließ er die Wohnung und zog die Tür hinter sich zu.
„Uff", entfuhr es ihm. „Endlich wieder frische Luft! Ich fürchte, meine Geruchsnerven haben einen bleibenden Schaden davongetragen."
Charlotte war voller Bewunderung und blickte ihren Praktikanten verblüfft an.
„Was ist?", fragte er mit einer leichten Verunsicherung in der Stimme. „Habe ich etwas falsch gemacht?"
„Fabelhaft! Das war großartig", entgegnete sie begeistert und klopfte ihm anerkennend auf die Schulter. „Du warst sehr freundlich und einfühlsam und trotzdem bestimmt. Du hast gezeigt, wer hier das Sagen hat. Der Typ war ja lammfromm."
Torsten wurde rot bei so viel Lob und blickte verlegen auf seine Schuhspitzen.
„Und dass du dann noch den Schlüssel mitgenommen hast, war sehr schlau. Respekt! Jetzt bin ich gespannt auf das Gespräch im Café."

Keine drei Minuten später stieß Frank Dix zu ihnen, angezogen, aber nicht gekämmt oder gar rasiert. Die Jeans und die Jacke machten auch nicht gerade einen frisch gewaschenen Eindruck.
„Ich wäre dann soweit", bemerkte er vorsichtig. Er war auf der Hut, wusste noch immer nicht, was die Polizei von ihm wollte. Sie verließen das Haus, gingen die stark befahrene Allersberger Straße entlang in Richtung Süden und erreichten nach wenigen Minuten eine Bäckerei mit angeschlossenem Café.

Charlotte liebte diese Bäcker-Cafés. Besonders im Winter, wenn es draußen so richtig nasskalt und ungemütlich war. Sie liebte dieses warme Licht, den umwerfenden Duft nach frischem Brot und die riesige Auswahl an belegten Brötchen, Fladen oder Baguette. Nicht zu vergessen die Kuchenstücke, Torten und Plunder. Ein Paradies.

Sie suchte sich an der Theke ein üppig belegtes Fladenbrot aus, orderte eine riesige Schale Milchkaffee und setzte sich an einen ruhigen Platz im hinteren Teil des Raumes.

Auch die beiden Männer hatten ihre Tabletts voll geladen und setzten sich zu ihr. Bevor an irgendein Gespräch zu denken war, waren zunächst einmal alle mit essen beschäftigt. Charlotte spürte, wie sich Frank Dix` Anspannung langsam legte.

„Sie fragen sich sicher, warum die Kriminalpolizei zu Ihnen kommt?", begann Torsten das Gespräch, als alle drei Teller leer waren.

„Was denkst du denn?"

„Kennen Sie Magnus Larsson?"

„Was soll die Frage?" Er wandte sich genervt an Charlotte.

„Du weißt doch, dass ich ihn kenne. Was wollt ihr von mir?"

„Wie gut kennen Sie ihn?"

„Wie man sich halt kennt", war die ausweichende Antwort.

„Wann haben Sie ihn zum letzten Mal gesehen?" Torsten ließ sich nicht aus der Ruhe bringen.

„Zum letzten Mal gesehen?", wiederholte Frank Dix und wurde langsam laut. „Das klingt ja wie ein Verhör im Fernsehen. Als nächstes wollt ihr mir noch erzählen, er sei tot, was?" Er blickte unsicher von einem zum anderen.

Charlotte und Torsten blieben ernst und schwiegen.

„Sagt mir endlich, was los ist! Ist etwas mit ihm passiert? Habt ihr ihn am Dienstag nicht gefunden?"

„Nein", schaltete sich jetzt Charlotte ein. „Wir haben ihn am Mittwoch gefunden. Er..."

„Na also!", unterbrach er sie grinsend. „Wo war er denn? War er wieder bei einer neuen Frau?"

„Nein, er lag im Engelskostüm hinter dem Albrecht-Dürer-Denkmal und..."

„War er etwa betrunken?", fiel ihr Frank Dix erneut ins

Wort. „Das kann nicht sein. Er hat nie Alkohol angerührt."
„Er ist tot", vervollständigte Charlotte den Satz und beobachtete dabei genau die Reaktion ihres Gegenübers.
Dieser wurde blass und riss ungläubig die Augen auf.
„Tot?", stammelte er. „Wie? Ich meine, warum?"
„Er wurde in den Felsenkellern mit einem Messerstich schwer verletzt, hat sich anschließend nach draußen geschleppt und ist verblutet", erklärte Charlotte nüchtern.
Frank Dix atmete schwer. Kleine Schweißtröpfchen bildeten sich auf seiner Stirn. Er schluckte.
„Verblutet?"
„Fällt Ihnen jetzt ein, wann und wo Sie ihn zuletzt gesehen haben?", fragte Torsten erneut.
„Naja, er,..., wir,... ich glaube am Samstag oder so."
„Samstag? Wann und wo am Samstag?"
„Er war bei mir."
„Und was wollte er?"
„Die Frage ist eher, was ihr von mir wollt? Dürft ihr das überhaupt?"
„Was?"
„Na, solche Fragen stellen?" Er rutschte nervös auf seinem Stuhl hin und her.
„Warum sollten wir das nicht dürfen?", gab Torsten die Frage zurück. „Wir haben einen Mord aufzuklären und befragen nun all diejenigen, die das Opfer kannten und möglicherweise Auskunft über ein mögliches Motiv geben können."
„Er wollte nichts besonderes."
Torsten merkte, dass er in diesem Punkt nicht mehr weiterkam und wechselte das Thema.
„Wussten Sie, dass Magnus Larsson gar nicht sein richtiger Name war?"
Frank Dix verdrehte die Augen.
„Er war ein Spinner, der sich wichtig machen wollte. Er war der Meinung, mit dem Namen Wilfred Schlecht bei den Frauen nicht so gut landen zu können und suchte sich deshalb einen interessanteren Namen aus." Er lachte kurz auf. „Das hätte ich an seiner Stelle vermutlich auch gemacht."

„Er war auch unter dem Namen Larsson in der Uni eingeschrieben."
„Angeblich studierte er Germanistik", erklärte Dix mit amüsiertem Unterton. „Ich bin nicht sicher, ob er überhaupt einmal eine Vorlesung besucht hat."
„Und womit hat er sein Geld verdient?"
„Er war DJ und hat in einem Club aufgelegt."
„Als DJ Rauschgoldengel im Engelskostüm, das wissen wir bereits."
Dix grinste breit und zeigte dabei seine reparaturbedürftigen Zähne.
„So ein Spinner. Ich würde mich niemals in einem so lächerlichen Kostüm sehen lassen."
„Waren Sie auch manchmal im *Club 52*?"
„Was soll das? Ich muss euch doch nicht sagen, wo ich hin gehe." Frank Dix verschränkte trotzig die Arme vor der Brust und lehnte sich zurück. „War es das?"
„Noch nicht ganz. Wir haben die Information, Wilfred Schlecht habe nicht nur als DJ gearbeitet, sondern sich auch durch den Verkauf von Drogen etwas dazu verdient."
Dix' Miene blieb unbeweglich.
„Wissen Sie etwas darüber?"
„Nein. Kann ich gehen?"
„Ihre Schwester Isabella wurde im *Club 52* mit einer Überdosis Crystal Meth gefunden", preschte Torsten voran.
Frank Dix erstarrte. „Was soll das? Was wollen Sie jetzt mit meiner Schwester?"
Er sprang entsetzt auf, doch Torsten drückte ihn wieder zurück auf seinen Stuhl.
„Bitte setzen Sie sich. Hatte sie die Drogen vom Rauschgoldengel?"
„Lasst Isa da raus", zischte Dix wütend und warf den beiden Beamten einen drohenden Blick zu.
„Sie wussten, dass Wilfred Schlecht Ihre Schwester mit Crystal versorgte", setzte Torsten nach.
„Ich sagte, lasst Isa aus dem Spiel!"
„Wo waren Sie in der Nacht von Faschingsdienstag auf Aschermittwoch?"
„Ach, so sieht das aus. Ihr habt mich in Verdacht! Geht's

noch? Sehe ich aus wie ein Mörder?"
„Wissen Sie noch, wo Sie waren?", fragte Torsten unbeirrt weiter.
„Zu Hause im Bett! Alleine!"
„Sie waren am Faschingsdienstag zu Hause im Bett? Haben Sie nicht gefeiert?"
„Meine Schwester ist ein paar Tage zuvor gestorben. Glaubt ihr ernsthaft, mir war zum Feiern zumute?"
Charlotte blickte sich um. Das Café füllte sich zusehends und die neugierigen Blicke der Leute häuften sich. Sie beschloss, die Befragung im Präsidium fortzusetzen, auch wenn zu erwarten war, dass sich die Begeisterung darüber bei Frank Dix in Grenzen halten würde.
„Haben Sie selbst auch gelegentlich bei Wilfred Schlecht eingekauft?", fragte Torsten, noch bevor ihm Charlotte ihre Entscheidung mitteilen konnte.
Frank Dix beugte sich über den Tisch und visierte Torsten voller Wut an.
„Was soll ich denn eurer Meinung nach noch alles sein? Ein Mörder? Ein Drogenabhängiger? Warum fragt ihr nicht diesen Heini, der ab und zu bei unserem Engelchen war? Der kann euch bestimmt einiges erzählen."
Charlotte horchte auf.
„Wie heißt der Mann?"
Frank Dix grinste überheblich.
„Das interessiert dich jetzt, was?"
Langsam war Charlotte mit ihrer Geduld am Ende. Mit Mühe riss sie sich zusammen.
„Natürlich. Wie heißt er?"
„Ich glaube, ich habe es vergessen..."
Jetzt platzte Charlotte der Kragen.
Sie sprang auf.
„Es ist mir egal, ob Sie Drogen nehmen oder nicht, aber es ist mir nicht egal, ob Sie einen Menschen getötet haben. Wir fahren jetzt ins Präsidium. Dort erzählen Sie uns alles, was Sie wissen, ist das klar?"

16

Vor dem kleinen Brauereiladen hatte sich eine Gruppe von etwa zehn Personen für die Führung durch die Felsengänge versammelt.
„Guten Morgen", begrüßte sie ein junger Mann mit Vollbart, Fleecejacke und Strickmütze. „Mein Name ist Guido Baumgart vom Verein *Nürnberger Keller*. Ich freue mich, Sie in die Nürnberger Unterwelt führen zu dürfen. Bitte kommen Sie. Unser Rundgang beginnt am Albrecht-Dürer-Denkmal."
Die Gruppe folgte ihm die Bergstraße hinab und erreichte nach wenigen Metern das imposante Denkmal des berühmtesten Sohnes der Stadt.
„Ich freue mich jetzt richtig auf die Führung", flüsterte Mariella ihrem Mann Attila zu und drückte aufgeregt seinen Arm. „Es war eine gute Entscheidung, Felix für zwei Vormittage die Woche einzustellen. Dadurch haben wir einfach wieder ein bisschen Zeit für uns."
Attila strahlte seine Frau an. Sie nahm ihm das Wort aus dem Mund. Bei aller Euphorie für das Café war in den vergangenen Monaten die Freizeit der beiden tatsächlich oft zu kurz gekommen.
„Wurde hier nicht gestern ein Toter gefunden?", fragte eine ältere Frau in Pelzmantel und extravagantem Hut, als Guido Baumgart gerade dabei war, das Tor zur Treppe aufzusperren.
„Ja, das ist leider richtig", stimmte er zu. „Die Polizei hat erst am Abend die Absperrungen entfernt und die Keller wieder für Führungen frei gegeben. Es ist schrecklich."
„Wer war denn der Tote?", bohrte die Dame weiter. „Kannten Sie ihn?"
„Nein, tut mir leid."
„Haben Sie ihn gesehen?"

Das Gespräch begann, unangenehm zu werden.
„Nein, glücklicherweise nicht. Das ist Sache der Polizei", versuchte Guido Baumgart höflich aber bestimmt die Sensationslust der Frau zu unterbinden. „Wir beschäftigen uns jetzt mit dem Thema, das uns alle hierher geführt hat. Die Nürnberger Felsengänge."
Es folgten einige einleitende Worte zum Ablauf der Führung, bevor die Gruppe dann langsam die Treppe hinabstieg.
Die ältere Dame zupfte Attila am Ärmel.
„Ist es nicht schauerlich zu wissen, dass hier vor wenigen Stunden ein Mensch zu Tode gekommen ist?"
Attila hatte den Eindruck, die Frau sei weniger wegen der Felsengänge, sondern mehr wegen der Geschehnisse des vergangenen Tages hierher gekommen.
„Wissen Sie, ich war schon oft hier unten", bestätigte sich sogleich seine Vermutung. „Ich wohne nämlich in der Agnesgasse, gleich dort drüben. Aber als ich gehört habe, dass es hier eine Leiche gab, habe ich beschlossen, diese Führung mitzumachen. Vielleicht sieht man ja noch etwas?"
Attila verzog missbilligend das Gesicht, hielt sich aber mit einem Kommentar zurück.
„Wir sind inzwischen unten in der dritten Sohle angekommen", dozierte Guido Baumgart. Sie hatten sich vor den beleuchteten Tafeln versammelt, die das zerstörte Nürnberg nach dem Zweiten Weltkrieg zeigten.
„Mein Name ist Gerlinde Schlenk", wisperte die Frau erneut und hielt Attila ihre runzelige Hand hin. „Meine Eltern haben hier unten die Bombennacht von 1945 überlebt."
Guido Baumgart warf ihr einen rügenden Blick zu. Er kannte die alte Dame seit längerem und hatte auch ab und zu das zweifelhafte Vergnügen, sie in einer seiner Gruppen begrüßen zu dürfen. Einerseits konnte sie spannende Details über die Nutzung der Keller in der Nachkriegszeit erzählen, andererseits hatte sie ein solches Geltungsbedürfnis, dass es oft schwer war, die Führung in der dafür vorgesehenen Zeit zu schaffen.
„Frau Schlenk, hier gibt es nichts zu sehen", wies er sie zurecht. „Die Leute möchten etwas über die Felsengänge

erfahren."
„Das ist auch wirklich sehr interessant", wandte sie sich nun an die ganze Gruppe. „Der junge Mann hier kann Ihnen viel über die ganze Anlage berichten. Dafür, dass er noch so jung ist und die schwere Zeit damals nicht miterlebt hat, kennt er sich erstaunlich gut aus."
Guido Baumgart wurde rot und seufzte.
„Danke, Frau Schlenk", meinte er resigniert. Die Teilnehmer schmunzelten amüsiert.
„Warum hat man denn damals diese vielen Keller angelegt?", fragte Mariella, um den jungen Mann aus der peinlichen Situation zu retten.
„Vielen Dank für die Frage", antwortete dieser und warf Mariella einen dankbaren Blick zu.
„Bevor die Gewölbeanlagen als Luftschutzbunker genutzt wurden, dienten sie der Herstellung und Lagerung von Bier. Näheres dazu erzähle ich Ihnen an unserer nächsten Station. Ich darf Sie nun bitten, mir in den älteren Teil der Anlage zu folgen. Wir werden jetzt durch einen langen, schmalen Gang gehen, der nur etwa 1,65 Meter hoch ist. Also: Kopf einziehen!"
Er marschierte voran. Im Gänsemarsch folgte die Gruppe, teils mit eingezogenen Köpfen, teils mit hoch erhobenen Häuptern.
„Endlich sind wir Kleinen einmal im Vorteil", freute sich eine Frau mittleren Alters, die hinter Mariella ging.
„Da haben Sie vollkommen recht", pflichtete ihr Mariella bei, während Attila hochkonzentriert damit beschäftigt war, seine 1,85 Meter durch den engen Gang zu bugsieren, ohne irgendwo hängen zu bleiben.
„Freut euch nur", brummte er gespielt verärgert. „Meine Zeit kommt auch wieder."
Kurz darauf hatten sie das Ende des Ganges erreicht und gelangten in ein weitläufiges Gewölbe, von dem aus mehrere Wege abzweigten.
Die Leute richteten sich wieder auf, atmeten tief durch und öffneten ihre Jacken. Nach der Kälte draußen empfand jeder die Luft hier unten als warm und regelrecht dampfig. Es roch frisch, feucht, irgendwie gesund.

Sie versammelten sich vor einer beleuchteten Tafel, auf der ein Plan der Felsengänge abgebildet war.

„Wir sind vom Dürer-Keller durch diesen Zugang hierher zum Agnes-Keller gelaufen und befinden uns jetzt genau hier."

Er zeigte auf einen Punkt inmitten eines riesigen Labyrinthes von Gängen, Räumen und Kellern.

„Wie Sie sehen, ist der gesamte Burgberg durchlöchert. Wenn man sich auskennt, könnte man unterirdisch vom Äußeren Laufer Schlagturm bis zum Dürerhaus gelangen."

„Unglaublich", entfuhr es Attila fasziniert. „Was sind die blauen Linien?"

„Das sind Wasserleitungen, die aus dem Sickerwasser des Burgbergs gespeist werden", erläuterte Baumgart. „Der Burgberg besteht aus porösem, wasserdurchlässigem Sandstein. Die Leute haben damals Rinnen gegraben, um dieses saubere Wasser zu sammeln und zu sogenannten Entnahmestellen zu leiten. Ein Zugang zu sauberem Trinkwasser war für die Leute damals äußerst wertvoll."

„Was war mit dem Wasser aus den Brunnen?"

„Das war durch die starke Verschmutzung der Straßen in der Stadt meist ungenießbar."

Nach einigen weiteren Erklärungen führte Guido Baumgart die Gruppe zielstrebig durch das Gewölbe, vorbei an diversen Abzweigungen, dunklen Ecken und vergitterten Türen.

Zu gerne hätte sich Attila mit einer Taschenlampe bewaffnet von der Gruppe abgesetzt und sich auf eigene Faust hier unten umgesehen. Was verbarg sich wohl hinter der nächsten Wand, der nächsten Säule, am Ende der vielen Treppen, die im Dunkel verschwanden?

„Hier sehen Sie den Grund, warum im Mittelalter diese Keller angelegt wurden", erzählte Baumgart und leuchtete eine Reihe alter Holzfässer an.

„Jeder Brauer, der früher Bier brauen wollte, musste einen Keller vorweisen, denn das untergärige Rotbier, das damals am meisten getrunken wurde, gärt bei einer Temperatur von 6°C bis 8°C. Nachdem man aber eine solche Temperatur nicht künstlich herstellen konnte, musste man dorthin gehen,

wo es das ganze Jahr hindurch so kalt ist – in den Keller."
Attila hing gebannt an der Lippen des jungen Mannes, als ihn plötzlich jemand am Ärmel zupfte.
„Kommen Sie", raunte Frau Schlenk geheimnisvoll. „Ich zeige Ihnen etwas."
Sie zog eine Taschenlampe aus ihrer Manteltasche und wies mit einer beinahe unmerklichen Kopfbewegung in Richtung einer beleuchteten Nische.
Attila schüttelt zaghaft den Kopf, doch die Dame ließ nicht locker. Offenbar konnte sie seine Neugier spüren.
„Na, kommen Sie schon. Wir gehen hinunter in die vierte Sohle. Ich kenne mich hier aus und kann Ihnen Ecken und Winkel zeigen, die Sie sonst nie zu Gesicht bekommen."
„Vielen Dank für das Angebot", gab er zurück, nachdem er den missbilligenden Blick seiner Frau bemerkt hatte, „aber ich möchte doch lieber bei der Gruppe bleiben."
Frau Schlenk zuckte mit den Schultern, setzte sich lautlos von der Gruppe ab und verschwand unbemerkt hinter einem mächtigen Pfeiler.
Mit einem leichten Bedauern wandte sich Attila wieder dem Stadtführer zu.
„Hier sehen Sie den Braustern mit seinen sechs Zacken,..."

Unterdessen stieg die alte Dame weiter hinein in das Innere des Sandsteinfelsens. Sie schlich eine kurze Rampe hinab in einen kleinen, hohen, offenen Raum voller Schutt und Holzreste. Von einer Ecke aus führte eine steile, gewundene Treppe nach unten in die vierte Sohle. Zunächst sah es so aus wie eine Etage höher: Mauern, Lichter an den Wänden, Ecken, Winkel und Nischen, doch je weiter sie vordrang, desto spannender wurde es. Da waren immer wieder kleine Durchlässe in den Wänden, hinter denen weitere Keller und versteckte Räume lagen. Ein frischer Luftzug streifte ihr Gesicht. Sie leuchtete nach oben in einen Belüftungsschacht, der bis an die Oberfläche führte, also etwa 16 Meter tief war.
Ein seliges Lächeln lag auf ihren Lippen.
Sie liebte diese Luft, die Abgeschiedenheit, Ruhe und Stille. Hier war sie alleine mit ihren Gedanken und Erinnerungen, weit weg von der Hektik der Stadt, weit entfernt von Lärm

und Gestank, unabhängig von Sonne, Wind, Schnee und Regen.
Mit geschlossenen Augen lehnte sie sich an die kühle, bröselige Wand und atmete glücklich die klare, reine Kellerluft.
Was hatten die Menschen doch damals geleistet. Mit ihrer eigenen Muskelkraft hatten sie diese Gewölbe und Tunnel aus dem Fels herausgeschlagen, ein ausgeklügeltes Belüftungssystem eingebaut, im Winter Unmengen von Eisbrocken hierher geschafft, um die Temperatur noch weiter zu senken.
Und heute?
Heute sind die Leute bequem, anspruchsvoll und ständig unzufrieden. Vielleicht sollte man für gestresste Mitmenschen hier unten eine Therapie anbieten, in der sie Abstand vom Alltag bekommen und sich wieder auf die wesentlichen Dinge des Lebens konzentrieren könnten?
Sie bog um ein weiteres Eck und stand plötzlich in einem vergleichsweise großen, langgezogenen Raum, an dessen Seite mehrere Stapel Stühle standen.
An der Stirnseite war ein niedriges Podest aufgebaut.
„Der Kinosaal", wisperte sie ehrfürchtig.
Zu besonderen Anlässen wurden hier Filmvorführungen oder Lesungen veranstaltet. Sie selbst hatte bisher noch nie an einer solchen Veranstaltung teilgenommen. Zum einen interessierte sie sich nicht für alte Gruselfilme in schwarz-weiß, zum anderen war die feuchte Kellerluft zwar wunderbar für einen kleinen Spaziergang, aber auf Dauer nicht so gut für ihre Knochen.
Auch wenn sie schon oft hier unterwegs gewesen war, gab es doch immer wieder Neues zu entdecken, Räume und Winkel, die sie noch nicht erforscht hatte. Interessiert leuchtete sie durch ein kleines Loch in einen weiteren finsteren Raum hinein.
Neben den obligatorischen Haufen Schutt und Holz lag in einer Ecke sogar ein ausrangiertes, weißes Waschbecken.
Sie fragte sich, wie jemand dazu kam, seinen Müll hier unten zu entsorgen und wann die Stadt endlich auf die Idee kommen würde, das ganze Zeug wegzuräumen.

Zwischen all dem Müll konnte sie auch einen Haufen alter Kleidung entdecken.
Kleidung? War das wirklich nur Kleidung?
Der Schein der Taschenlampe wurde schwächer und reichte nicht mehr ganz bis ans Ende des Raumes.
Frau Schlenks Neugier war geweckt.

Guido Baumgart stand mit seiner Gruppe inzwischen vor einer dicken Stahlbetonsäule, die auf einem gewaltigen Fundament ruhte.
„Was sind das für Säulen?", fragte Attila den jungen Mann. „Die passen gar nicht in dieses Sandsteingewölbe."
„Da haben Sie vollkommen recht", sagte Baumgart anerkennend. „Als diese Keller angelegt wurden, war der Burgberg mit Fachwerkhäusern bebaut. Nach den Zerstörungen im Zweiten Weltkrieg hat man die Stadt wieder aufgebaut. Allerdings nicht in Fachwerkbauweise, sondern mit Steinhäusern, die um ein Vielfaches schwerer sind, als die vergleichsweise leichten Konstruktionen aus Holz, Lehm und Stroh."
„Lassen Sie mich raten", fiel ihm Attila eifrig ins Wort. „Man hatte Bedenken, ob der durchlöcherte Sandsteinfelsen dieses Gewicht würde halten können."
„Genau. Man hat alles von Statikern überprüfen lassen und überall dort, wo es nötig war, diese Stahlbetonsäulen eingezogen."
Die Führung war sehr interessant, und trotzdem konnte Attila Gerlinde Schlenk nicht ganz vergessen.
Warum hatte sich die alte Dame so für den Toten interessiert? Und wo wollte sie jetzt hin? Wenn sie regelmäßig in den Felsengängen war, hatte sie ja möglicherweise doch etwas bemerkt? Vielleicht hätte er doch besser mit ihr gehen sollen? Doch dafür war es jetzt zu spät.

Gerlinde Schlenk ging an der Mauer entlang und suchte nach einem Zugang, denn irgendwie musste der Müll ja schließlich dort hineingekommen sein. Sie schlängelte sich am ausladenden Fundament einer Betonsäule vorbei und

betrat den Raum.
Ein kühles Lüftchen strich über ihr Gesicht.
Sie stutzte.
Der Haufen Kleidung hatte die Form eines Körpers. Daneben breitete sich auf dem Boden ein dunkler Fleck aus.
Eine fürchterliche Ahnung stieg in ihr hoch.
Konnte es sein, dass sich zwischen die frische Kellerluft ein süßlicher Geruch gemischt hatte?
Der Geruch nach Blut?
Sie näherte sich vorsichtig dem Kleiderbündel.
Der Lichtstrahl flackerte.
Sie zitterte, ahnte, was sie hier finden würde.
Sie umrundete das Bündel.
Ein kalkweißes Gesicht mit toten Augen blitzte ihr entgegen.

17

Das Wasser in den Heizkörpern gurgelte und schaffte es doch nicht, die Luft in dem kleinen, ungemütlichen Verhörzimmer auf eine angenehme Temperatur aufzuheizen. Die Neonröhre an der Decke brummte leise, die Zeiger der Wanduhr bewegten sich langsam auf 10:00 Uhr zu, es roch nach Linoleum.
Frank Dix lümmelte mit mürrischem Gesichtsausdruck auf einem harten Stuhl und dünstete Gerüche aus, die der ohnehin alles andere als frischen Luft noch eine würzige Note gaben. Ab und zu schlürfte er etwas von seinem heißen Kaffee aus einer büroeigenen Tasse mit der kaum noch lesbaren Aufschrift *I don't like Mondays*.
Auch Charlotte und Torsten wärmten sich die Hände an klobigen Kaffeebechern.
„Also, dann noch einmal von vorne", versuchte Charlotte erneut, ihrem Gegenüber Informationen zu entlocken. „Sie sagten, Wilfred Schlecht sei am vergangenen Samstag bei Ihnen gewesen. Was haben Sie gemacht?"
Sie blieb hartnäckig beim Sie, was Frank Dix ebenso hartnäckig ignorierte.
„Das geht dich gar nichts an", blaffte er provokant.
„Es ist ja nicht so, dass wir uns wirklich dafür interessieren, wieviel Bier Sie getrunken oder welche amerikanischen Serien Sie sich im Fernsehen angesehen haben", entgegnete Torsten ruhig. Er hatte definitiv nicht vor, sich provozieren zu lassen, spürte aber, wie seine Kollegin langsam ungeduldig wurde. „Uns würde interessieren, ob Sie Drogen bei ihm gekauft haben, ob er erzählt hat, was er die nächsten Tage noch so vorhatte. Wo war er am Sonntag? Am Rosenmontag? Am Dienstag? Mit wem war er zusammen? Wer könnte das wissen? Was hatte er in den Felsengängen zu suchen?"

„Ihr wollt mir da was anhängen. Da mache ich nicht mit. Ich sage jetzt gar nichts mehr."
Trotzig verschränkte er die Arme vor der Brust und sah demonstrativ aus dem Fenster.
„Das können Sie gerne tun, es ist Ihr gutes Recht, aber es muss Ihnen auch klar sein, dass Sie sich durch Ihr unkooperatives Verhalten immer verdächtiger machen. Wir werden Ihnen nicht von der Pelle rücken, Sie immer und immer wieder hierher bestellen, Ihnen immer wieder die gleichen Fragen stellen. Wenn Sie sich nichts vorzuwerfen haben, warum arbeiten Sie dann nicht mit uns zusammen?"
Charlotte bewunderte die Ruhe, die ihr Praktikant an den Tag legte, konnte sich aber trotzdem nicht zurückhalten.
„Sie haben behauptet, es gebe einen weiteren Mann, der etwas mit Schlechts Drogengeschäften zu tun hat?"
„Ah, die Kommissarin wird nervös." Er grinste süffisant.
„Wer ist es und was soll er mit Schlecht zu tun gehabt haben?"
„Ich habe gesagt, du sollst ihn fragen."
„Und was glauben Sie, könnte er uns sagen? Außerdem wissen wir noch immer keinen Namen."
Charlotte spürte, wie sie dabei war, die Geduld zu verlieren. Vielleicht sollte sie statt des Kaffees lieber einen Baldriantee trinken.
Dix beugte sich über den Tisch. „Du bist doch hier die Kommissarin. Finde es selbst raus", zischte er betont langsam, grinste und zeigte dabei das, was von seinem Gebiss noch übrig war.
Charlotte musste hier raus.
„Torsten, kannst du weiter machen", bat sie und stand auf. „Ich bin gleich wieder da."

Fluchtartig verließ sie das ungemütliche Zimmer und lehnte sich kurz an die leider auch recht kühle Wand. Sie atmete tief durch. Nach der Mischung aus ungewaschenem Körper, fauligem Mundgeruch und altem Linoleum empfand sie den typischen Büro-Kaffee-Kopierer-Geruch geradezu als paradiesisch. Sie hörte nicht, wie Matthias lautlos mit seinem Rollstuhl angerollt kam.

„Ist alles in Ordnung mit dir?", fragte er besorgt, als er sie blass und mit geschlossenen Augen schwer atmend an die Wand gelehnt sah.
„Ja, ja", beeilte sie sich zu sagen.
„Gut, ich hatte schon befürchtet, ich muss Erste-Hilfe-Maßnahmen einleiten."
Langsam erwachten Charlottes Lebensgeister wieder.
„Es wird wirklich höchste Zeit, diesen mittelalterlichen Verhörraum zu renovieren. Er ist kalt, ungemütlich und stinkt. Wenn dann noch jemand drin sitzt, der es mit der Körperpflege nicht so genau nimmt, ist es kaum auszuhalten."
Matthias seufzte theatralisch.
„Ach, wie gut habe ich es da an meinem Arbeitsplatz! Ich darf tagaus tagein in meinem wohltemperierten Büro sitzen, Tee trinken, die Aussicht auf den wunderschönen Jakobsplatz mit seinen herrlichen historischen Kirchen genießen und dabei in aller Ruhe einige wenige Aufträge von meinen lieben Kollegen bearbeiten. Quasi der Himmel auf Erden."
Charlotte knuffte ihn freundschaftlich in die Seite.
„Ist ja schon gut, ich höre schon auf zu jammern."
„Wir können gerne eine Selbsthilfegruppe ins Leben rufen. Vielleicht gibt es ja noch andere Betroffene, die unablässigen Angriffen auf ihre Geruchsnerven ausgesetzt sind."
Er setzte eine Unschuldsmiene auf.
„Sag Bescheid, wenn es soweit ist", lachte Charlotte amüsiert. Wieder einmal war sie froh und dankbar für das Team, mit dem sie arbeiten durfte. Mit Ausnahme ihres Chefs waren alle Kollegen patente, sympathische Zeitgenossen.
„Darf ich dich zu einer Tasse Tee in mein flauschig warmes Büro einladen?", bot Matthias großzügig an. „Es gibt Neuigkeiten zu der DNA von dem blutigen Pulli aus der Wohnung des Opfers. Torsten hat deinen Zeugen doch bestimmt gut im Griff."
„Das klingt verlockend. Ich brauche dringend ein Erfolgserlebnis."

Im Büro angekommen stellte sie sich zitternd vor die Heizung und rieb sich die kalten Hände.
„Das Blut auf dem Shirt ist von Wilfred Schlecht selbst. Markus hat aber auch noch DNA von jemand anderem sichergestellt."
Charlottes Augen leuchteten.
„Es ist dieselbe Person, von der auch die Fingerabdrücke in der Wohnung stammen."
„Mach es doch nicht so spannend!"
„Markus hat auch Zigarettenkippen in den Felsengängen gefunden – mit der selben DNA."
„Matthias!"
„Wir wissen es nicht. Die Person ist nicht in unserem System registriert."
„Schade", entfuhr es Charlotte enttäuscht. „Natürlich ist es gut, die Daten zu haben, aber wenn wir sie niemandem zuordnen können..."
„NOCH nicht, meine Liebe, noch nicht! Was ist eigentlich mit Frank Dix? Kommt er als Täter infrage? Immerhin ist doch seine Schwester an den Drogen gestorben, die ihr der Rauschgoldengel verkauft hat. Oder hat er wenigstens was Interessantes zu berichten?"
„Ach, dieser Kerl lässt sich alles aus der Nase ziehen. Angeblich gibt es einen Mann, der öfter beim Rauschgoldengel war. Den sollen wir fragen."
„Ein Mann! Präziser geht das wohl nicht? Was sollt ihr ihn denn fragen?"
„Keine Ahnung. Er macht nur Andeutungen und liefert nichts Konkretes. Und ein Alibi hat er auch nicht."
„Übrigens hattest du mich doch gebeten, mehr über diesen Konstantin von Stetten herauszubekommen. Er hat eine Spedition in Schwaig, aber das wusstest du vermutlich schon. Außerdem betreibt er einige Discos im Nürnberger Umland. Zum Beispiel auch den *Club 52* in Weißenburg."
„Was? Das ist die Disco, in der der Rauschgoldengel aufgelegt hat und Isabella Dix gefunden wurde!"

Es klopfte kurz, bevor sich schwungvoll die Tür öffnete. Charlotte und Matthias zuckten erschrocken zusammen.

„Ah, die Kriminalhauptkommissarin beim Kaffeekränzchen, während sich der Praktikant alleine mit einem wichtigen Zeugen oder sogar Tatverdächtigen auseinandersetzen muss. Das muss ich entschieden kritisieren!"
Tilman Peter warf Charlotte einen bitterbösen Blick zu.
„Ich kann Ihre Ermittlungsmethoden nicht gutheißen, Frau Gerlach!"
„Regen Sie sich doch nicht so auf, Chef", ergriff Matthias ganz unbeeindruckt das Wort, noch bevor Charlotte den Mund öffnen konnte. Er war oft der Vermittler zwischen dem Kommissariatsleiter und den Mitarbeitern, was zum einen an seiner ausgeglichenen Art und zum anderen sicherlich an seiner besonderen Situation lag. Tilman Peter hatte bisher selten ein zurechtweisendes Wort an ihn gerichtet. „Ich habe die Kollegin überredet, die festgefahrene Befragung kurz zu unterbrechen, um sich mit mir auszutauschen. Das ändert den Blickwinkel und schafft die nötige Distanz. Darüber hinaus hatte ich ihr einige wichtige neue Erkenntnisse mitzuteilen."
„Herr Steffens!", echauffierte sich Tilman Peter. „Erstens soll Frau Gerlach keine Distanz bekommen, sondern so nah wie möglich dran sein und zweitens frage ich mich, warum nicht ich der Erste bin, der die bahnbrechenden Neuigkeiten erfährt!"
Das Gesicht des Mannes war inzwischen dunkelrot. „Ich bin hier der Kommissariatsleiter, bei mir müssen alle Informationen zusammenlaufen, ist das noch immer nicht bei Ihnen angekommen?"
„Die Kollegen von der Spurensicherung haben DNA-Spuren am Tatort und in der Wohnung des Opfers sichergestellt", berichtete Charlotte selbstbewusst. „Sie stammen von ein und derselben Person."
Sie hatte bereits seit fast drei Jahren das zweifelhafte Vergnügen, Tilman Peter und seine Launen ertragen zu dürfen und hatte sich zu diesem Zweck ein dickes Fell zugelegt. Trotzdem war es jedes Mal ziemlich anstrengend und ärgerlich, sich neben uneinsichtigen Zeugen auch noch mit einem teamunfähigen Chef herumschlagen zu müssen.
„Und? Von welcher Person? Haben Sie damit den Täter

überführt?"
„Herr Peter", versuchte Matthias einzulenken. „Sollte diese Information zur Ergreifung des Täters geführt haben, hätten Sie es sicher bereits erfahren."
„Dessen bin ich mir leider nicht so sicher, Herr Steffens! Ist das alles, was Sie bisher an Ergebnissen haben? DNA-Spuren?"
Charlotte biss die Zähne zusammen. „Wir haben ermittelt, dass der Club, in dem das Opfer als DJ tätig war, als Drogenumschlagplatz bekannt ist."
„Und?"
„Konstantin von Stetten ist der Geschäftsführer."
„Herr von Stetten?", brauste Kommissar Peter auf. „Das ist ein angesehener Spediteur aus Schwaig! Was unterstellen Sie ihm?"
Es war im Präsidium bekannt, dass der Kommissariatsleiter großen Wert darauf legte, Mitglieder der in seinen Augen *besseren Gesellschaft* keinesfalls mit kriminellen Machenschaften irgendwelcher Art in Verbindung zu bringen, sie zu befragen, oder gar vorzuladen. Die einflussreichen Herrschaften aus Wirtschaft, Politik und Kultur hätten per Definition nichts mit rechtlichen Verfehlungen zu tun.
„Ich möchte auf keinen Fall, dass Sie ..."
Seine weitere Ansprache wurde vom Klingeln eines Handys unterbrochen. Charlotte griff in ihre Tasche und holte den Apparat heraus.
„Sie gehen jetzt nicht ans Telefon, solange ich noch nicht fertig bin!"
„Es ist Attila", sagte Charlotte ungerührt. „Ich bin sicher, es ist wichtig. Bitte entschuldigen Sie."
Damit verließ sie das Büro und ihren aufgebrachten Chef und nahm das Gespräch an.
„Charlotte", hörte sie die Stimme Attilas. Er war außer Atem und klang aufgeregt. „Ihr müsst sofort kommen."
„Wohin denn? Was ist passiert?"
„Ich stehe im Innenhof der Burgbrauerei. Es liegt ein Toter in den Felsengängen."

18

„Wenn dieser von Stetten eine Spedition betreibt und zugleich Geschäftsführer mehrerer Discos ist, in denen bekanntlich mit Drogen gehandelt wird, ist es doch naheliegend, dass auch er mit im Geschäft ist", mutmaßte Torsten, während sie keuchend auf dem Weg hinüber in die Sebalder Altstadt waren.

„Das sehe ich auch so." Charlotte marschierte mit verbissener Miene voran. „Ich vermute sogar, Wilfred Schlecht hat für ihn gearbeitet, die Ware von ihm bekommen, um sie auf den Partys zu verkaufen. Das passt zu ihm. Hauptsache, der Rubel rollt, egal um welchen Preis, egal, ob junge Leute ihre Gesundheit oder gar ihr Leben ruinieren. Ein ekelhafter Typ. Wir sollten ihm schnellstens einen Besuch abstatten. Hat Franky noch etwas rausgelassen?"

„Nicht wirklich", gab Torsten zu. Nach all der Gelassenheit, mit der er die Befragung durchgeführt hatte, kam jetzt auch bei ihm Frust auf.

„Hat er noch irgendetwas zu diesem ominösen Besucher gesagt?"

„Nur dass er sich angeblich für etwas Besseres gehalten hatte."

„Na prima! Damit finden wir ihn leicht."

Charlotte verdrehte genervt die Augen.

Als sie kurz darauf am *café al fiume* vorbei liefen, kam Felix ganz aufgelöst nach draußen.

„Torsten, Charlotte, gut, dass ich euch treffe! Attila und Mariella haben angerufen, dass es später wird. In den Felsengängen ist wohl etwas passiert!"

„Tut mir leid, Felix, aber ich kann dir nichts Näheres sagen. Entschuldige, wir müssen los", rief ihm Charlotte im Vorbeigehen zu.

„Aber ich habe ab 14:00 Uhr Dienst im *Kaiserkeller*! Wenn Attila nicht rechtzeitig zurück ist, muss ich zusperren!", schrie er ihr hinterher.
Charlotte drehte sich um und zeigte mit dem Daumen nach oben. „Ich sage ihm Bescheid!", brüllte sie zurück.

„Was hat Attila gesagt?", wollte Torsten wissen. Charlottes strammer Schritt machte das Gespräch sehr schwierig.
„Es gibt einen Toten im Keller."
„Und er hat ihn gefunden?"
„Das werden wir gleich erfahren."
Inzwischen hatten sie die Albrecht-Dürer Straße erreicht. Ein Krankenwagen raste mit Blaulicht die steile Straße hinab und bog nach rechts in die Lammsgasse ein. Ein Notarztwagen stand am Straßenrand.
Attila hatte nichts von Verletzten erzählt. Charlotte rannte die letzten Meter bis zum Innenhof der Brauerei. Alles war bereits mit rot-weißem Flatterband abgesperrt, Uniformierte waren damit beschäftigt, Passanten und Neugierige abzuwimmeln.
Mariella und eine Handvoll anderer Leute standen mit Bechern in der Hand zusammen und unterhielten sich leise. Der Schock war ihnen noch in die bleichen Gesichter geschrieben. Beamte nahmen die Personalien auf, sprachen mit den Leuten, versuchten, sie zu beruhigen.
„Charlotte! Torsten!", rief Attila, der an der Treppe hinunter in die Felsengänge auf sie gewartet hatte. Guido Baumgart stand frierend neben ihm.
„Attila! Was ist denn passiert?", fragte Charlotte besorgt.
„Unten in der vierten Sohle liegt ein Toter", berichtete Attila mit ernster Miene.
„In der vierten Sohle? Und wer hat ihn entdeckt?"
„Eine ältere Dame."
„Und was machst du hier?"
„Ich habe mit Mariella an der Führung teilgenommen."
Charlotte blickte fragend zu Guido Baumgart. „Sagten Sie nicht, Sie gehen mit den Gruppen nur in die zweite und dritte Sohle?"
Baumgart nickte fröstelnd. „Normalerweise schon."

„Aber?"
„Die ältere Dame, eine Frau Gerlinde Schlenk, kennt sich in der Anlage gut aus und ist manchmal auf eigene Faust unterwegs."
„...was aber nicht erlaubt ist, oder?"
„Eigentlich nicht", gab Baumgart zu, „aber sie wohnt in der Agnesgasse und hat von ihrem Haus aus einen eigenen Zugang zu den Kellern. Wir können nicht verhindern, dass sie ab und zu dort unten eine Erkundungstour macht."
„Und dabei hat sie den Toten entdeckt?"
„Ja, es war ein ziemlicher Schock für sie. Wir mussten den Notarzt verständigen."
„Können Sie mir den Toten zeigen?"
„Aber natürlich. Kommen Sie."
„Einen Moment, bitte!" Eine Frau Anfang 60 mit streng zurückgestecktem Haar und schickem Kostüm kam über den Hof auf sie zu.
„Mein Name ist Sibylle Stern", stellte sie sich vor und reichte Attila die Hand, im Glauben, er sei der zuständige Beamte. „Ich bin die Pächterin des Anwesens. Bitte entschuldigen Sie, dass ich erst jetzt komme, aber ich hatte noch einen Termin außerhalb. Man sagte mir, es gebe einen Toten im Keller?"
„Guten Tag, Frau Stern", antwortete Charlotte. „Hauptkommissarin Gerlach. Ich bin die ermittelnde Beamtin"
Erstaunt wandte sich Frau Stern Charlotte zu.
„Eine so junge Kriminalbeamtin?", wunderte sie sich und reichte Charlotte die Hand.
„Das ist mein Kollege Torsten Klein."
„Sehr erfreut. Guten Tag Herr Baumgart", begrüßte sie nun auch den Stadtführer. „Was ist passiert?"
„Wie es scheint, liegt ein Toter in der vierten Sohle", erklärte Guido Baumgart.
„In der vierten Sohle? Aber wie kann das sein? Waren Sie etwa mit Ihrer Gruppe dort unten?"
„Natürlich nicht", antwortete der junge Mann schnell. „Frau Schlenk war dabei und hat wieder einmal einen Ausflug nach unten gemacht."

„Diese Frau raubt mir den letzten Nerv. Nur weil ihr Haus einen Zugang zu der Anlage hat und sie seit Jahren Mitglied im Verein *Nürnberger Keller* ist, bildet sie sich ein, dass sie immer in den Felsengängen herumspazieren kann, wann es ihr passt. Das geht doch nicht! Wo ist sie überhaupt?"

„Sie hatte einen Nervenzusammenbruch und ist auf dem Weg ins Klinikum", wusste Guido Baumgart.

„Dann war sie das in dem Krankenwagen, der uns eben entgegenkam", warf Charlotte dazwischen.

„Ja", bestätigte Attila. „Sie hat den Toten gefunden und ist dann zusammengebrochen."

„Das kann man ihr nicht verdenken", meinte Frau Stern verständnisvoll. „Wie lange muss ich denn die Keller geschlossen halten? Wir brauchen die Einnahmen aus den Führungen. Ein Toter ist keine besonders gute Referenz."

„Das kann ich gut verstehen, aber ein Toter ist eigentlich nie eine gute Referenz."

„Ja, ja, Sie haben ja recht. Machen Sie nur Ihre Arbeit", lenkte die Dame ein. „Wenn noch etwas ist – Sie finden mich in meinem Büro."

Inzwischen war der Rechtsmediziner zu ihnen gestoßen.

„Hallo Jens", begrüßte ihn Charlotte. „Du kommst gerade rechtzeitig. Herr Baumgart will uns zeigen, wo das Opfer liegt."

„Hallo, Charlotte, hallo, Attila", freute sich der Mediziner und begrüßte ihn herzlich. „Was machst du hier? Du hast doch nicht etwa die Leiche gefunden?"

„Nein, ich war nur zufällig bei einer Führung dabei, als der Tote entdeckt wurde."

„Zufällig?" Jens Kohlbrenner schmunzelte.

„Ja, er konnte wirklich nichts dafür", bestätigte Mariella. „Wir werden doch hier nicht mehr gebraucht, oder? Wir müssen zurück ins Café. Felix muss um 14.00 Uhr wieder Schäufele servieren."

„Attila, bitte komm doch nachher ins Präsidium. Du weißt ja, wie das läuft, wir brauchen deine Aussage."

„Ja, natürlich."

Die Rolle des Zeugen fiel Attila sichtlich schwer. Wie gerne hätte er jetzt die Taschen des Toten durchsucht, sich mit dem

Rechtsmediziner ausgetauscht, erste Überlegungen angestellt. Doch er war nun einmal nicht mehr zuständig, war Frühpensionär und Besitzer einer Espressobar.
Und doch...
„Glaubst du, die beiden Fälle hängen zusammen?", fragte er Charlotte.
„Ich vermute schon. Immerhin wurden die Männer im Abstand von zwei Tagen am gleichen Tatort mit einem Messer erstochen. Was denkst du?"
Attila hob abwehrend beide Hände und machte ein unschuldiges Gesicht.
„Ich denke gar nichts, ich bin nur ein Zeuge."
„Was ich jeden Tag aufs Neue bedauere. Wir zwei waren das Top-Team im Präsidium!"
„Um auf deine Frage zurückzukommen", ergriff Attila wieder das Wort, „ich bin ziemlich sicher, dass beide vom gleichen Täter und wahrscheinlich auch aus dem gleichen Motiv heraus umgebracht wurden. Ihr solltet nach einer Verbindung zwischen den Männern suchen."
„Das werden wir. Bis später."
„Bitte halte mich auf dem Laufenden", bat Attila.
„Wird gemacht", versprach Charlotte und folgte den anderen hinunter in den Keller.

Wie am Tag zuvor war sie auch diesmal trotz langsam einsetzender Beklemmung begeistert von der Atmosphäre in dem Kellergewölbe und davon, mit welcher Zielstrebigkeit Guido Baumgart sie durch das Labyrinth führte.
„Wenn Sie hier geradeaus weitergehen, kommen Sie in den Keller vom Albrecht-Dürer-Haus", sagte er und deutete in einen der vielen Gänge, die von ihrem Weg abzweigten.
Es war eine faszinierende Vorstellung durch den eigenen, privaten Keller einen Zugang zu dieser Anlage zu haben und immer, wenn einem danach ist, eine kleine Erkundungstour unternehmen zu können. Da konnte sie diese Frau Schlenk, von der vorhin die Rede war, sehr gut verstehen.
„Na, Frau Kommissarin, kennen Sie sich wieder aus? Das ist der Weg, den wir gestern gegangen sind – nur rückwärts."
Charlotte schüttelte irritiert den Kopf. Sie hätte Stein und

Bein geschworen, noch nie in ihrem Leben hier gewesen zu sein.
Baumgart grinste. „Das geht den meisten so. Alles sieht so ähnlich aus. Ich habe auch eine gewisse Zeit gebraucht, mich zurechtzufinden."
Sie liefen eine Rampe hinunter, passierten eine massive Gittertür und erreichten eine schmale, steile Treppe. Dabei kamen sie immer wieder an beleuchteten Schächten und Öffnungen vorbei, in die Charlotte zu gerne einen Blick geworfen hätte.
Vorsichtig stiegen sie dicht hintereinander die Treppe hinunter. Die Stufen waren höher als gewohnt und ziemlich rutschig, so dass sich jeder gerne an dem dünnen Metallgeländer festhielt, das in die Sandsteinmauer eingelassen war.
„Jetzt sind wir in der dritten Sohle, im Agneskeller", erklärte Baumgart, als alle unten angekommen waren. „Von hier aus kommen wir ganz hinunter in den Kinosaal."
„Kinosaal?", fragte Charlotte ungläubig.
„Das ist ein Raum, in dem zu besonderen Anlässen Filme gezeigt werden."
Vorbei an hohen Räumen, aus deren Wänden hier und da massive Stahlträger ragten, einer Reihe alter Holzfässer und verschiedener Infotafeln gelangten sie kurz darauf über eine steinerne Wendeltreppe weiter hinab in die Eingeweide des Burgberges.
Hier sah es zunächst auch nicht wesentlich anders aus, als eine Sohle höher, doch leuchtete man in die dunklen Seitengänge hinein, konnte man immer mehr Schuttberge, Müllhaufen und Gerümpel erkennen, die sicher nicht dafür gedacht waren, von Touristen besichtigt zu werden.
„Ist das der Kinosaal?" Charlotte blickte auf die kahle, feuchte Nische mit den gestapelten Stühlen und zog einen schnellen Vergleich zu den flauschigen Kinosesseln im gut geheizten, technisch aufwändig ausgestatteten und hochmodernen Multiplexkinopalast nur etwa einen Kilometer Luftlinie entfernt.
Ob es von hier aus auch eine unterirdische Verbindung in den riesigen Kinokomplex gab? Schließlich war die

Baugrube beim Bau der IMAX-Kinosäle mit ihren 30 Metern fast doppelt so tief, wie die 16 Meter Tiefe, in der sie sich jetzt befanden. Natürlich musste man auch berücksichtigen, dass das Kino auf Höhe der Pegnitz, also etwa 30 Höhenmeter tiefer lag, als der Eingang in die Felsengänge.
Außerdem lag die Pegnitz dazwischen und Charlotte konnte sich nicht vorstellen, dass die Leute vor 300 oder 400 Jahren bereits in der Lage gewesen waren, den Fluß zu unterqueren.
„Hier liegt er", meinte Baumgart und wies auf einen versteckt liegenden Raum. Sie bogen um die Ecke, zwängten sich durch den engen Eingang und richteten den Schein der Lampe auf einen Menschen, der zusammengekrümmt in einer Blutlache lag.
Guido Baumgart hielt die Luft an und wandte sich ab.
„Wie war das heute Vormittag?"
Charlotte schob den jungen Mann an der Schulter wieder hinaus, während Jens Kohlbrenner mit Torstens Hilfe einen Scheinwerfer aufstellte und mit der Untersuchung des Toten begann.
„Die Führung begann um 11:00 Uhr", berichtete Baumgart mit belegter Stimme. „Zuerst war Frau Schlenk noch bei der Gruppe dabei, dann habe ich sie nicht mehr gesehen. So etwa nach einer halben Stunde hörten wir einen Schrei, und sie kam völlig schockiert wieder zur Gruppe zurück. Sie hat etwas von *vierter Sohle* und *Kinosaal* gemurmelt und anschließend das Bewusstsein verloren."
„Und dann?"
„Ich habe den Notarzt verständigt und die Gruppe nach oben gebracht. Gemeinsam mit Herrn Benkö bin ich dann hinunter in die vierte Sohle um zu sehen, was die Dame so erschreckt haben könnte."
„Und dann haben Sie den Toten entdeckt?"
„Es war fürchterlich", gab Baumgart zu. „Ich war froh, dass Herr Benkö dabei war. Er hat gesagt, er sei bis vor kurzem Polizist gewesen. Er wusste gleich, was alles zu tun war."
Der junge Mann war noch immer etwas blass um die Nase und zog zitternd seine Jacke fester um sich.
„Ist Ihnen zuvor irgendetwas oder irgendjemand

aufgefallen? Haben Sie etwas Außergewöhnliches gehört oder gesehen?"
„Nein, nicht, dass ich wüsste. Alles war wie immer. Brauchen Sie mich noch? Ich glaube, ich muss dringend einen heißen Kaffee trinken."
„Vielen Dank, Herr Baumgart, Sie können gehen. Ich muss Sie allerdings bitten, im Laufe des Tages noch einmal ins Präsidium zu kommen. Wir müssten Ihre Aussage schriftlich aufnehmen."
„Das mache ich. Vielleicht sehen wir uns später noch."
Er wandte sich zum Gehen, als ihn Charlotte zurückhielt.
„Herr Baumgart, bitte schicken Sie uns doch jemanden, der sich hier auskennt. Alleine finden wir sicher nicht mehr hinaus."
Vor ihrem geistigen Auge hatte sie sich schon in Begleitung ihrer Kollegen stundenlang in diesem Labyrinth herumgeistern sehen.
„In Ordnung."

„Wo ist eigentlich Markus?" Jens Kohlbrenner blickte auf seine Uhr. „Müsste er nicht längst hier sein."
Alle wussten, dass der Spurensicherer fuchsteufelswild werden konnte, wenn er nicht der Erste am Tatort war.
Und das war er in diesem Fall definitiv nicht.
Tatsächlich hörten sie Stimmen, die näher kamen.
„Hier müsste es irgendwo sein", vermutete eine weibliche Stimme, die Charlotte als die der Hausherrin erkannte.
„Wir sind hier!", rief Torsten und ging der kleinen Gruppe entgegen.
Markus Metz und Fabian Rohleder, beide in weißen Ganzkörperanzügen, bogen begleitet von Frau Stern um die Ecke.
„Danke für die charmante Begleitung", schmeichelte Markus Metz und reichte der Dame seine behandschuhte Hand. Frau Stern war sichtlich gerührt über diese unerwartete Höflichkeit, legte aber keinen gesteigerten Wert darauf, eine Hand zu schütteln, die in Gummihandschuhen steckte.
„Sie wissen, wo Sie mich finden."
„Wirklich charmant, diese Person", wiederholte er noch

einmal, als Frau von Stern außer Hörweite war. „Ist die eigentlich verheiratet?"
„Markus!", schimpfte Charlotte, „jetzt lass doch mal die Frau und kümmere dich um unseren Tatort!"
„Ihr habt doch nicht etwa...?"
„Nein, keine Angst, wir haben nichts verändert."
„Gut so!"

Markus Metz und Fabian Rohleder machten sich an die Arbeit, während Jens Kohlbrenner schon fertig war.
„Ich habe mir den Toten angesehen und Fotos gemacht."
Der Rechtsmediziner packte seine Instrumente in die Arzttasche und erhob sich.
„Der Mann heißt Klaus Watzke, ist 34 Jahre alt und wohnte in der Fischergasse 5."
Er hielt Charlotte einen Personalausweis und eine abgegriffene Geldbörse unter die Nase.
„Wahrscheinlich ist er an dem Messerstich in den Rücken gestorben. Näheres kann ich dir nach der Obduktion sagen. Er ist seit ca.12 Stunden tot, also etwa seit Mitternacht. Auf den ersten Blick kann ich bei ihm keine Hinweise auf Fesselung oder Dehydrierung feststellen", lautete die schnelle, kompakte Analyse.
„Wie komme ich jetzt wieder hier raus?"
„Herr Baumgart schickt uns einen Kollegen, der dich nach oben bringt. Aber sag ihm bitte, dass er wieder kommen soll. Wir sind hilflos ohne ihn."
Jens Kohlbrenner grinste und holte Luft, doch Charlotte kam ihm zuvor.
„Sag jetzt bitte nichts! Ich habe keine Lust, stundenlang hier herumzuirren."
Der Mediziner zog amüsiert die Augenbrauen nach oben und verkniff sich einen ironischen Kommentar.
„Ich warte in einem der gemütlichen Kinosessel. Bis später."

Torsten hatte sich in der Zwischenzeit den Inhalt der Geldbörse angesehen, die Kohlbrenner in der Jacke des Toten gefunden hatte.
„Kennst du den Mann?"

Charlotte schüttelte den Kopf.

„Er war Koch beim Studentenwerk Erlangen-Nürnberg. Offenbar war er für das Mensaessen zuständig", fuhr Torsten fort.

„Wir haben doch bei Wilfred Schlecht eine Mensakarte gefunden? Vielleicht kannten sich die beiden von dort?"

„Das kann gut sein. Wir müssen mehr über Watzke erfahren. Und dazu müssten wir hier raus! Ist Baumgarts Kollege schon wieder zurück?"

„Noch nicht, aber ich finde den Weg nach draußen auch", behauptete Torsten selbstbewusst. „Du kennst doch meinen fantastischen Orientierungssinn."

„Du findest von hier unten nach draußen?" Charlottes Erstaunen war riesig – ihre Skepsis allerdings auch. „Und wenn nicht?"

„Willst du hier warten, bis jemand kommt? Vielleicht wurde er aufgehalten? Ist auf der Toilette? Muss was mit der Chefin besprechen? Hat Pause?"

„Ja, ja, ist ja gut", unterbrach ihn Charlotte. „Du bist dir wirklich sicher, dass du dir den Weg gemerkt hast?"

„Verlass dich auf mich."

„Na gut", war die zögerliche Antwort. „Ciao, Markus. Meldet euch, wenn es etwas Neues gibt."

Sie verließen den Tatort und waren eben um die erste Ecke gebogen, als sie Markus Metz rufen hörten.

„Charlotte! Komm noch einmal zurück! Wir haben da etwas!"

Charlotte eilte im Laufschritt zurück zum Tatort und blickte verwundert auf ein kleines Tütchen, das Markus ihr entgegenstreckte. Es war gefüllt mit einigen durchsichtigen Brocken, die an Kandiszucker erinnerten.

„Was ist das?", fragte sie ratlos.

„Das ist Methamphetamin, gemeinhin auch als Crystal Meth bekannt."

19

Wieder halb drei.
Wieder ein Tag in diesem Loch.
Er lag reglos auf der gammeligen Matratze, schlief, vegetierte vor sich hin. Das Campingklo hatte langsam begonnen zu stinken, doch er bemerkte es nicht.
Seine Gedanken waren betäubt von Hunger, Durst und Aussichtslosigkeit.
Wellen der Verzweiflung waren in ihm hochgestiegen, hatten ihn toben und schreien lassen, um dann wieder zu verebben und einer abgrundtiefen Resignation Platz zu machen.
Warum?
Warum tat man ihm das an?
Und wer?
Was hatte er getan? Womit hatte er ein solch furchtbares Schicksal verdient?
Bestimmt suchten sie ihn bereits.
Ein kleiner Hoffnungsschimmer keimte in ihm auf.
Natürlich würden sie ihn suchen. Wahrscheinlich lief gerade eine großangelegte Suchaktion der Polizei.
Aber wie sollten sie ihn hier finden? Hier unten?
Er hatte niemandem gesagt, wohin er wollte, niemand aus seinem Bekanntenkreis wusste von diesem Raum, wusste, was damals geschehen war.
Was war nur mit Wilfred passiert?
Warum hatte er sich mit ihm treffen wollen?
Und warum hier?
Warum jetzt?
Mit unsagbarer Anstrengung stemmte er sich hoch, setzte sich auf und griff zur Wasserflasche.
Ein winziger Rest war noch darin, kaum der Rede wert und doch das Wertvollste, was er hatte. Zitternd setzte er die

Flasche an seine aufgesprungenen, ausgetrockneten Lippen und ließ die wenigen lebensspendenden Tropfen in seine Kehle rinnen.
Das war´s.
Sein Magen rebellierte, krampfte sich zusammen, seine Eingeweide brannten.
Er wand sich vor Schmerzen, jammerte, stöhnte, weinte, doch niemand konnte ihn hören.
Der Boden seines Gefängnisses war übersät mit zertrampelten Chips, Salzstangen und Schokoriegeln. Der verlockende Geruch drang auch durch die ekelhaften Ausdünstungen der Campingtoilette direkt in seine Nase.
Mit eiskalten, zittrigen Fingern fischte er einen Fetzen Verpackung aus dem Chaos. Mit Mühe konnte er die winzige weiße Schrift auf dem schwarzen Plastik entziffern. Die Zahl, die er dort las, war keine Überraschung für ihn, hatte er sich doch schon oft damit befasst: 100g dieses Schokoriegels enthielten 448 kcal. Der Riegel war 51g schwer, das waren also etwa 225 kcal.
Würde er einen solchen Riegel essen, bräuchte er dafür 22,5 Einheiten Insulin.
Das grüne Display zeigte noch 18 Einheiten an.
Insulin für etwas mehr als einen Tag - ohne Schokoriegel!
Danach würden die Zellen Fettgewebe abbauen, der Körper übersäuern.
Er würde extremen Durst bekommen, starken Harndrang, Schwindel, Bauchweh, Übelkeit und schließlich ins Koma fallen.
Verzweifelt krallte er sich in die stinkende Decke, krümmte sich zusammen.
Plötzlich klopfte es an die Tür.
Ganz leise, kaum zu hören.
Er setzte sich ruckartig auf.
Es klopfte wieder.
„Hallo? Ist da jemand?!", rief er, stürmte zur Tür, hielt sein Ohr an das feuchte Holz. „Hallo, hören Sie mich? Helfen Sie mir!"
Sein Herz raste.
Endlich!

Er würde gerettet werden!
Jetzt!
„Hallo, so antworten Sie doch!"
Er lauschte angestrengt, klebte förmlich an der Tür.
Ein kaum hörbares Wispern drang an sein Ohr.
„Wie bitte?!", schrie er. „Ich verstehe Sie nicht! Bitte sprechen Sie lauter! Helfen Sie mir! Ich bin seit Tagen eingesperrt! Ich bin Diabetiker und brauche Insulin!"
Was war da los?
Stand da jemand vor der Tür?
Was sollte das?
Lachen, lautes Lachen erschallte und entfernte sich langsam.
„Nein!!!", brüllte er außer sich vor Angst. „Bleiben Sie hier! Helfen Sie mir! Hilfe!!!"
Er schrie bis ihm der Hals schmerzte. Dann gingen die Schreie in ersticktes Schluchzen über.
Niemand würde ihm helfen.
Er würde hier unten sterben!

20

Die Sonne kämpfte sich tapfer durch die Hochnebeldecke und ließ einen Hauch von Frühling erahnen, was besonders nach der Stunde im feuchten Kellergewölbe eine angenehme Abwechslung war. Charlotte holte tief Luft, streckte sich und blinzelte in die milchige Sonne.
„So schön die Felsengänge sind, so schön ist es auch, wieder ans Tageslicht zu kommen, stimmt´s?", ließ sich die Stimme Guido Baumgarts vernehmen, der dick in eine Winterjacke gehüllt mit einer flauschigen Decke um die Beine gewickelt auf den Stufen einer Treppe saß. Er hielt einen inzwischen leeren Kaffeebecher in beiden Händen und hatte wieder etwas mehr Farbe im Gesicht.
„Hallo, geht es Ihnen besser?", fragte Charlotte und trat auf ihn zu.
„Ja, der Kaffee und die Luft haben gut getan."
„Dürfen wir Ihnen noch ein paar Fragen stellen?"
„Aber natürlich."
„Wer außer den Mitarbeitern könnte Zugang zu der Anlage haben?"
Der junge Stadtführer zuckte mit den Schultern.
„Im Prinzip jeder. Die meisten Gebäude auf dem Burgberg hatten früher einen Zugang, allein schon wegen der Nutzung als Luftschutzbunker. Nach dem Wiederaufbau hat man die meisten Zugänge zugemauert, viele sind aber noch offen oder könnten von den Besitzern der Häuser wieder zugänglich gemacht worden sein. Ein gutes Beispiel ist unsere liebe Frau Schlenk. Sie spaziert dort unten herum, wann und wo es ihr gefällt."
Charlotte seufzte. „Das verkompliziert die Sache ungemein. Opfer und Täter könnten also bei Nacht und Nebel von wo auch immer dort unten hineinspaziert sein, unabhängig von Öffnungszeiten und offiziellen Ein- und Ausgängen?"

„Das halte ich für sehr wahrscheinlich. Vielleicht sind sie auch gemeinsam mit einer Gruppe hinunter und haben sich dann abgesetzt, so wie Frau Schlenk."
„Halten Sie das für realistisch? Zählen Sie nicht die Teilnehmer vorher durch, damit keiner verlorengeht?"
Charlotte lief eine Gänsehaut über den Rücken.
„Doch, natürlich wissen wir, wieviele Karten verkauft wurden und zählen auch vorher durch. Wenn aber auf dem Weg vom Brauereiladen bis hinunter zum Einstieg jemand unauffällig dazukommt, kann es schon einmal passieren, dass es nicht bemerkt wird."
„Wann war gestern die letzte Führung?"
„Von 17:00 Uhr bis 18:15 Uhr."
„Können Sie nachsehen, wer von Ihnen eingeteilt war?"
„Da muss ich nicht nachsehen. Das war ich selbst."
„Ist Ihnen etwas oder jemand aufgefallen? War irgendetwas anders als sonst? War vielleicht eine Tür offen? Angelehnt? Ein Schlüssel nicht dort, wo er zu sein hat?"
Guido Baumgart schüttelte den Kopf.
„Nein, alles war wie immer. Ich habe alles wieder ordnungsgemäß abgesperrt."
„Danke, Herr Baumgart. Nur der Vollständigkeit halber: Wo waren Sie vergangene Nacht gegen Mitternacht?"
„Zu Hause in meinem Bett", war die prompte Antwort.
Der junge Mann schien sich nicht über die Frage zu wundern, was Charlotte auch sehr recht war.
Sie konnte zwar verstehen, wenn sich die Leute darüber aufregten, wenn man sie nach ihrem Alibi fragte, aber wenn man doch nichts zu verbergen hatte, konnte man doch einfach sagen, wo man sich in besagtem Zeitraum aufgehalten hat. Diese ständige *Verdächtigen-Sie-jetzt-etwa-mich?*- Empörung ging ihr oft ziemlich auf die Nerven.
„Kann das jemand bestätigen?"
„Nein, leider nicht. Ich bin im Moment Single."
„Das hat auch etwas für sich. Vielen Dank. Bitte lassen Sie meine Kollegen nicht alleine dort unten. Wir melden uns, wenn wir Ihre Hilfe brauchen."
„Viel Erfolg weiterhin", wünschte Guido Baumgart und verschwand wieder nach unten.

Sie passierten den Durchgang vorbei am Brauereiladen, wo eine Mitarbeiterin gerade dabei war, interessierte Teilnehmer darüber zu informieren, dass am heutigen Tag leider keine Führungen in den Felsengängen stattfinden konnten. Die meisten Leute hatten Verständnis, es waren aber auch einige dabei, die laut ihren Unmut äußerten.
Charlotte war froh, nicht den ganzen Tag von missgelaunten Touristen umgeben zu sein und zog ihr Handy aus der Tasche. „Hallo, Matthias. Wir brauchen Informationen über das Opfer. Er heißt Klaus Watzke und war in der Fischergasse 5 gemeldet. Danke dir."
Während sie den Apparat wieder einsteckte, sah sie ein bekanntes Gesicht im Laufschritt den Berg hinauf hetzen.
„Hallo, Felix", rief sie dem jungen Mann zu. „Waren Attila und Mariella rechtzeitig zurück? Sie haben dir sicher erzählt, was passiert ist, oder?"
„Ja", bestätigte er keuchend, „das ist ja fürchterlich."
Er lehnte sich an die Wand und schnappte nach Luft.
„Und du musst jetzt zu deinen Schäufele?", wollte Charlotte wissen, bevor Felix nach Details fragen konnte.
„Ja, ich bin schon eine Viertelstunde zu spät. Wir sehen uns."

Charlotte und Torsten machten sich auf den Weg ins Präsidium.
„Ich weiß nicht wie es dir geht, aber ich muss dringend etwas essen. Komm, ich lade uns auf ein Bratwurstbrötchen bei Gerti ein", bot Torsten an.
Da merkte Charlotte erst, wie hungrig sie war. Allein der Gedanke an drei würzige Würstchen in einem knusprigen Brötchen ließ ihr das Wasser im Munde zusammenlaufen.
„Da sage ich nicht nein. Wir müssen ohnehin auf Infos von Matthias warten."
Nur eine Minute später hatten sie die Bratwurstküche am Hauptmarkt erreicht.
„Sieh einer an, die Polizei hat Hunger", ließ sich Gerti mit hochroten Wangen aus einer Wolke von Bratwurstduft vernehmen. Seit Charlotte denken kann, stand die 62-Jährige hier am Fenster und verkaufte stets gut gelaunt und redselig

die besten und preisgünstigsten Würstchen der ganzen Stadt. Sie stammte eigentlich aus Ostfriesland, lebte aber seit 40 Jahren in Nürnberg und verblüffte manche Kundschaft mit ihrem friesischen Dialekt.

„Moin, Frau Kommissarin! Kannst du dich tatsächlich mal von deiner Arbeit trennen?", flachste sie und legte vier Brötchen auf den Tresen, ging sie doch davon aus, dass man von einem nicht satt werden konnte.

„Du weißt doch, Gerti – nichts geht über deine Würstchen. Dafür lasse ich doch gerne einmal meine Arbeit Arbeit sein", gab Charlotte charmant zurück. Torsten zahlte und trug die Brötchen an einen der Stehtische.

„Danke schön", freute sich Charlotte, „das wurde höchste Zeit."

Torsten hatte inzwischen sein Smartphone aus der Tasche gezogen, wischte genüsslich kauend auf dem Display hin und her, drückte einige wenige Tasten und hielt seiner Kollegin eine Liste entgegen.

„Es sieht so aus, als sei Watzke auch ein Kunde vom Rauschgoldengel gewesen. Das ist die Kundenliste. Hier ist auch ein Klaus W. vermerkt."

Charlotte staunte über die Errungenschaften der modernen Technik, war sie doch eher konservativ veranlagt. Sie war nach wie vor der Meinung, die Menschheit brauche solch moderne Geräte nicht. Ein Handy war ein Telefon und ein Computer ein Computer. Warum sollte man immer und überall im Internet unterwegs sein können? Seit drei Jahren waren diese Apparate jetzt auf dem Markt und schienen sich wirklich durchzusetzen. Erstaunlicherweise gab es genug Leute, die bereit waren, dafür 600 und mehr Euro auszugeben. Zugegebenermaßen war es praktisch, die Information jetzt und hier abrufen zu können, während sie auf ihr Essen warteten.

„Watzke war also Kunde von Schlecht", fasste sie zusammen. „Und jetzt sind beide tot. Wer könnte ein Motiv gehabt haben, einen Dealer und einen seiner Kunden zu töten?"

„Vielleicht hat Watzke Wilfred Schlecht getötet?", überlegte Torsten.

„Und wurde dann auf die gleiche Art und Weise umgebracht? Ich bin ziemlich sicher, dass es sich um den gleichen Täter handelt."

„Frau Kommissarin", rief Gerti ihnen zu. „Ich habe gehört, dass der Rauschgoldengel in den Felsenkellern erstochen wurde. Stimmt das?"

Charlotte sah die Frau verblüfft an.

„Woher weißt du davon?"

Gerti lachte schallend. „Du musst doch langsam begriffen haben, dass mir hier nichts entgeht! Und ein so spektakulärer Mord schon gar nicht. Weiß Klaus schon davon?"

„Welcher Klaus?"

„Na der Koch aus der Mensa. Die beiden haben doch zusammen diese Engelsdisco gemacht, irgendwo auf dem Land."

Charlotte und Torsten warfen sich ungläubige Blicke zu.

„Meinst du Klaus Watzke?"

„Kann sein, dass er so heißt. Jedenfalls hilft er auch öfter in der Disco mit." Sie kicherte. „Ich glaube, er ist der Zwetschgermoh, oder so ähnlich."

„Zwetschgermoh?"

„Ja sag mal!", wunderte sich Gerti. „Bist du jetzt eine Nürnbergerin, oder nicht? Kennst du nicht die Zwetschgenmännchen, die auf dem Christkindlesmarkt verkauft werden? Rauschgoldengel und Zwetschgermoh, das passt doch."

„Du kanntest Wilfred Schlecht?"

„Wer soll das sein?"

„Na der Rauschgoldengel."

„Klar kannte ich den. Er war ja nicht zu übersehen mit seinen tollen Haaren. Ich habe ihm mal vorgeschlagen, sich als Nürnberger Christkind zu bewerben. Komischerweise wollte er das nicht", berichtete sie mit einem breiten Grinsen.

Charlotte kam aus dem Staunen nicht heraus.

„Trotzdem ist es besser, wenn ihr nicht dorthin zum Tanzen geht", fuhr Gerti ungerührt fort. „Das sind richtige Drogenpartys. Erst neulich haben sie ein Mädchen dort tot aufgefunden. Das ist ein Teufelszeug!"

Da klingelte Charlottes Handy.
„Bitte entschuldige, Gerti." Sie ging einige Schritte zur Seite. „Matthias, was gibt es?"
„Es gibt Infos zu Klaus Watzke. Seine Frau heißt Dagmar, ist 33 Jahre alt und arbeitet als Erzieherin in einem Kindergarten direkt an der Pegnitz hinter der Mensa."
„Haben die beiden Kinder?", fragte Charlotte vorsichtig. Es war fürchterlich genug, einer Frau die Nachricht vom Tod ihres Mannes überbringen zu müssen, waren dann noch Kinder beteiligt, wurde es für Charlotte fast unerträglich.
„Nein, zum Glück nicht", fuhr Matthias fort. „Er ist in Nürnberg geboren und aufgewachsen, hat die Realschule abgeschlossen und anschließend eine Kochlehre gemacht. Seit fünf Jahren arbeitet er in der Kantine der Mensa. Vor etwa zehn Jahren wurde er aktenkundig wegen Drogenbesitzes. Bei einer Razzia in einer Disco wurde er mit einer größeren Menge Hasch erwischt."
„Wegen eines Joints wird man hier in unserem schönen bayerischen Heimatland schon aktenkundig", warf Charlotte ein. „In Berlin macht deswegen keiner einen Finger krumm und anderswo ist es sogar Medizin."
„Tja, so ist es nun mal. So lange wir hier sind, müssen wir uns an die hier geltenden Gesetze halten", dozierte Matthias ernst.
„Ja, Herr Kommissar", gab Charlotte schulterzuckend zurück.
„Außerdem war es nicht nur ein Joint", nahm der Kollege den Faden wieder auf. „Es könnte durchaus sein, dass auch er sich als Dealer etwas Kleingeld dazuverdient hatte. Immerhin hatte er Crystal bei sich."
„Ich denke, die Obduktion wird zeigen, ob er den Stoff nur verkauft, oder auch selbst konsumiert hat."
„Es gibt noch ein interessantes Detail."
„Ja?"
„Er hat ab und zu zusammen mit Wilfred Schlecht als DJ im *Club 52* gejobbt. Du kommst nie drauf, als was er verkleidet war?"
„Als Zwetschgermoh?", antwortete Charlotte triumphierend und konnte förmlich Matthias´ Enttäuschung durch das

Telefon hören.

„Woher..."

„Entschuldige, dass ich dir die Pointe vermasselt habe, aber wir sind gerade bei Gerti..."

„... und die hat natürlich alles gewusst", vervollständigte Matthias frustriert den Satz. „Ich glaube, ich bin hier bald überflüssig", setzte er theatralisch hinzu. „Vielleicht sollten wir die Dame als Spezialermittlerin einsetzen?"

„Ist sie das nicht längst?"

„Egal, ich habe noch eine interessante Aussage einer Nachbarin aus der Okenstraße."

„Frau Rosenbach?"

„Richtig. Sie war hier und hat erzählt, sie habe immer wieder einen vornehmen Herrn im Haus gesehen. Er fuhr einen Geländewagen, hatte dunkle, längere Haare und einen Zopf. Du ahnst es schon – es ist dein hochgeschätzter Herr Konstantin von Stetten."

Charlotte zog die Augenbrauen nach oben.

„Sieh mal einer an. Danke, Matthias. Attila und ein Stadtführer namens Guido Baumgart kommen im Laufe des Nachmittags ins Präsidium. Kannst du bitte ihre Aussagen aufnehmen? Wir gehen zu Watzkes Frau. Anschließend werden wir wohl Herrn von Stetten einen Besuch abstatten müssen."

21

Die Fischergasse lag in der östlichen Altstadt nahe der Wöhrder Wiese, nur etwa zehn Minuten Fußweg vom Hauptmarkt entfernt.
„Weißt du, was wir völlig aus den Augen verloren haben?", grübelte Torsten.
„Was meinst du?"
„Warum wurden die beiden ausgerechnet in den Felsengängen umgebracht? Warum nicht im Park, in ihrer Wohnung oder sonst wo? Warum ausgerechnet dort unten? Beide. Das muss einen besonderen Grund haben. Ich bin überzeugt davon, dass dieser Ort einen Zusammenhang mit dem Motiv hat, dass es kein Zufall war."
Charlotte blieb stehen und starrte ihren Praktikanten an.
„Du hast recht. Der einzige Ansatzpunkt ist der Rauschgoldengel mit seinen Drogengeschäften. Hat Attila nicht erzählt, dass Dealer oft ein Depot für ihre Ware haben, das außerhalb der Wohnung liegt?"
„Richtig. Zum Beispiel in den Felsengängen."
„Womöglich waren tatsächlich beide Dealer und haben für Konstantin von Stetten gearbeitet."
„Angenommen, er hat sein Depot dort unten und Schlecht und Watzke haben es entdeckt. Es kam zum Streit und..."
„Aber Jens hat gesagt, der Rauschgoldengel sei vermutlich mindestens 36 Stunden vor seinem Tod eingesperrt und gefesselt gewesen", bremste Charlotte die aufkeimende Euphorie ihres Praktikanten. „Außerdem ist Watzke erst einen Tag später gestorben. Das passt alles nicht zusammen. Bisher deutet vieles darauf hin, dass von Stetten in Drogengeschäfte verwickelt ist, aber welches Motiv hätte er für die Morde haben können? Wir müssen ihn unbedingt sprechen. Aber zunächst müssen wir Frau Watzke mitteilen, dass sie Witwe geworden ist."

Inzwischen hatten sie das stattliche Gebäude der Mensa erreicht und passierten den Durchgang hinüber zur Fischergasse. Charlotte nahm sich vor, die Kollegen Watzkes in der Küche zeitnah zu befragen, um sich ein Bild von dem Mann machen zu können.
Auf der rechten Seite entdeckten sie ein niedriges, mit Holz verkleidetes Gebäude und im Anschluss einen kleinen Spielplatz, der sich zwischen die Häuser, die Stadtmauer und das Ufer der Pegnitz duckte.
„Das muss der Kindergarten sein, in dem Frau Watzke beschäftigt ist", meinte Torsten. „Vielleicht arbeitet sie ja noch?"
„Lass es uns erst bei ihr zu Hause versuchen. Ich glaube, es kommt nicht so gut, wenn die Polizei im Kindergarten auftaucht."
Charlotte suchte die Hausnummer 5, atmete tief durch und klingelte bei *Watzke*.
„Wer ist da?", tönte eine piepsige Frauenstimme aus der Sprechanlage.
„Mein Name ist Charlotte Gerlach von der Polizei", stellte sie sich kurz vor. Sie verzichtete absichtlich auf das Wort Kriminalhauptkommissarin, um die Frau nicht zu sehr zu beunruhigen.
Zögern.
Es knisterte in der Leitung.
„Frau Watzke? Wir würden gerne mit Ihnen sprechen", setzte sie vorsichtig nach.
„Polizei?" Die Stimme war kaum noch zu verstehen.
„Dürfen wir hereinkommen?"
Der Türöffner summte.
Das Treppenhaus war hell und freundlich, es roch nach frisch gebackenem Kuchen.
Im dritten Stock erwartete sie eine kleine, schmächtige Frau in Jogginganzug und dicken Socken. Ihr blondes Haar war zu einem Zopf gebunden, ihr Gesicht blass und ängstlich, die Augen weit aufgerissen.
Charlotte wünschte sich in diesem Moment weit weg, egal wohin, nur weg aus dieser Situation.

Weg von dieser zerbrechlich wirkenden jungen Frau, die in wenigen Minuten so ziemlich das Schrecklichste erfahren würde, was man sich vorstellen konnte.
„Guten Tag, Frau Watzke. Charlotte Gerlach. Das ist mein Kollege Torsten Klein."
Die junge Frau öffnete zögernd die Tür und ließ die Beamten eintreten. Die Wohnung war klein, sauber und geschmackvoll eingerichtet.
„Setzen Sie sich doch", wisperte sie und wies auf das gemütliche Sofa mit den bunten Kissen.
„Was ist passiert? Wissen Sie etwas von Klaus?", fragte sie mit brüchiger Stimme. „Was ist mit ihm? Sagen Sie bitte, dass es ihm gut geht."
„Frau Watzke, es tut mir leid, aber..."
„Was ist mit ihm?" Tränen schossen ihr in die Augen.
„Ihr Mann ist leider verstorben", vervollständigte Charlotte den Satz und legte der Frau tröstend die Hand auf den Arm. „Es tut mir wirklich sehr, sehr leid."
„Nein!", kreischte Dagmar Watzke und schlug beide Hände vor das Gesicht. „Nein!"
Ihre schmalen Schultern bebten, ihr ganzer Körper wurde von unsäglichem Schmerz geschüttelt.
Charlotte ließ ihr Zeit, wusste aber, dass sie trotz aller Trauer wichtige Informationen brauchte.
Torsten erhob sich, holte ein Glas Wasser aus der Küche und stellte es vor die weinende Frau auf den Tisch.
Er sah sich um.
Alles in der Wohnung vermittelte den Eindruck von Zufriedenheit und Harmonie. Auf einer Kommode entdeckte er ein Hochzeitsbild in goldenem Rahmen, an der Wand verschiedene Collagen aus Urlaubsfotos, auf denen ausnahmslos ein glückliches, strahlendes Paar zu sehen war. Langsam ging er hinaus in die Diele. Auch hier lachten ihn zwei fröhliche Menschen an. Daneben ältere Hochzeitsfotos in Schwarz-Weiß, Bilder vom ersten Schultag und etliche Familienaufnahmen.
Die Tür zum Schlafzimmer stand offen. Kleiderschrank, Kommode, Doppelbett und Nachtkästchen mit Buch und Zeitschriften. Alles sah aus wie in vielen Tausenden von

deutschen Schlafzimmern auch.
Er kehrte zurück ins Wohnzimmer.
Dagmar Watzkes verzweifeltes Schluchzen war einem leisen Weinen gewichen.
„Wie ist er gestorben?", stieß sie hervor und blickte auf. Ihre Augen waren rot verschwollen, das Gesicht aufgedunsen.
„Er wurde erstochen."
„Erstochen?" Sie blickte Charlotte fassungslos an. „Warum? Und von wem?"
„Das wissen wir nicht, Frau Watzke, aber wir wollen es herausfinden."
Sie drückte die eiskalten und schweißnassen Hände der Frau und versuchte, Stärke und Zuversicht auszustrahlen.
„Und dazu brauchen wir Ihre Hilfe. Können Sie uns einige Fragen beantworten?"
Die junge Frau schüttelte den Kopf und rollte sich weinend auf dem Sofa zusammen.
„Gibt es jemanden, den wir für Sie anrufen können? Es wäre besser, wenn Sie jetzt nicht alleine sind."
„Meine Mutter", wisperte sie kaum hörbar.
Charlotte wies mit dem Kopf auf das Telefon neben der Garderobe.
Torsten nahm den Apparat, wählte die Nummer, die im Telefonbuch unter *Mama* eingespeichert war und verließ das Wohnzimmer.
Charlotte blieb mit einem Häufchen Elend zurück.
Verständnisvoll blickte sie auf die Frau, die etwa so alt war wie sie selbst und soeben erfahren hatte, dass sie Witwe geworden war.
Sie stellte sich vor, wie es wäre, wenn plötzlich jemand bei ihr zu Hause klingeln und ihr sagen würde, dass Tim – sie schluckte – dass jemand ihren Tim erstochen hätte.
Ihre Augen wurden feucht. Allein der Gedanke daran, Tim würde nie mehr wiederkommen, ließ eine mächtige Traurigkeit und Verlassenheit in ihr aufkommen, die ihr beinahe den Atem raubte.
Wie entsetzlich müsste es doch sein, den geliebten Partner zu verlieren?
Das Schluchzen der jungen Frau neben ihr erstarb. Sie war

vor Erschöpfung eingeschlafen.
Charlotte stand leise auf und ging zu Torsten in die Küche.
„Die Mutter müsste jeden Augenblick hier sein", berichtete er. „Ich habe mir das Telefon mal näher angesehen und die Nummern, die in den letzten Tagen von hier aus angerufen wurden, von Matthias überprüfen lassen."
„Und?"
„Wilfred Schlecht war auch dabei", sagte er mit geheimnisvoller Stimme. „Und Frank Dix."
In diesem Moment hörten sie einen Schlüssel im Schloss.
Charlotte und Torsten gingen hinaus in die Diele.
„Guten Tag, Frau Schwarz", begrüßte Torsten eine ältere Frau mit halblangem, blondem Haar und einer verblüffenden Ähnlichkeit mit ihrer Tochter auf dem Sofa. „Torsten Klein, wir hatten telefoniert. Das ist meine Kollegin Frau Kriminalhauptkommissarin Gerlach."
„Guten Tag. Wo ist meine Tochter?"
Frau Schwarz machte Anstalten, ins Wohnzimmer zu stürmen, doch Torsten hielt sie zurück.
„Sie schläft. Die Nachricht vom Tod ihres Mannes hat sie doch sehr mitgenommen."
„Das arme Kind." Die Stimme der Mutter wurde brüchig. „Es ist fürchterlich, was sie alles ertragen muss."
Sie zog ein Taschentuch hervor und schnäuzte sich leise.
„Unser herzliches Beileid." Charlotte schob die Frau sachte in die Küche. „Wir wissen, dass es für die Angehörigen unerträglich ist, in diesem Moment nüchterne Fragen der Polizei zu beantworten. Glauben Sie mir, für uns ist es auch nicht angenehm, aber es ist unglaublich wichtig, möglichst schnell Informationen zu bekommen, um die richtigen Schritte einleiten zu können."
„Was ist passiert?" Frau Schwarz straffte die Schultern.
Sie war etwa 60 Jahre alt und wirkte sehr müde, so, als habe sie große Sorgen. Unter ihren Augen waren dunkle Ringe, die Haare stumpf und ungepflegt. Und trotzdem ging eine gewisse Kraft und Energie von ihr aus, eine Energie, wie sie Mütter entwickeln, die für ihre Kinder kämpfen.
„Herr Watzke wurde vergangene Nacht in den Felsengängen erstochen", brachte Charlotte die Geschehnisse auf den

Punkt.

„Oh mein Gott", entfuhr es Frau Schwarz. „Das ist ja entsetzlich! Was hat er denn dort unten gemacht?"

„Wir hatten gehofft, dass Sie uns das sagen können."

„Ich? Nein, ich habe keine Ahnung. Ich kannte den Mann kaum." Sie sackte wieder in sich zusammen. „Mein armes Mädchen, mein armes, kleines Mädchen."

„Seit wann waren die beiden verheiratet?"

„Seit sechs Jahren. Daggi hat ihn vor etwa zehn Jahren bei der Tafel kennengelernt. Sie wissen schon, diese Einrichtung, die Essen an Bedürftige ausgibt."

Charlotte und Torsten nickten beide aufmunternd.

„Er musste dort Sozialstunden ableisten – man hatte ihn mit Drogen erwischt."

„Ja, wir wissen davon."

„Daggi engagiert sich bis heute ehrenamtlich bei diesem Verein. Sie ist glücklich, wenn sie anderen helfen kann", setzte sie mit einem zärtlichen Unterton hinzu.

„Waren sie glücklich miteinander?"

Das Gesicht der Frau verhärtete sich.

„Er hat sie ausgenutzt, aber sie wollte es nicht wahrhaben. Sie liebte ihn abgöttisch, hat ihm die Stelle in der Mensa besorgt, alles für ihn getan."

„Und er?"

„Pah", stieß sie verächtlich hervor. „Er hat sich bedienen lassen."

„Die Fotos in der Wohnung vermitteln einen so harmonischen Eindruck", wunderte sich Torsten.

„Ja, Daggi hielt immer den Schein einer wunderbaren Ehe aufrecht. Sie träumte von einer großen, glücklichen Familie, einer Familie, die sie nie hatte."

Frau Schwarz schluckte. Jetzt traten auch ihr Tränen in die Augen.

„Daggis Vater hat uns verlassen, als ich schwanger war. Sie musste ohne Vater aufwachsen. Glauben Sie mir, das war nicht einfach."

„Hatte Herr Watzke während der vergangenen Jahre mit Drogen zu tun?"

„So viel ich weiß nicht. Meine Tochter hat ihn mit Liebe und

Zärtlichkeit überschüttet und hoffte, er würde das Zeug vergessen."
Charlotte sah die Frau einfühlsam an. „Frau Schwarz, wir haben Drogen bei ihm gefunden. Wir wissen noch nicht, ob er Konsument war, oder vielleicht ein Dealer."
„Klaus war kein Dealer", ertönte die tränenerstickte Stimme von Dagmar Watzke, die plötzlich in der Tür erschienen war. „Er hatte nichts mehr mit Drogen zu tun."
Frau Schwarz eilte ihrer Tochter entgegen und nahm sie in den Arm.
Das Leid und der Schmerz der beiden Frauen setzte Charlotte doch sehr zu. Immer wieder stellte sie sich vor, sie selbst wäre an der Stelle der jungen Witwe und würde um Tim trauern. Sie holte tief Luft, musste ihre persönlichen Gedanken und Gefühle beiseite schieben, wieder zu einer professionellen Distanz zurückfinden.
Da spürte sie ihr Handy in der Hosentasche vibrieren und ging hinüber ins Wohnzimmer. Torsten folgte ihr und schloss die Tür.
Froh über die Ablenkung nahm sie das Gespräch an.
„Hallo, Jens", begrüßte sie den Rechtsmediziner mit gedämpfter Stimme und schaltete den Lautsprecher ihres Handys ein.
„Ist alles in Ordnung mit dir?", fragte Jens Kohlbrenner besorgt. „Du klingst so bedrückt."
„Ja, wir sind gerade bei der Frau des Opfers. Es ist nicht leicht für sie."
„Das kann ich mir vorstellen. Ich möchte nicht mit dir tauschen."
„Gibt es Neuigkeiten?"
„Ja, es sieht so aus, als habe Klaus Watzke über einen längeren Zeitraum Crystal Meth konsumiert. Er war untergewichtig, hatte Nierenschäden und eine extreme Schädigung des Gebisses. Einige Zähne waren bereits ausgefallen, die Mehrzahl der verbliebenen Zähne stark von Karies befallen. Sah nicht schön aus."
„Seine Frau behauptet, er habe nichts mehr mit Drogen zu tun gehabt."
„Dann hat er es wohl geschickt zu verbergen gewusst."

„Sieht so aus. Gibt es noch etwas?"
„Nein. Den genauen Bericht bekommst du morgen."
„Danke dir. Bis dann."
Nachdenklich steckte Charlotte das Gerät wieder ein.
„Ist es nicht eigenartig, wie zwei Menschen zusammenleben können und doch so wenig voneinander mitbekommen? Da nimmt jemand über Jahre hinweg harte Drogen und die Frau weiß es nicht."
„Oder will es nicht wahrhaben, will das harmonische Bild aufrechterhalten, keinen Schatten auf die perfekte Ehe fallen lassen", ergänzte Torsten.
„Hast du gewusst, dass dieses Crystal so massiv die Zähne schädigt?"
Torsten schüttelte den Kopf. „Nein, leider oder Gott sei Dank kenne ich mich mit diesem Thema überhaupt nicht aus. Ich denke, es wäre gut, mehr darüber zu wissen."
„Das denke ich auch. Erinnerst du dich an Frank Dix?"
„Natürlich, warum? Wie kommst du jetzt auf ihn?"
„Er hat auch fast keinen gesunden Zahn mehr im Mund und kannte den Rauschgoldengel."
„Vorsicht, Frau Kriminalhauptkommissarin", mahnte Torsten scherzhaft. „Stecke die Leute nicht zu schnell in eine Schublade!"
„Du hast vollkommen recht, aber wir sollten ihn dahingehend nochmal überprüfen. Er selbst stand nicht auf der Kundenliste, oder?"
Torsten zog sein Handy hervor und rief das entsprechende Dokument auf. „Nein, nur Isabella."
„Er weiß mehr, als er gesagt hat, da bin ich mir sicher."
„Dann laden wir ihn nochmal vor", schlug Torsten vor. „Ich habe übrigens noch eine Telefonverbindung gefunden, die interessant sein könnte."
„Ja?"
Die Tür ging auf und Frau Schwarz kam mit ihrer Tochter herein.
„Dagmar möchte Ihnen jetzt Ihre Fragen beantworten. Wir wollen doch, dass der Schuldige so schnell wie möglich gefasst wird."
Die junge Frau setzte sich auf das Sofa und blickte auf. Sie

war in einem erbärmlichen Zustand.
„Schön, dass Sie versuchen wollen, uns zu helfen", begann Charlotte. „Wann haben Sie Ihren Mann zum letzten Mal gesehen?"
„Zum letzten Mal", schluchzte Frau Watzke und lehnte sich an die Schulter ihrer Mutter. „Das ist so fürchterlich!"
„Bitte erinnern Sie sich", bat Charlotte. „Es ist wichtig."
„Gestern Abend", stieß sie hervor. „Zum Abendessen. Ich hatte Lasagne gekocht, die mag er so gerne."
„Was geschah dann?"
„Er hat gesagt, er gehe noch einmal kurz weg, um sich mit einem Freund zu treffen."
„Wissen Sie, wer das war?"
„Nein, das hat er nicht gesagt."
„Wann ist er gegangen?"
„Ziemlich genau um 20:00 Uhr. Ich hatte gerade die Tagesschau eingeschaltet."
„Hat er gesagt wo er hinwollte? Was er vorhatte? War irgendetwas anders als sonst?"
„Er war fröhlich wie immer."
„Kennen Sie einen Wilfred Schlecht?"
Dagmar Watzke schüttelte den Kopf.
„Vielleicht einen Magnus Larsson?", versuchte sie es erneut. Mit Erfolg.
„Ja, er ist ein Freund meines Mannes", wisperte die junge Frau kaum hörbar. „Er war manchmal hier."
„Woher kannten sie sich?"
„Ich glaube von früher."
„Was haben sie hier gemacht?"
„Was soll diese Frage?" Dagmar Watzke blitzte Charlotte durch den Tränenschleier hindurch ärgerlich an. „Was sollen sie denn gemacht haben? Sie haben sich unterhalten und etwas getrunken."
„Was wissen Sie über seine Tätigkeit im *Club 52*? Waren Sie an den Abenden mit dabei?"
„*Club 52*? Was soll das sein?"
Charlotte warf Torsten einen überraschten Blick zu.
„Das ist eine Disco nahe Weißenburg. Magnus Larsson hat dort als DJ Rauschgoldengel aufgelegt und wurde ab und zu

von ihrem Mann dabei unterstützt."
Dagmar Watzke verzog ungläubig das Gesicht. „Wie bitte? Klaus soll als DJ gearbeitet haben?"
„Sie wussten nichts davon?"
„Nein! Klaus besuchte regelmäßig eine Selbsthilfegruppe und traf sich ab und zu mit seinen Arbeitskollegen. Was unterstellen Sie ihm?"
Charlotte merkte, dass die Kraft der jungen Frau merklich nachließ und entschied, ihr zum jetzigen Zeitpunkt nichts von den angeblichen Drogengeschäften im Club oder gar vom Drogenkonsum ihres Mannes selbst zu erzählen. Alles deutete darauf hin, dass Dagmar Watzke ein ganz anderes Bild von ihrem Mann hatte, dass sie tatsächlich nichts von seinen Drogengeschichten wusste.
„Welche Selbsthilfegruppe hat er denn besucht?"
„Er wollte nicht darüber sprechen." Die junge Frau sank in sich zusammen.
„Können wir vielleicht hier Schluss machen?", bat Frau Schwarz. „Sie sehen doch, dass sie nicht mehr kann."
„Aber natürlich", stimmte Charlotte zu und stand auf.
„Auf Wiedersehen, Frau Watzke."
Frau Schwarz begleitete die Beamten zur Tür. Auch sie wirkte erschöpft und ausgelaugt.
„Es ist schon entsetzlich genug, zu realisieren, dass der geliebte Mann gewaltsam zu Tode gekommen ist. Dann auch noch zu erfahren, dass er offenbar nicht der war, für den man ihn jahrelang gehalten hat, ist eigentlich nicht mehr zu ertragen. Mein armes Mädchen."
„Es tut mir wirklich leid, dass Ihre Tochter all diese Dinge erfahren musste. Können Sie sich vorstellen, wer ein Motiv gehabt haben könnte, Herrn Watzke..." Sie wagte nicht, den Satz zu Ende zu sprechen.
„Wie gesagt, ich kannte den Mann kaum. Er war immer verschlossen, geheimnisvoll, machte aus allem ein Rätsel. Ich habe nie verstanden, was er für ein Mensch war."
„Es sieht so aus, als habe er Ihrer Tochter noch mehr verschwiegen", sagte Charlotte vorsichtig. „Die Obduktion hat ergeben, dass er über Jahre Drogen konsumiert hat."
Frau Schwarz riss die Augen auf. „Welche Drogen? Hasch?"

„Nein, Crystal Meth."
„Das ist alles so fürchterlich! Aber vielleicht ist es trotz aller Trauer für Daggi das Beste, dass..."
„Sie meinen, dass es vorbei ist?"
Sie nickte fast unmerklich.
„Vielen Dank für Ihre Hilfe, Frau Schwarz." Sie reichte ihr ihre Visitenkarte. „Bitte melden Sie sich, wenn Ihnen noch etwas einfällt."
„In Ordnung. Auf Wiedersehen."

Als sich die Haustür hinter ihnen geschlossen hatte, ließ sich Charlotte auf den Treppenabsatz sinken.
„War das jetzt mühsam. Mir reicht es für heute."
Müde fuhr sie sich mit den Händen über das Gesicht. „Was haben wir?"
„Watzke hat Drogen genommen und den Rauschgoldengel gekannt. Laut Liste war er einer seiner Kunden, vielleicht sogar ein Dealer. Sicher ist, dass er ab und zu als DJ Zwetschgermoh aufgelegt hat", resümierte Torsten.
„Außerdem war noch eine Nummer im Telefon gespeichert, die kurz vor seinem Tod angerufen wurde."
„Ach ja", erinnerte sich Charlotte. „Das wolltest du mir ja vorhin schon sagen."
„Richtig", holte Torsten aus. „Es ist die Nummer von Konstantin von Stetten."

22

Die Laufamholzstraße zog sich schnurgerade in Richtung Osten, überquerte die Autobahn und führte schließlich nach Schwaig, einer Gemeinde im Nürnberger Land.
Seit Sandras Scheidung war Charlotte nicht mehr hier gewesen, hatte den Ort regelrecht gemieden. Auch als Sandra noch hier gewohnt hatte, war Charlotte nur selten zu Besuch gekommen. Das riesige Haus hatte immer Kälte und Ablehnung ausgestrahlt, von der Abneigung des Hausherren ihr gegenüber ganz abgesehen.
„Hätten wir nicht vorher anrufen sollen?", fragte Torsten erstaunt. „Es ist fast 17:00 Uhr. Herr von Stetten ist doch bestimmt noch arbeiten, oder?"
„Ist er nicht", erwiderte Charlotte kurz und wies auf eine Lücke am Straßenrand. „Du kannst hier parken."
Torsten stellte den Wagen ab und blickte sich suchend um.
Sie standen vor einer hohen Mauer, die lediglich von einem dunkelgrauen, massiven Metalltor unterbrochen wurde. Auf einem goldenen Schild stand in verschnörkelten Buchstaben von Stetten. Eine kleine, summende Kamera war auf sie gerichtet.
„Wo ist denn die Klingel?", wunderte sich Torsten.
„Gibt es nicht." Charlotte wies auf die Kamera und lächelte gequält hinein. „Hallo, Konstantin. Ich hoffe, wir stören nicht?", flötete sie übertrieben freundlich.
Das Tor wurde lautlos geöffnet und machte den Blick frei auf einen riesigen, zugewachsenen Garten mit altem Baumbestand, Hecken und Büschen. Das Haus war inmitten dieses Dschungels nur deshalb erkennbar, weil die Bäume zu dieser Jahreszeit kein Laub trugen.
Ein hübscher, gepflasterter Weg führte durch das Dickicht einen kleinen Hügel hinauf und endete an einer modernen, quadratischen, kastenförmigen Villa. Das graue Gebäude

aus Edelstahl, Glas und Beton wirkte nackt, kalt und abweisend.

Die Tür ging auf.

„Hallo, Aurora", begrüßte Charlotte die ältere, rundliche Frau in schwarzem Kleid und weißer Schürze.

„Signorina Charlotte!", rief diese überrascht und lief ihr freudig entgegen. „Wie schön, dich zu sehen!"

Sie nahm Charlottes Gesicht in die Hände und küsste sie herzlich auf beide Wangen.

„Ich freue mich auch, Aurora", meinte Charlotte, als sie sich wieder aus dem Griff der Frau befreit hatte.

Torsten befürchtete kurz, auch er würde in den Genuss italienischer Herzlichkeit kommen, doch Aurora beließ es bei einem festen Händedruck.

„Torsten Klein", stellte er sich vor.

„Das ist mein Kollege", ergänzte Charlotte, als sie Auroras vielsagenden Blick gesehen hatte.

Die Italienerin war seit vielen Jahren Haushälterin im Hause von Stetten und mit Abstand die freundlichste und herzlichste Person, die Charlotte je kennengelernt hatte. Sie war vollkommen resistent gegenüber Konstantins Kratzbürstigkeit und Arroganz, ließ sich von seinen Allmachtsphantasien nicht im Geringsten beeindrucken und hatte in diesem Hause das Heft in der Hand. Sie hatte schon für Konstantins Eltern gearbeitet und war sozusagen Teil des Erbes gewesen.

Im Testament hatte Konstantins Vater verfügt, dass Aurora ein Arbeitsvertrag bis zu ihrem 65. Geburtstag und anschließend lebenslanges Wohnrecht zusteht. Sollte sich sein Junior nicht daran halten, würde ihm sofort jedes Erbe abgesprochen werden, einschließlich des Hauses und der Firma. Unter diesen Umständen stellte Konstantin diese Klausel nicht infrage. Abgesehen davon hatte Aurora den Haushalt stets im Griff, kümmerte sich um Essen und Wäsche, um Haus und Garten, hielt ihrem Hausherrn und Arbeitgeber den Rücken frei.

Charlotte konnte zwar nicht verstehen, wie sie es mit diesem überheblichen Schnösel aushielt, hatte aber die Vermutung, dass er ihr gegenüber ein lammfrommer, kleiner Junge war,

der keine Widerworte wagte.
Und diese Vorstellung gefiel Charlotte wiederum ungemein.

„Wie geht es dir?", fragte Aurora mit ihrem liebenswerten italienischen Akzent. „Alles gut? Warum kommst du nicht mehr? Wie geht es Signora Sandra?"
„Aurora, du weißt doch, dass..."
„Ja, ja, der junge Herr ist manchmal etwas anstrengend, aber er ist ein guter Mensch." Sie legte die rechte Hand auf ihren üppigen Busen. „Hier drin!"
„Ist er zu sprechen?"
„Er trinkt gerade Kaffee mit der schicken Signorina. Ich habe einen frischen Apfelkuchen gebacken. Kommt doch herein."
Sie führte die beiden Gäste ins Haus.
Charlotte lief das Wasser im Munde zusammen. Auroras Apfelkuchen stellte alles in den Schatten, was die Gesamtheit aller prämierten Konditoren dieser Welt jemals zustande gebracht hatten. Nur ein kleines Stück und man wähnte sich im kulinarischen Himmel.
„Darf ich euch auch ein Stück bringen? Ihr seid ja viel zu dünn."
„Gerne, Aurora, du weißt doch, dass ich deinem Kuchen nicht widerstehen kann."
Ganz automatisch zog sie ihre Schuhe aus und schlüpfte in ein Paar bereitstehende Filzpantoffeln. Nicht aus Respekt vor Konstantin, sondern aus Respekt vor Aurora, denn sie wäre diejenige, die hinterher die Spuren zu beseitigen hätte.
Auch Torsten steckte seine Füße in ein Paar Hausschuhe und folgte Charlotte und Aurora in einen riesigen, hohen, lichtdurchfluteten und spärlich möblierten Raum.
Die einzige Einrichtung bestand aus einem langen, gläsernen Tisch und zwölf Stühlen. Durch die Glasfront hatte man einen vielversprechenden Ausblick auf einen modernen Pool und das waldähnliche Grundstück.
Zwei Stühle waren besetzt.
„Ach, welch Überraschung", säuselte Konstantin von Stetten betont lässig und schob sich übertrieben langsam ein Stückchen Kuchen in den Mund. Er trug trotz dieser Uhrzeit

einen dunkelblauen, seidenen Morgenmantel und darunter einen Pyjama, was die gestreiften Hosenbeine verrieten, die unter dem Saum des Morgenmantels hervorlugten. Schuhe trug er keine, denn er liebte es, barfuß auf den fußbodenbeheizten italienischen Marmorfliesen zu laufen. Sein dünnes, schwarzes Haar hatte er wie gewohnt zu einem Zopf gebunden.

Nichts an ihm war Charlotte sympathisch, nichts sprach sie an, nichts war in ihren Augen interessant oder gar anziehend. Offensichtlich sah das die junge Frau, die ihm gegenübersaß, anders. Es war Chantal, die Charlotte bereits im Stadion kennenlernen durfte. Auch sie war barfuß und trug einen seidenen Morgenmantel, den Mantel, in dem bis vor wenigen Jahren noch Sandra ihr Frühstück einnehmen musste. Dass Chantal darunter nackt war, stand für Charlotte außer Frage – sie suchte erst gar nicht nach gestreiften Hosenbeinen.

„Ich hoffe, es stört euch nicht, dass wir im Morgenmantel hier sitzen, aber wir haben gerade unser Mittagsschläfchen beendet, nicht wahr, mein Schatz?" Er legte mit einem schmierigen Grinsen seine speckige Hand auf das zarte Handgelenk Chantals und warf ihr einen angedeuteten Kuss zu. „Ich sehe, du bist in schon wieder in charmanter Begleitung", fuhr er fort. „Wollt ihr euch nicht zu uns setzen? Aurora! Bringe noch zwei Gedecke für unsere Gäste!"

„Hallo Konstantin, hallo Chantal. Das ist mein Kollege Torsten Klein."

Sie ließ einen Stuhl Abstand und setzte sich.

„Ah, dachte ich es mir doch. Du bist gar nicht hier, um einen alten Freund zu besuchen, sondern dienstlich, als Politesse, wie man hört." Er lachte hämisch über Torstens fragendes Gesicht. „Wussten Sie gar nicht, dass sich Ihre Kollegin nicht mehr mit Nürnbergs Schwerverbrechern befasst, sondern mit dem ruhenden Verkehr?"

Er grinste und zeigte dabei ein Gebiss, das sicherlich ein Vermögen gekostet hatte.

Charlotte unterdrückte nur mit Mühe den Drang, diesem Kerl eine ordentliche Ohrfeige zu verpassen und fluchtartig

den dekadenten Luxustempel zu verlassen.
Aurora kam mit einem voll beladenen Tablett und entschärfte damit die Situation.
„Jetzt sei doch nicht so unhöflich zu deinen Gästen, Konni", wies sie ihn zurecht. „Immerhin kannst du froh sein, wenn dich einmal jemand besuchen kommt."
Charlotte beobachtete mit Genugtuung, wie sich die Gesichtsfarbe des Hausherrn rot verfärbte.
„Was willst du?"
Vorbei waren die Floskeln und Anspielungen, doch das war ihr nur recht.
„Können wir alleine mit dir reden?", fragte sie mit einem Seitenblick auf die schöne Blonde.
„Chantal, Liebes, wolltest du uns nicht eben ein Bad einlassen? Ich komme gleich nach."
Die Angesprochene blickte ihn wütend an, warf verärgert das Besteck auf den Teller und rauschte mit wehendem Mantel davon, jedoch nicht ohne den Anwesenden vorher einen kurzen Blick auf ihren perfekten Körper gewährt zu haben.
„Kennst du einen Klaus Watzke?", begann Charlotte. Sie wollte ihren Besuch nicht unnötig in die Länge ziehen.
Konstantin von Stetten lachte auf.
„Deshalb bist du extra hierher gekommen?"
„Kennst du ihn?"
„Warum willst du das wissen? Hat er falsch geparkt?"
„Lass das, Konstantin", fuhr sie ihn an. „Ich bin nicht eines deiner Püppchen! Und ich bin nicht zum Vergnügen hier, glaub mir das! Beantworte einfach meine Fragen, ansonsten..."
„Ansonsten was? Drohst du mir etwa? Das muss ich mir nicht gefallen lassen!"
„Klaus Watzke wurde vergangene Nacht ermordet und du kanntest ihn."
„Es ist wirklich traurig für den Mann, aber ich habe keine Ahnung, wer das sein soll."
„Er hat dich kurz vor seinem Tod angerufen."
„Ich kenne ihn nicht und habe nicht mit ihm gesprochen. Vermutlich hat er sich verwählt."

„Das Gespräch dauerte drei Minuten, etwas zu lange für jemanden, der sich verwählt hat."
„Ich habe damit nichts zu tun."
„Vorsicht, Konstantin, das ist dünnes Eis! Watzke ist bereits der zweite Tote in wenigen Tagen. Und du kanntest beide."
„So?"
„Der zweite Tote ist Wilfred Schlecht, auch bekannt als Magnus Larsson oder als Rauschgoldengel."
Von Stettens Gesicht hellte sich auf. „Das kommt mir gerade recht. Dann ist meine Sandra wieder frei."
„Wo warst du vergangene Nacht etwa um Mitternacht?"
Charlotte versuchte, sich nicht provozieren zu lassen. Sie hatte erwartet, dass er alles abstreiten würde. Chantal würde ihm jedes Alibi geben, was er brauchte – aber Aurora nicht.
„Ich war hier mit meiner Chantal. Die ist vielleicht eine Rakete im Bett", er zog vielsagend eine Augenbraue nach oben, als erwarte er, dass sich Charlotte für nähere Details interessierte.
„Und in der Nacht zum Aschermittwoch?"
„Dito. Chantal bekommt nicht genug von mir, weißt du? Solltest du auch mal Interesse haben..."
Bei dem Gedanken an eine leidenschaftliche Liebesnacht mit Konstantin von Stetten rollten sich Charlottes Fußnägel hoch.
„Kennst du Frank Dix?"
„Bist du nur gekommen, um mich nach zweifelhaften Gestalten zu fragen?"
„Woher willst du wissen, ob es sich bei den Leuten um zweifelhafte Gestalten handelt?" Charlotte visierte ihr Gegenüber streng an. „Du kennst sie und weißt, in welchem Milieu sie unterwegs sind. Es ist nämlich auch dein Milieu, Konstantin von Stetten!"
„Du machst mir keine Angst, Politesse. Weise mir nach, dass ich die Herrschaften kannte, dann sprechen wir uns wieder. Aurora, die Damen und Herren Beamten möchten gehen!"
„Beide Opfer haben für dich gearbeitet", fuhr Charlotte unbeirrt fort. „Als DJs im *Club 52*."
Konstantin von Stetten zog anerkennend eine Augenbraue

nach oben. „Sie einer an, die Politesse hat ermittelt."
„Die Veranstaltungen dort sind als Drogenpartys bekannt und ich vermute, du kümmerst dich darum, dass den Konsumenten der Stoff nicht ausgeht."
„Oh, jetzt bin ich also auch Drogenboss, was?" Er schenkte ihr ein herablassendes Lächeln. „Davon weiß ich nichts, meine Liebe. Ich biete in dem Club jungen Leuten vom Land die Möglichkeit, sich neben der Vollversammlung der freiwilligen Feuerwehr und dem Stammtisch in der Dorfwirtschaft auch noch anderweitig zu amüsieren. Vielleicht solltest du auch einmal auf einen ausgelassenen Tanzabend vorbeikommen? Dein junger Kollege begleitet dich bestimmt gerne."
„Klaus Watzke hat den Rauschgoldengel ab und zu als DJ Zwetschgermoh unterstützt. Erzähle mir nicht, du hast ihn nicht gekannt!"
Von Stetten lachte laut auf. „Das war meine Idee! Rauschgoldengel und Zwetschgermoh! Ist das nicht köstlich?"
„Er hat für dich gearbeitet."
„Ach, Charlotte! Es arbeiten so viele Leute für mich, da verliere ich manchmal den Überblick."
„Wir werden dir gerne dabei helfen, wieder einen Überblick über deine Geschäfte zu bekommen", lächelte Charlotte und stand auf. „Vor allem dann, wenn noch mehr deiner Mitarbeiter erstochen in den Felsengängen gefunden werden. Bis bald, Konni!"

20 Minuten später waren sie auf dem Weg zurück in die Stadt. Aurora hatte sie nicht gehen lassen wollen, ohne den Kuchen gegessen zu haben. Leider konnte sie das Alibi ihres Arbeitgebers weder bestätigen, noch widerlegen. Am Abend zuvor hatte sie frei und war über Nacht bei ihrer Schwester in Fürth geblieben.
Die Namen Dix, Watzke und Schlecht hatten ihr auch nichts gesagt, was Charlotte nicht weiter überraschte, denn sie konnte sich nicht vorstellen, dass Konstantin von Stetten diese Herrschaften in seinem Haus empfangen hatte.
„Schwieriger Zeitgenosse", meinte Torsten. „Denkst du, er

hat etwas mit den Morden zu tun?"
„Der Kerl ist so widerlich", stieß Charlotte hervor. „Ich bin überzeugt davon, dass er die Männer alle gekannt und etwas mit den Drogengeschäften zu tun hat. Ob er allerdings ein Mörder ist, weiß ich nicht. Ehrlich gesagt halte ich ihn für kaltblütig genug, zumindest einen Mord in Auftrag zu geben. Ob er sich selbst die Finger schmutzig gemacht hat ist fraglich."
„Wie konnte deine Freundin nur mit einem solchen Mann verheiratet gewesen sein?"
„Das frage ich mich auch."
„Wie wäre es, wenn wir uns ein Foto von ihm besorgen und Frank Dix zeigen. Ich bin sicher, das ist der schicke Mann im Geländewagen, von dem er gesprochen hat."
„Mittlerweile bin ich sicher, dass Dix genau weiß, wer Konstantin von Stetten ist, auch ohne Foto. Trotzdem sollten wir uns eines besorgen.
„Gut, ich kümmere mich gleich darum."
Schweigend fuhren sie die Ostendstraße entlang, vorbei am Wöhrder See. Der Himmel war grau verhangen, es hatte begonnen zu regnen.
So trostlos wie das Wetter war aktuell auch Charlottes Stimmung. Wieder einmal hatte sie das Gefühl, sich dem Täter keinen Zentimeter genähert zu haben. Sie hatten sich von einem toten Drogenkonsumenten über eine trauernde Witwe, eine neugierige Nachbarin und unglückliche Freundin bis hin zu einem schmierigen, überheblichen Exmann gekämpft, hatten Wut, Trauer und Arroganz erlebt und waren doch nicht wirklich weitergekommen. Alle Gespräche hatten Zeit und Energie gekostet, und es war völlig unklar, ob sie je zur Lösung des Falles würden beitragen können.
Und doch!
Charlotte war professionell und erfahren genug, um zu wissen, dass in dieser Phase der Ermittlungen viel passierte. Auch wenn es nicht so aussah, so blieb doch von jeder Begegnung, von jedem Gespräch ein kleines Puzzleteil hängen, das sich dann am Ende zusammenfügen würde.

23

Der Freitag begann so, wie sich der Donnerstag verabschiedet hatte: mit Sturm und Regen.
Windböen klatschen dicke Tropfen an die Scheiben ihres Bürofensters, als Charlotte mit triefnasser Jacke den Raum betrat. Zum Glück war sowohl ihre Jacke als auch die Schuhe und die Regenhose wasserdicht. Sie zog sich aus und hängte alles an die Garderobe, wo bereits Torstens Jacke eine ansehnliche Pfütze auf dem Boden hinterlassen hatte.
„Guten Morgen", begrüßte er sie betont freundlich und legte ihr einige Papiere auf den Schreibtisch. „Es gibt neue Informationen."
„Das klingt doch gut. Lass hören."
„Matthias hat diesen Club in Weißenburg näher unter die Lupe genommen. Hier eine Liste der Mitarbeiter. Matthias hat einige von ihnen für heute Nachmittag hierher bestellt."
Charlotte nickte anerkennend. „Wann können wir uns den Laden mal ansehen?"
„Frühestens morgen in einer Woche. Er ist nur jeden zweiten Samstag im Monat ab 22:00 Uhr geöffnet."
„Auch gut. Ich hoffe, wir haben den Täter bis dahin gefasst, und ein Besuch in diesem Etablissement bleibt uns erspart."
Charlotte gab sich kaum Mühe, ihre Erleichterung zu verbergen. Die Rosenmontagsparty im *Hirsch* steckte ihr noch immer in den Knochen.
Es klopfte energisch an der Tür. Noch bevor Charlotte etwas sagen konnte, stürmte Kriminalhauptkommissar Peter herein.
„Ich habe einen Anruf von Herrn von Stettens Anwalt bekommen", begann er unvermittelt und sparte sich solche in seinen Augen unnötige Floskeln, wie *Guten Morgen* oder Ähnliches. „Er meinte, Sie hätten seinem Mandanten Verwicklungen in Drogengeschäfte unterstellt! Wie kommen

Sie dazu? Ich hatte Ihnen doch bereits gesagt, Herr von Stetten ist ein angesehener Geschäftsmann."
„Mag ja sein, aber alles deutet darauf hin, dass er neben seiner Spedition auch in anderen Bereichen erfolgreich ist", erläuterte Charlotte um Geduld bemüht. „Herr Peter. Wir haben verschiedene Zeugenaussagen, die ihn mit Drogengeschäften in Verbindung bringen. Das können wir nicht ignorieren!"
„Vorsicht, Frau Gerlach!" Kommissar Peter beugte sich mit erhobenem Zeigefinger über Charlottes Schreibtisch und funkelte sie wütend an. „Vorsicht!"
Die Tür krachte lautstark zu.
„Ich muss hier raus", brummte Charlotte nicht minder wütend vor sich hin und riss ihre Jacke von der Garderobe.

Angesichts des immer stärker werdenden Regens ließ sie sich gerne bis vor die Tür der Mensa fahren. Torsten lenkte das Auto geschickt durch das Labyrinth von engen Gassen und Einbahnstraßen und hielt so nahe wie möglich am Andreij-Sacharow-Platz. Charlotte sprang aus dem Wagen. Zügig überquerte sie den Platz, vorbei am *Blauen Reiter*, einem Kunstwerk dessen Bedeutung ihr seit Jahren rätselhaft war. Es sah imposant aus, wie die beiden blauen Gestalten zwischen vier rostigen Pfeilern auf ihrem blauen Pferd saßen, aber was steckte dahinter?
Oder war es einfach nur Kunst?
Ohne jeden weiteren Hintergedanken?
Sie konnte einfach nicht aus ihrer Haut, war nun mal Polizistin und vermutete hinter allem und jedem einen versteckten Hinweis oder ein Motiv.
In diesem Fall war sie sich allerdings sicher, dass die blauen Herrschaften nicht unmittelbar mit dem Mord an zwei Männern in Verbindung gebracht werden konnten.

Die Mensa war jetzt am Vormittag noch menschenleer. Lediglich in der Küche herrschte geordnetes Chaos. Unzählige Kochmützen wuselten zwischen dampfenden Töpfen herum, es wurde gerufen, gerührt, gebraten und Berge von weißen Schälchen befüllt.

„Was suchen Sie hier?", fragte ein dicker, rotgesichtiger, schwitzender Mann ungehalten, als er sich mit einem Behälter voller knuspriger Schnitzel an ihr vorbeizwängte.
Charlotte zog ihren Ausweis hervor.
„Gerlach, Kripo Nürnberg. Wer ist hier verantwortlich?"
„Rainer!", donnerte seine gewaltige Stimme durch die Küche. „Polizei!"
Ein ebenso schweißüberströmter, nicht wesentlich schlankerer Mann mit fleckiger Schürze kam auf sie zu.
„Rainer Hausmann. Sie kommen sicher wegen Watzke", vermutete er. „Habe ich recht?"
„Können wir uns irgendwo in Ruhe unterhalten?", wich Charlotte aus. Auch bei ihr im Büro ging es oft hektisch zu, aber dieses Chaos in Verbindung mit der Hitze, dem Dampf, den Essensgerüchen und dem Lärm setzte ihr ziemlich zu. Sie konnte sich nicht vorstellen, hier arbeiten zu müssen. Musste sie ja zum Glück auch nicht.
„Das ist schlecht, Sie sehen ja, was hier los ist!", keuchte Hausmann abgehetzt.
„Es dauert nicht lange", setzte Charlotte nach. „Es ist wirklich wichtig."
„Wenn es sein muss", lenkte der Koch ein und schob die Kommissarin aus der Küche.
Sie gingen in die Cafeteria und setzten sich an einen kleinen Tisch mit einer wunderbaren Aussicht auf den *Blauen Reiter*.
Rainer Hausmann ließ sich schwer atmend auf einen Stuhl fallen. „Bitte entschuldigen Sie, aber Sie sind wirklich in einem sehr ungünstigen Moment gekommen. Ich habe nur eine Viertelstunde."
„Ich hätte mir ja denken können, dass um die Mittagszeit bei Ihnen Primetime ist, aber manchmal können wir leider keine Rücksicht auf günstige oder ungünstige Zeiten nehmen."
„Kann ich auch verstehen. Was ist mit Klaus? Hat er etwas angestellt?"
„Er wurde heute Vormittag ermordet aufgefunden."
Das vormals rote Gesicht des gewichtigen Mannes wurde kreidebleich.
„Ermordet?"

„Ja, er lag tot in den Felsengängen."
„Wie..., was..., ich meine...", stotterte Rainer Hausmann schockiert. „Was ist passiert?"
„Um das herauszufinden, bin ich hier", erklärte Charlotte geduldig. „Wann haben Sie Herrn Watzke zum letzten Mal gesehen?"
„Gestern Nachmittag. Er hatte ganz normal um 17:00 Uhr Dienstschluss. Wie geht es Dagmar? Es muss ein Schock für sie sein."
„Ja, es war schlimm für sie. Kannten Sie die beiden gut?"
„Sie arbeitet mit meiner Frau zusammen in dem Kindergarten hinter der Mensa und hat mich vor einigen Jahren gefragt, ob ich nicht eine Stelle für ihren Mann hätte."
„Wie war Klaus Watzke? War er zuverlässig?"
Rainer Hausmann verzog das Gesicht.
„Man soll ja nicht schlecht über Tote sprechen, aber ehrlich gesagt war er eine Niete. Hätte ich nicht gewusst, was ich Dagmar damit antun würde, hätte ich ihn längst entlassen. Er nahm die Arbeit nicht richtig ernst, kam oft zu spät und musste ständig kontrolliert werden."
„Hatten Sie das Gefühl, er hat sich in letzter Zeit verändert?"
„Verändert?" Rainer Hausmann dachte nach. „Ich bin nicht sicher. Er hatte starke Stimmungsschwankungen. Mal war er völlig euphorisch, lachte, sang, ging beschwingt an die Arbeit. Dann war er wieder lustlos, beinahe depressiv. Man wusste nie, wie man bei ihm dran war. In einem Moment konnte man sich für eine Bemerkung eine Lachsalve abholen, bei einer anderen Gelegenheit erntete man für dieselbe Bemerkung einen Wutausbruch. Er wirkte so, als stehe er unter Drogen."
„Hatte er Freunde innerhalb der Belegschaft?"
„Nicht, dass ich wüsste. Er war ein anstrengender, schwieriger Typ, dem alle aus dem Weg gingen."
„Hatte er Feinde?"
Hausmann riss die Augen auf.
„Sie meinen, einer meiner Leute hätte ihn womöglich...?"
„Bitte denken Sie nach. Ich möchte sicherlich keinen Ihrer Mitarbeiter zum Mörder machen, aber wir müssen jeder

Spur nachgehen."

„Die Leute haben ihn nicht gemocht, haben ihn gemieden, aber ich kann mir nicht vorstellen, dass einer von ihnen einen Grund gehabt haben könnte, ihn zu töten."

„Herr Hausmann, bitte verstehen Sie mich nicht falsch, aber könnte es sein, dass Watzke hier in der Mensa mit Drogengeschäften zu tun hatte?"

„Was wollen Sie damit sagen?" Rainer Hausmann setzte sich gerade hin und blickte Charlotte fragend an. „Dass meine Mensa ein Drogenumschlagplatz ist?"

„Sie haben selbst gesagt, Watzke habe machmal gewirkt, als stehe er unter Drogen."

„Er vielleicht, aber die anderen nicht. Für meine Belegschaft lege ich die Hand ins Feuer, und was Watzke mit den Studenten zu schaffen hatte, weiß ich nicht."

„Ist Ihnen in letzter Zeit irgendetwas Ungewöhnliches aufgefallen? War Herr Watzke anders, als sonst? Hat er sich mit jemandem getroffen oder etwas Außergewöhnliches erzählt?"

„Jetzt, wo Sie es ansprechen. Er hat seit letzter Woche damit geprahlt, bald einen besseren Job zu haben und endlich damit aufhören zu können, Kartoffeln zu schälen. Er würde dann endlich so viel Geld bekommen, wie er verdient hätte. Nebenbei bemerkt bin ich der Meinung, dass er das Geld, das ihm das Studentenwerk für seine Arbeit zahlte, nicht verdiente. Außerdem habe ich ihn in den letzten Tagen öfter mit jemandem hier in der Cafeteria sitzen sehen. Ich habe den Mann vorher noch nie gesehen. Er sah auch nicht aus wie ein Student."

Charlotte horchte auf.

„Wie sah er denn aus?"

„Schick, mit Anzug und Krawatte."

„Hatte er dünnes, schwarzes Haar und einen Zopf?", pokerte Charlotte.

„Ja, richtig. Wer war der Mann? Er sah aus wie ein Mafiaboss."

„Das kann ich Ihnen leider nicht sagen. Sie haben uns sehr geholfen, vielen Dank. Bitte melden Sie sich, wenn Ihnen noch etwas einfällt."

Noch ein Puzzleteil.
Watzke hatte sich mit Konstantin von Stetten getroffen.
Der Küchenchef würde den Mann mit Sicherheit wiedererkennen.
War damit bewiesen, dass Konstantin von Stetten Watzke als Dealer engagieren wollte?
Nein!
Dass er ihn in die Felsengänge gelockt und erstochen hatte, wie kurz zuvor auch Wilfred Schlecht?
Nein!
Dass er überhaupt etwas mit Drogen zu tun hatte?
Auch nicht!
Aber es war damit bewiesen, dass er gelogen hatte. Er hatte abgestritten, Watzke zu kennen und das war definitiv falsch.
Immerhin ein Anfang.
Charlotte war so in Gedanken versunken, dass sie das Klingeln ihres Handys aufschrecken ließ.
„Attila?", keuchte sie in den Apparat.
„Was ist denn mit dir?", fragte Attila beunruhigt. „Ist alles in Ordnung?"
„Ja, ja, alles ok. Ich bin nur erschrocken. Ich sitze gerade in der Mensa und denke nach. Was gibt es?"
„In der Mensa? Willst du doch noch unter die Wissenschaftler gehen?"
„Nein, nein, ganz bestimmt nicht. Der Tote, der heute gefunden wurde, hat hier gearbeitet. Ich habe gerade mit seinem Chef gesprochen."
„Geht etwas vorwärts?"
„Langsam, aber stetig. Es gibt viele lose Enden und ich weiß noch nicht, welchem ich folgen soll."
„Du weißt doch wie es läuft. Sammle deine losen Enden, ordne sie und nimm dir zwischendurch immer wieder Zeit, sie zu sichten. Setz dich nicht zu sehr unter Druck. Du machst eine sehr gute Arbeit."
Attilas Worte waren wie Balsam, taten so gut, munterten sie regelrecht auf.
Sie musste sogar lächeln.
„Danke, Attila. Ich sollte mir angewöhnen, regelmäßig mit

dir zu sprechen. Das ist wie Wellness für die Seele."
„Jetzt übertreibe mal nicht." Attila fühlte sich geschmeichelt und doch wusste er, was seine ehemalige Mitarbeiterin meinte. Zwischen all den Befragungen und Vernehmungen waren aufmunternde Worte so wichtig wie regelmäßige Mahlzeiten. Sonst fehlte einem die Kraft, weiterzumachen.
„Wolltest du eigentlich noch etwas anderes, außer mir Mut zuzusprechen?"
„Natürlich. Felix hat mir eben etwas Interessantes erzählt. Du solltest dich schnell mal mit ihm unterhalten."
„Worum geht es denn?"
„Das soll er dir selbst sagen. Er ist bis 13:30 Uhr noch hier bei mir, dann muss er wieder in den *Kaiserkeller*."
„Gut, vielen Dank für die Info. Ich bin gleich bei euch."

Motiviert durch ein konstruktives Gespräch und einen wertvollen Hinweis machte sich Charlotte auf den Weg zum *café al fiume*. Zum Glück hatte der Regen nachgelassen, sonst hätte die Strecke quer durch die Altstadt ausgereicht, sie bis auf die Haut zu durchnässen.
Was hatte Felix wohl Interessantes zu berichten? Sollte sie heute tatsächlich noch ein Erfolgserlebnis verbuchen dürfen? In dem kleinen Café war zum Glück im Augenblick nichts los. Felix war gerade dabei, die Spülmaschine auszuräumen. Attila saß im angrenzenden Mini-Büro über seine Papiere gebeugt.
„Hallo, Frau Kommissarin. Das ging aber schnell", begrüßte Felix sie herzlich.
„Grüß dich, Felix."
Sie zog ihre Jacke aus und setzte sich an den Tresen.
„Willst du einen Espresso?"
„Und bitte eine Auswahl Kekse dazu."
Die Maschine zischte und spuckte und ließ das köstliche, schwarze Nass in die kleine Tasse laufen.
Zucker, Löffel, Cantuccini – fertig!
„Was gibt es?", fragte sie, nachdem sie auch den letzten Rest des cremigen Schaums aus ihrem Tässchen gelöffelt hatte.
„Es geht um den Toten aus den Felsengängen", raunte er mit gesenkter Stimme, obwohl außer ihnen niemand im Café

war. „Klaus Watzke."
Charlotte blickte überrascht auf.
„Woher weißt du, wer der Tote ist?"
„Er hat vor einigen Jahren bei uns im *Kaiserkeller* gearbeitet. Meine Kollegen haben es gestern erzählt. So etwas spricht sich schnell herum."
„Er hat bei euch gearbeitet?"
„Ja, als Koch. Aber er war untragbar und musste noch in der Probezeit gehen."
„Was war mit ihm?"
„Er war ständig unpünktlich, launisch und unfreundlich. Fachlich war er auch keine Leuchte."
„Hattest du seither Kontakt mit ihm?"
„Nein, darauf habe ich keinen Wert gelegt. Ich habe gehört, er hat inzwischen geheiratet. Es ist erstaunlich, dass ein Typ wie er eine Frau findet."
„Naja", lenkte Charlotte ein. „Ich denke, es gibt viele Leute, die Schwierigkeiten mit der Pünktlichkeit haben, nicht kochen können und trotzdem liebenswert sind."
„Natürlich, aber dieser Watzke war irgendwie...", er suchte nach Worten, „ein falscher Hund."
„Wie meinst du das", hakte Charlotte nach, hatte aber nach der Aussage des Küchenchefs aus der Mensa schon eine Ahnung, worauf Felix hinauswollte.
„Er spielte die Leute gegeneinander aus, machte sich lustig, verbreitete Lügen, war unberechenbar. Keiner aus dem Team wollte etwas mit ihm zu tun haben. Abgesehen davon waren seine kaputten Zähne und die fleckige Haut im Gesicht richtig abstoßend."
„Mag ja sein, aber deshalb bringt man doch niemanden um."
„Natürlich nicht, ich wollte dir eine Beobachtung mitteilen. Attila meinte, es könnte für die Ermittlungen wichtig sein."
„Dann schieß mal los."
„Watzke war letzte Woche mal im *Kaiserkeller*, als Gast. Er saß mit einem Mann zusammen, den ich nicht kenne. Anzug, Krawatte, Zopf – auch nicht gerade ein Sympathieträger. Die beiden haben sich angeregt unterhalten."
„Und du hast gehört, worum es ging?", vermutete Charlotte.
„Naja, natürlich nicht mit Absicht, aber ich musste doch die

Bestellung aufnehmen, die Getränke bringen..."
„Was hast du gehört?" Charlotte war gespannt. Hatte sie mit Felix einen weiteren Zeugen, ein weiteres Bausteinchen gegen Konstantin von Stetten? Das wäre zu schön, um wahr zu sein.
„Es ging wohl um einen Job, den Watzke für den anderen erledigen sollte."
„Einen Job?"
„Ja, ich habe aber nicht genau verstanden, worum es ging. Der Anzugträger war ziemlich verärgert, weil Watzke wohl nicht alles ordnungsgemäß erledigt hatte. Es hörte sich so an, als ob er ihm nicht die vereinbarte Summe zahlen wollte."
„Was Watzke vermutlich auch nicht gefallen hat", ergänzte Charlotte.
„Überhaupt nicht. Er hat angefangen laut zu werden. Die anderen Gäste haben sich schon gestört gefühlt, da musste ich die beiden bitten, ihren Disput draußen auszutragen."
„Sind sie gegangen?"
„Ja, der Mann mit dem Zopf hat gezahlt. Beim Hinausgehen hörte es sich so an, als habe er Klaus Watzke gedroht."
„Ist dir sonst noch etwas aufgefallen?"
„Nein, ich denke, das war's. Bitte denke jetzt nicht, dass ich meine Gäste belausche, aber..."
„Mach dir deswegen keine Sorgen. Danke, dass du mir Bescheid gegeben hast."
„Vielleicht bringt es dich ja weiter?"
„Kann gut sein. Vielen Dank für die Information und natürlich für den Espresso. Ciao, Attila und Grüße an Mariella", rief sie noch nach hinten und wollte eben das Café verlassen, als Sandra hereinkam.
„Charlotte!", rief sie überrascht, „Was machst du denn hier?"
„Sandra?" Charlotte fiel aus allen Wolken. „Ich dachte, du bist noch in der Klinik."
Sofort hatte sie ein schlechtes Gewissen, denn die Freundin hatte mehrmals vergeblich versucht, sie zu erreichen.
„Du gehst ja nie an dein Handy, wenn ich versuche, dich anzurufen. Ich hatte gehofft, du holst mich ab."
Der weinerliche, vorwurfsvolle Ton war jetzt so ziemlich

das Letzte, das Charlotte gebrauchen konnte. Sie hatte mit den Ermittlungen in zwei Mordfällen wirklich genug zu tun und definitiv keine Kraft, sich auch noch um Sandras Befindlichkeiten zu sorgen.
„Tut mir leid", bemühte sie sich um Empathie und Einfühlungsvermögen, „aber ich..."
„Ich weiß schon, du musst den Mörder von Magnus finden", vervollständigte Sandra den Satz und setzte sich schwungvoll auf einen Barhocker.
Charlotte warf ihr einen skeptischen Blick zu. Der weinerliche und jammervolle Ton war einem dynamischen gewichen, so, als habe sie vor, ab sofort selbst das Heft in die Hand zu nehmen. Vermutlich stand ihre Freundin unter dem Einfluss starker Medikamente, die Ursache für erhebliche Stimmungsschwankungen waren.
„Hallo, junger Mann", rief sie Felix zu, der gerade mit der Reinigung der Espressomaschine beschäftigt war. „Ich hätte gerne einen Cappuccino."
„Kommt sofort", gab Felix zurück, setzte die Maschine wieder zusammen und stellte wenig später ein kleines Tablett mit dem gewünschten Getränk auf den Tresen.
„Danke schön, also diese Crema...", Sandra starrte Felix überrascht an.
„Kennen wir uns nicht?"
Felix zuckte mit den Schultern. „Tut mir leid..."
Sandra legte den Kopf schief, kniff die Augen zusammen und überlegte fieberhaft.
„Ich kenne dich, da bin ich sicher. Natürlich!", rief sie plötzlich. „Du bist der Zwetschgermoh!"
„Was?", entfuhr es Charlotte, während Felix verständnislos von einer zur anderen blickte.
„Ja, du legst im *Club 52* in Weißenburg auf – als Zwetschgermoh!", eiferte sich Sandra. „Dann kanntest du ja auch Magnus, den Rauschgoldengel!"
„Ja, naja, so würde ich das nicht sagen", stotterte Felix verlegen. „Also, ich hab dort ein paarmal ausgeholfen, aber das mit den Kostümen war nicht so meins."
„Du hast im *Club 52* aufgelegt?", mischte sich nun Charlotte ein. „Warum hast du mir nichts davon gesagt?"

Jetzt war Felix völlig durcheinander. „Warum hätte ich dir davon erzählen sollen? Was ist denn mit dem Club? Ich war nur zwei- oder dreimal dort und das ist schon über ein halbes Jahr her."
„Magnus ist tot", berichtete Sandra mit feuchten Augen. „Man hat ihn erstochen. Du musst ihn doch gekannt haben."
„Ja, davon habe ich natürlich gehört, aber ich kannte ihn nicht wirklich. Ich habe ihn nur kurz im Club kennengelernt und das ist, wie gesagt, schon eine Weile her."
„Wie bist du zu dem Job in dem Club gekommen?" Charlotte war etwas irritiert. Sie konnte sich den jungen Mann nicht als DJ in einer Disco mit zweifelhaftem Ruf vorstellen – und schon gar nicht in einem Zwetschgenmann-Kostüm.
„Ein Freund von mir ist öfter dort und hat gemeint, der DJ braucht ab und zu Unterstützung."
„Wie heißt der Freund?", fragte Charlotte und zog ein kleines Notizbuch aus der Tasche.
„Was soll das denn jetzt? Ich hab den Job ganz ordnungsgemäß angemeldet. Was ist denn los?"
„Du hast doch eben von Klaus Watzke erzählt. Wusstest du, dass er auch in der Disco aufgelegt hat?"
„Klaus? Als DJ?" Felix entfuhr ein ungläubiges Lachen. „Womöglich noch als Zwetschgermoh?"
„Hast du ihn dort getroffen?"
„Nein, das hätte ich doch gesagt. Ich habe ihn neulich im *Kaiserkeller* gesehen, davor jahrelang nicht. Die DJs in diesem Laden wechseln wohl recht oft. Kann ich gut verstehen."
„Hast du etwas von Drogengeschäften im Club mitbekommen?"
„Natürlich! Es wird vor allem mit Crystal Meth gedealt. Das ist ein Teufelszeug! Ich habe dafür nichts übrig und finde es fürchterlich, für zugedröhnte Jungendliche aufzulegen, die gar nicht mehr wissen, was sie tun. Das war auch ein Grund für mich, dort aufzuhören."
„Kennst du Konstantin von Stetten?"
„Ist das nicht der Geschäftsführer von dem Laden? Ich habe ihn nie persönlich kennengelernt, habe aber gehört, es soll

ein schmieriger Typ sein. Was sollen all diese Fragen?"
„Felix, es ist wichtig, dass du mir alles sagst, was du über den Club weißt. Immerhin sind zwei Männer, die dort als DJs gearbeitet haben, umgebracht worden", meinte Charlotte ernst und sah ihn eindringlich an.
Felix wurde blass.
„Willst du damit sagen, ich könnte der Nächste sein?"

24

Hunger und Durst wurden unerträglich, raubten ihm den Verstand. Mit Mühe öffnete er die Augen und blickte auf das grün schimmernde Display der Insulinpumpe.
Noch zwei Einheiten – wenige Stunden, wenige letzte Stunden, vermutlich die letzten seines Lebens.
Er hatte kaum noch Hoffnung, war zu schwach, um Hoffnung zu haben, hatte resigniert.
Warum sollte er diese Quälerei unnötig in die Länge ziehen?
Warum nicht einfach den unsäglichen Hunger und Durst stillen, ins Koma fallen, sterben?
Langsam streckte er die Hand aus, fühlte Schokolade, Chips und Salzgebäck.
Nur ein kleines Stück, ein kleiner Schluck Cola?
War nicht ohnehin schon alles vorbei?
Er dachte an Laura, an ihre Zukunftspläne, an die Kinder, die sie haben wollten.
War das wirklich alles vorbei?
Seine Kehle war wie zugeschnürt, erneut schossen ihm Tränen in die Augen.
Laura.
Wie musste sie leiden, welche Ängste musste sie ausstehen?
Mit letzter Kraft bäumte er sich auf, schrie so laut er konnte und schleuderte eine leere Flasche von sich.
Es klirrte.
Die nackte Glühbirne zerbrach.
Es wurde dunkel.
Völlig erschöpft sank er auf die feuchte Matratze.
Da hörte er Schritte.
Er zuckte zusammen.
Jemand stand vor der Tür.
Wer war das?
Mit Mühe gelang es ihm, auf allen Vieren zur Tür zu

krabbeln.
Es klopfte leise.
Er lauschte in die Dunkelheit.
Es klopfte wieder, diesmal etwas lauter.
War das dieselbe Person wie am Tag zuvor? Warum öffnete sie nicht die Tür?
Ein Schwall von Panik durchflutete ihn. Die Erkenntnis raubte ihm den Atem.
Sie öffnete nicht, weil sie es war, die ihn hier eingesperrt hatte.
Aber wer war es?
Wer hatte einen Grund, ihn so zu quälen?
Auf seiner Stirn bildete sich kalter Schweiß.
„Hallo?", hörte er jemanden fragen.
Durch die Tür war die Stimme nicht zu erkennen.
Sein Herz hämmerte wie wild. Sollte er antworten?
Vielleicht war es doch ein Mitarbeiter der Felsengänge, der nach ihm suchte?
Vielleicht die Polizei?
Womöglich verspielte er seine letzte Chance auf Rettung, wenn er jetzt schwieg?
„Hallo! Wer ist da? Helfen Sie mir!", flehte er. „Bitte!"
„Schön zu hören, dass du noch lebst. Wie geht es dir?"
Er erstarrte. Das Blut gefror in seinen Adern.
„Du sagst gar nichts mehr? Komm, sprich mit mir."
Die Stimme gehörte einem Mann.
Er erkannte ihn nicht.
„Wer bist du? Warum tust du mir das an?"
Der Mann lachte kurz auf. „Bist du noch immer nicht dahinter gekommen? Du hattest doch schon reichlich Zeit, darüber nachzudenken."
„Lass mich raus, bitte!"
„Das habe ich eigentlich nicht vor. Ich bin nur vorbei gekommen, um zu sehen, ob du noch lebst."
„Warum?", japste er voller Angst.
Plötzlich durchbrach ein penetrantes Geräusch die tiefe Schwärze seines Gefängnisses.
Ein langer aufdringlicher Ton bohrte sich in sein Gehirn.
Die Insulinpumpe piepste!

Das Insulin war nahezu aufgebraucht, die Kartusche fast leer.
Bald würde sein Körper beginnen, sich selbst zu vergiften.
Mit zitternden Fingern schaltete er das Gerät aus.
„Lass mich raus!", schrie er verzweifelt und trommelte an die Tür. „Was habe ich dir getan? Lass mich nicht hier drin sterben! Hilf mir!!!"
Die Schritte entfernten sich.
„Nein! Geh nicht! Mach die Tür auf! Bitte!!!"
Dann war es still.

25

„Felix war auch DJ in dem Club?" Torsten riss ungläubig die Augen auf, als ihm Charlotte von dem Gespräch im *café al fiume* berichtet hatte. Noch auf dem Weg ins Präsidium hatte sie Matthias gebeten nachzusehen, ob er im Computer etwas über Felix finden konnte. Zu ihrer Erleichterung war weder im Zusammenhang mit Drogen, noch mit irgendeiner anderen Strafsache Felix´ Name aufgetaucht. Es hätte sie ziemlich erschüttert, gegen den sympathischen jungen Mann ermitteln zu müssen. Sein Name stand auch nicht auf der Kundenliste des Rauschgoldengels.
„Denkst du, er hat etwas mit Drogen zu tun?"
„Das glaube ich nicht. Es gibt keinerlei Hinweise darauf. Sandra war auch regelmäßig in dem Club und nimmt nichts."
Es klopfte, und der Beamte von der Pforte streckte seinen Kopf herein. „Frau Gerlach, hier sind zwei Damen, die Sie dringend sprechen möchten. Darf ich sie hereinführen?"
„Ja, bitte."
Die Frau, die Charlottes Büro betrat, hatte nur noch wenig mit der aufgetakelten Lady zu tun, die Tags zuvor mit Konstantin von Stetten Kaffee getrunken hatte. Ihre Haare waren ungekämmt, die Augen rot verweint, das Gesicht ungeschminkt.
Statt eines aufreizenden Röckchens trug sie Jeans, das durchsichtige Oberteil hatte sie gegen einen Strickpulli eingetauscht.
Neben ihr stand eine elegant gekleidete ältere Dame mit solariumgebräuntem Gesicht, dezentem Make-Up und teurem Schmuck.
„Meine Tochter möchte eine Aussage machen", begann die Dame, ohne den Blick von Chantal zu wenden.
„Guten Tag, meine Name ist Gerlach", stellte sich Charlotte

vor. „Hallo, Chantal. Bitte entschuldigen Sie, aber ich kenne leider Ihren Nachnamen nicht."
Ohne die übliche Fassade aus Schminke, spärlicher Bekleidung und Arroganz konnte einem die zierliche Person fast leid tun.
„Moser", wisperte sie kaum hörbar.
„Moser, wir heißen Moser", wiederholte die Mutter resolut.
Da war es wieder!
Dieses in Charlottes Augen unerklärliche Phänomen der Namensgebung.
Es war für sie schon schwer nachvollziehbar, welche höhere Macht Eltern dazu bewegen konnte, ihr Kind überhaupt Chantal zu nennen, wenn sie hier in Franken lebten. Gut, vielleicht stammte die Mutter aus Frankreich, oder die ganze Familie aus dem Elsass? Aber danach hörte sich der eindeutig fränkische Dialekt von Mutter und Tochter so gar nicht an. Außerdem war Moser dort vermutlich auch eher ein untypischer Nachname.
Warum also quälten Eltern ihr Kind damit, ein Leben lang als Chantal Moser herumlaufen zu müssen?
Da fiel ihr ein, dass angeblich eine Heirat geplant war...
Chantal von Stetten!
Na, das war schon etwas anderes!
Jetzt war Charlotte einiges klar. Der wohlklingende Nachname war mit Sicherheit der einzige Beweggrund, eine Hochzeit mit Konstantin von Stetten in Erwägung zu ziehen.
„Meine Tochter möchte Ihnen etwas sagen", kündigte die Mutter an und gab Chantal einen kleinen aufmunternden Schubs. „Erzähle ihnen das, was du mir erzählt hast, Darling. Du musst dir das nicht länger gefallen lassen. Und zeige ihnen deinen Arm."
Frau Moser griff nach dem Arm ihrer Tochter, doch diese zog ihn wieder zurück.
„Lass das, Mutter", wimmerte Chantal unglücklich.
„Was ist denn passiert?", wollte Charlotte wissen. Sie ahnte bereits, worum es ging, hatte sie doch ähnliche Situationen mit ihrer Freundin Sandra erlebt.
Der perfekte, reiche Geschäftsmann aus Schwaig war vermutlich ausfällig geworden, hatte das Gefühl gehabt, sein

Püppchen habe angefangen zu denken, vielleicht sogar eine eigene Meinung zu äußern oder ihm zu allem Überfluss auch noch zu widersprechen? Es war sogar anzunehmen, dass ihm die Hand ausgerutscht war, er sein aufsässiges Häschen hatte bändigen und in seine Schranken weisen müssen.

„Ich war nie glücklich damit, dass sie mit diesem unmöglichen Mann zusammen ist", behauptete Frau Moser. „Er ist nicht gut für sie."

Letztere Aussage konnte Charlotte hundertprozentig nachvollziehen, während sie genauso hundertprozentig sicher war, dass Chantals Wahl des Bräutigams sehr wohl in das Konzept ihrer Mutter gepasst haben dürfte.

Ein reicher Mann aus bester Gesellschaft mit einer repräsentativen Villa.

Da schob Chantal vorsichtig die Ärmel ihres Pullis nach hinten. An beiden Handgelenken wurden blutunterlaufene, dicke rote Striemen sichtbar, als sei sie gefesselt gewesen.

Charlotte starrte schockiert auf die Verletzung, die der des Rauschgoldengels verblüffend ähnlich war.

Die junge Frau war offensichtlich mit Kabelbindern gefesselt worden. Das war eine neue Dimension.

Sandra hatte ihr manchmal blaue Flecken gezeigt, die von leichteren Schlägen herrührten, aber von Misshandlungen dieses Ausmaßes hatte sie nie berichtet.

„Worum ging es?"

„Erzähle der Frau Kommissarin alles, mein Engelchen, lass nichts aus, hörst du?", insistierte Frau Moser aufdringlich.

„Wollen Sie nicht mit meinem Kollegen einen Kaffee trinken gehen, Frau Moser?", schlug Charlotte vor und nickte Torsten kurz zu.

Dieser verstand sofort, stand auf und lächelte die ältere Dame freundlich aber bestimmt an.

„Gute Idee, kommen Sie, Frau Moser. Der Kaffee hier ist gar nicht schlecht."

„Aber..."

„Es ist in Ordnung, Mutter", meinte Chantal tapfer. „Wir sehen uns gleich."

Charlotte schloss erleichtert die Tür. „Möchten Sie auch einen Kaffee?"

Die junge Frau schüttelte vorsichtig den Kopf.
„Es war nicht das erste Mal", flüsterte sie und sah Charlotte hilfesuchend an. „Er hat es schon ein paarmal gemacht, wenn ich nicht sofort das getan habe, was er von mir wollte."
„Was hat er genau gemacht?"
Als Frau wollte es Charlotte eigentlich gar nicht so genau wissen, als Kommissarin musste sie aber diese Frage stellen. Sie brauchte die Aussage der Betroffenen, um Konstantin von Stetten etwas nachweisen zu können.
Chantal berichtete von willkürlichen Fesselungen und Schlägen, die durch einfache Bemerkungen oder Verhaltensweisen ausgelöst worden waren.
Charlotte war fassungslos.
Ihrer Meinung nach konnte sich niemand anmaßen zu behaupten, ihm würde so etwas nie passieren, er oder sie hätte immer alles im Griff, könne sich gegen alles und jeden wehren, jederzeit das eigene Gesicht wahren.
Es gab immer Umstände, Konstellationen oder bestimmte Charaktere, die die Macht hatten, den eigenen Selbsterhaltungstrieb auszuhebeln, die es schafften, aus einem eigentlich selbstbewussten Menschen ein nervliches Wrack zu machen. Die Leute waren dann in ihrer eigenen Handlungsunfähigkeit gefangen, konnten nicht mehr so, wie sie wollten, wurden zu jemand anderem, als sie waren. Oft brachen sie den Kontakt zu Freunden und Bekannten ab, konnten mit niemandem darüber sprechen, wie es in ihnen aussah.
Um so bemerkenswerter war es, Chantal hier sitzen zu sehen, bereit sich in ihrer Not jemandem mitzuteilen. Der Leidensdruck musste enorm gewesen sein.
„Es ist furchtbar, was er mit Ihnen gemacht hat, aber es ist vorbei", versuchte Charlotte, Zuversicht auszustrahlen, wenngleich sie wusste, dass es noch ein langer Weg werden würde. Sie spürte, dass der jungen Frau noch etwas auf dem Herzen lag, dass es einen bestimmten Grund gab, weshalb sie ausgerechnet zu ihr gekommen war.
„Wollen Sie mir noch etwas sagen?"
„Es geht um Konstantin", begann Chantal zögerlich.

Charlotte reichte ihr ein frisches Taschentuch.
„Ihr Kollege hatte mich angerufen und gefragt, ob es stimmt, dass Konstantin in der Nacht vom Aschermittwoch und Donnerstag mit mir zusammen war."
„Und? Waren Sie?"
Charlotte ahnte, was jetzt kommen würde – und sie hatte recht.
„Ich habe ja gesagt."
„Was aber nicht stimmt."
Chantal schüttelte beinahe unmerklich den Kopf.
„Er hat mich unter Druck gesetzt."
„Wissen Sie, wo er in den beiden Nächten war?"
Sie öffnete mit zitternden Fingern ihre Handtasche und zog ein zerknittertes Papier hervor.
„Das war aus seiner Hosentasche gefallen."
Es handelte sich um einen Strafzettel für falsches Parken. Ausgestellt auf das Kennzeichen des Geländewagens am Dienstag, den 16.02.2010 um 19:30 Uhr in der Bergstraße, Nürnberg.
„Danke, das könnte uns weiterhelfen. Wo waren Sie zur besagten Zeit? Am Mittwoch Abend haben wir uns ja noch im Stadion gesehen. Sind Sie anschließend mit zu ihm nach Hause?"
„Nein, er wollte mich beide Nächte nicht sehen. Am Mittwoch hat er mich gleich nach der Stadionführung nach Hause gefahren. Er hat mich immer dann zu sich bestellt, wenn er Lust hatte, wie eine..."
Sie begann wieder zu schluchzen.
„Was haben Sie jetzt vor?", fragte Charlotte. Sie erwartete sich keine weiteren Neuigkeiten mehr und brannte darauf, die neuen Hinweise mit Torsten zu besprechen.
„Er hat noch Sachen bei mir zu Hause und in unserem Wohnwagen. Ich will das alles nicht mehr, ich habe es satt, seinen Krempel für ihn aufzubewahren. Sein Haus ist groß genug. Überhaupt will ich ihn nie wieder sehen. Er hat mich lange genug schikaniert."
Plötzlich blickte sie auf. Die Tränen versiegten, und man konnte regelrecht spüren, wie neue Kraft und Energie in ihr wach wurden.

„Ich lasse mir mein Leben nicht länger von diesem Mann diktieren. Das hat jetzt ein Ende!"
Charlotte lächelte.
Das könnte der erste Schritt sein.
„Ich wünsche Ihnen viel Kraft dafür. Halten Sie durch – es lohnt sich! Vielen Dank, dass Sie gekommen sind. Bitte melden Sie sich, wenn Ihnen noch etwas einfällt."
Chantal stand auf. „Danke, dass Sie mir zugehört haben."
„Bitte gehen Sie zum Arzt und lassen Sie sich Ihre Verletzungen attestieren. Sie werden das Attest vermutlich noch brauchen."

Torsten schloss hinter den beiden Damen die Tür.
„Sieh dir das an."
Charlotte zeigte auf den knittrigen Strafzettel.
„Ist das nicht von Stettens Auto?"
Charlotte nickte.
„War Dienstag nicht der Abend vor dem ersten Mord?"
Sie nickte wieder.
„Das beweist noch gar nichts. Gut, sein Auto stand um halb acht in der Bergstraße, dort, wo wenige Stunden später der Tote gefunden wurde. Vielleicht ist er aber kurz darauf schon wieder weggefahren?"
„Ich dachte mir, dass du das sagst", widersprach Charlotte eifrig. „Aber sieh dir das Papier an: Es wurde nass. Ist es nicht so, dass es in der Nacht zum Aschermittwoch geschneit hat? So ab Mitternacht? Wir sollten uns das vom Wetterdienst bestätigen lassen."
„Das könnte heißen, dass das Fahrzeug vielleicht bis mindestens Mitternacht dort gestanden hat. Vielleicht hat er den Zettel aber auch noch länger herumgefahren und er ist irgendwann später nass geworden? Vielleicht ist er ihm aus der Tasche gefallen und lag vor seinem Haus im Schnee, vielleicht, vielleicht, vielleicht..."
„Mann, Torsten, du bist mir ja eine Spaßbremse!", regte sich Charlotte auf. „Ich habe hier einen handfesten Beweis und du?"
„Liebe Kriminalhauptkommissarin! Ich spreche nur aus, was du selbst weißt. Aber ich gebe dir recht. Der Strafzettel ist in

jedem Fall ein Grund, Herrn von Stetten danach zu fragen, was er zu dieser Zeit dort gemacht hat."

„Im Übrigen sind seine Alibis geplatzt", setze Charlotte hinzu. „Er hat Chantal unter Druck gesetzt, ihm die Alibis zu geben."

„Noch ein Grund mehr, ihm einen weiteren Besuch abzustatten."

„Hast du die Verletzungen an ihren Handgelenken gesehen? Sie wurde auch mit Kabelbindern gefesselt – wie der Rauschgoldengel."

„Die Indizien häufen sich", stellte Torsten fest.

„Leider haben wir noch keinen handfesten Beweis", bemerkte Charlotte mit Bedauern.

„Vielleicht hilft uns die DNA-Probe weiter?" Torsten zwinkerte seine Chefin verschwörerisch an.

„Welche DNA-Probe?"

„Naja, die von der Gabel."

„Welche Gabel?" Charlotte kannte sich gar nicht mehr aus.

„Die, mit der Herr von Stetten gestern seinen Kuchen gegessen hat."

„Torsten Klein!", entgegnete sie streng. „Kannst du mir bitte mal erzählen, worum es geht?"

„Als wir gestern in Schwaig waren, ist versehentlich von Stettens Kuchengabel in meine Tasche gerutscht", gab Torsten mit einer Mischung aus Stolz und Verlegenheit zu.

„Und du hast sie gleich zu Markus gebracht, um die DNA feststellen zu lassen?!" Charlotte konnte nicht glauben, was sie da hörte. „Du kannst doch nicht einfach ohne Erlaubnis etwas aus der Wohnung eines Verdächtigen entfernen und die DNA überprüfen lassen! Das ist zumindest Diebstahl und wird vor Gericht niemals zugelassen!"

Torsten lief dunkelrot an.

„Aber dann wissen zumindest wir Bescheid, ob das Blut auf Wilfred Schlechts Pulli und die Zigarettenkippen von ihm stammen", murmelte er kleinlaut.

„Das schon, aber ein Beweis für den Mord wäre das auch nicht."

Langsam beruhigte sich Charlotte wieder.

Jetzt, wo es schon einmal passiert war, war sie auch

neugierig, ob es von Stettens DNA war, die in der Wohnung des Rauschgoldengels sichergestellt wurde.
Sie grinste Torsten vorwurfsvoll an. „Jetzt lässt du einfach ein Beweisstück mitgehen. Ich kann es nicht glauben. Wir sind doch hier nicht bei James Bond."
Torsten atmete erleichtert auf. Hatte er seine Chefin doch richtig eingeschätzt.
„Lass uns noch einmal zusammenfassen, was wir gegen Konstantin in der Hand haben."
„Es spricht vieles dafür, dass Konstantin von Stetten in Drogengeschäfte involviert ist. Vermutlich haben beide Opfer für ihn gearbeitet. Aus dieser Konstellation könnte ich blitzschnell ein Motiv basteln..."
„...was genauso blitzschnell von jedem drittklassigen Anwalt widerlegt werden würde."
„Richtig. Wir müssten sein Depot finden. Und ein ernstes Wort mit Frank Dix wechseln. Der steckt ganz sicher auch mit drin."
Es klopfte.
Matthias kam lautlos hereingerollt. Auf seinen Knien balancierte er verschiedene Papiere.
„Störe ich?"
„Naja, wir waren gerade kurz davor, dem Täter das Handwerk zu legen", flachste Charlotte. „aber das können wir gerne noch ein paar Minuten verschieben."
„Prima, ich habe ein paar interessante Neuigkeiten für euch."
Er legte die Unterlagen auf den Schreibtisch.
„Das hört sich doch vielversprechend an."
„Markus hat mir das für Torsten mitgegeben", begann er und reichte Torsten ein Papier. Dieser überflog kurz den Inhalt und blickte triumphierend auf.
„Ich hatte recht – die DNA stammt tatsächlich von unserem Schwaiger Geschäftsmann!"
„Das heißt aber auch, dass die Zigarettenkippe aus den Felsengängen von ihm stammt", fügte Charlotte entschlossen hinzu. „Ich will diesen Mann sofort hier haben. Das soll er uns erklären."

26

Eine Stunde später stürmte Konstantin von Stetten in Charlottes Büro, gefolgt von einem jungen Mann in schickem Anzug, blondem, nach hinten gekämmtem Haar und entschlossenem Gesichtsausdruck.
„Charlotte, ich verbitte mir...", begann er aufgebracht, doch sein junger Begleiter unterbrach ihn.
„Herr von Stetten, lassen Sie mich das machen."
Er schob sich energisch an seinem Mandanten vorbei, hielt Charlotte die Hand entgegen und stellte sich vor.
„Guten Tag, Frau Kommissarin, mein Name ist Korinth, Simson Korinth, ich vertrete Herrn von Stetten in allen Rechtsfragen. Ihre Kollegen haben meinen Mandanten genötigt, sofort hierher zu kommen, weil angeblich erdrückende Beweise gegen ihn vorliegen. Sie haben unsere Anwesenheit allein unserer Kooperationsbereitschaft zu verdanken, denn es muss Ihnen klar sein, dass wir alle Anschuldigungen entschieden zurückweisen. Mein Mandant ist ein unbescholtener Bürger, der nun bereits zum wiederholten Mal auf der Basis völlig haltloser Beweise mit kriminellen Machenschaften in Verbindung gebracht wird. Diese Anschuldigungen entbehren jeglicher rechtlicher Grundlage und rücken meinen Mandanten in ein..."
In diesem Moment wurde erneut die Bürotür schwungvoll aufgerissen. Kommissar Tilman Peter gab sich die Ehre.
„Frau Gerlach, ich sagte doch..., ach, guten Tag Herr von Stetten, Herr Simson..."
„Korinth, mein Name ist Korinth! Herr Tilman, ich dachte, Sie hätten mit Ihren Mitarbeitern bereits dieses..."
„Peter, mein Name ist Peter", fiel ihm wiederum der Kommissariatsleiter leicht angesäuert ins Wort. Die Blicke, die sich die beiden zuwarfen, zeugten nicht von überschäumender Sympathie.

„...natürlich, Herr Peter. Wie gesagt, ich war davon ausgegangen, sie hätten in Ihrem Team dieses unangenehme Missverständnis geklärt? Wie konnte es dann passieren, dass mein Mandant erneut von Uniformierten belästigt und gegen seinen Willen genötigt wurde, sich hier einzufinden wie ein Verbrecher? Wir werden rechtliche Schritte gegen Sie einleiten."
Charlotte hatte genug gehört. Entschlossen sprang sie auf, packte ihren Chef am Arm und zog ihn hinaus auf den Gang.
„Sie entschuldigen uns einen Augenblick, Herr Simson?"
„Korinth, mein Name ist Korinth...", hörte sie noch die aufgebrachte Stimme des Anwalts, bevor sie die Tür schloss.
„Frau Gerlach, was soll das?"
„Bitte kommen Sie", wies sie ihren Chef an, bugsierte ihn in ein kleines Besprechungszimmer und drückte ihn auf einen Stuhl.
„Was fällt Ihnen ein?", echauffierte er sich, doch Charlotte unterbrach ihn.
„Bitte, Herr Peter, geben Sie mir fünf Minuten, bitte!"
Sie visierte ihn so resolut an, dass er langsam seinen Mund wieder schloss und ihr fast unmerklich zunickte.
„Danke."
Sie setzte sich ihm gegenüber und holte tief Luft. Nur selten hatte sie bisher die Courage gehabt, ihm Contra zu geben, ihre Meinung gegen ihn durchzusetzen, sich mit einer solchen Bestimmtheit Gehör zu verschaffen.
Tilman Peter sah das offenbar auch so und war sichtlich überrascht.
„Ich weiß, dass es politisch und gesellschaftlich prekär ist, verdiente Mitglieder aus Wirtschaft, Politik und Kultur mit den Untiefen der kriminellen Szene in Verbindung zu bringen", holte Charlotte aus. „Leider sind die Herrschaften aber allein durch ihre Zugehörigkeit zu einer gewissen sozialen Schicht nicht automatisch dagegen gefeit, wenn Sie verstehen, was ich meine."
Tilman Peter blieb regungslos.
„Konstantin von Stetten ist der Geschäftsführer einer Discothek, in der nachweislich mit Drogen gehandelt wird. Mehrere Zeugen haben ausgesagt, er sei derjenige, der die

kleinen Dealer mit Stoff versorgt."
Keine Reaktion.
„Seine angebliche Verlobte, Chantal Moser, hat ausgesagt, er habe sie wiederholt körperlich misshandelt. Er hat ihre Hände mit Kabelbindern gefesselt."
Sie ließ ihre Worte wirken und fuhr fort.
„Wilfred Schlecht wurde vor seinem Tod auch mit Kabelbindern gefesselt."
„Weiter."
„Von Stetten hat einen Strafzettel bekommen – ausgestellt am Dienstag Abend um 19:30 Uhr in der Bergstraße."
„Ist das alles?"
„Ein Zeuge hat einen Streit zwischen ihm und Klaus Watzke beobachtet. Es ging um einen Job, den Watzke nicht ordnungsgemäß erledigt hatte. Er hat Watzke gedroht."
„Noch etwas?"
„Er hat keine Alibis für die Morde."
„Sie haben doch noch einen Trumpf im Ärmel."
Charlotte atmete tief ein.
„Die Spurensicherung hat seine DNA auf einem blutigen Pulli und in der Wohnung des ersten Opfers sichergestellt. Außerdem auf einer Zigarettenkippe, die in den Felsengängen gefunden wurde."
Kommissar Peter sah vorwurfsvoll auf.
„Woher haben Sie die Gegenprobe für den DNA-Test? Herr Metz sagte mir, Herr von Stetten sei noch nicht in unserer Datenbank registriert."
Charlotte hielt dem Blick ihres Chefs stand.
„Dafür brauchen wir Ihre Hilfe."
Die beiden starrten sich an. Man konnte förmlich spüren, wie in diesem lautlosen Machtkampf Blitze hin und her flogen, wie es in der Atmosphäre knisterte und brodelte.
„Was haben Sie getan?"
„Wir haben eine Kuchengabel aus seinem Haus an uns genommen und untersuchen lassen."
Tilman Peter zog vorwurfsvoll eine Augenbraue nach oben und bemühte sich, ruhig zu bleiben, was ihm Charlotte hoch anrechnete.
„Natürlich ohne seine Zustimmung, nehme ich an?"

Charlotte nickte.
„Und ich soll jetzt die Kohlen für Sie aus dem Feuer holen."
„Die DNA auf der Zigarettenkippe ist der erste richtige Beweis dafür, dass er am Tatort war."
Peter verschränkte die Arme vor der Brust.
„Frau Gerlach", begann er, „ich muss Ihnen nicht erklären, dass diese Aktion rechtlich nicht zu rechtfertigen ist und ich ein solches Vorgehen keinesfalls gutheißen kann."
Er machte eine Pause und sah seine Mitarbeiterin an, die ihm hoch erhobenen Hauptes gegenübersaß. Da war keine Unterwürfigkeit, kein schlechtes Gewissen, kein gesenkter Kopf. Die junge Kommissarin strahlte ein Selbstbewusstsein und eine Durchsetzungskraft aus, die ihn beeindruckte.
„Warten Sie hier."
Er verließ den Raum und ließ eine irritierte Charlotte zurück.
Sollte es wider Erwarten doch möglich sein, mit diesem Mann als Chef leben zu können?
Steckte womöglich doch mehr in ihm, als das, was er bisher gezeigt hatte?
War er etwa gerade dabei, sich gegen ein Mitglied der so genannten gehobenen Gesellschaft und damit hinter seine Mitarbeiterin zu stellen?
Sollte es tatsächlich so sein, würde Charlotte ernsthaft darüber nachdenken, den 19. Februar als privaten Feiertag im Kalender anzustreichen.
Wenige Minuten später kam er wieder zurück, stützte beide Arme auf der Tisch, beugte sich vor und blickte Charlotte streng an.
„Er ist bereit, eine offizielle Speichelprobe abzugeben."
„Wie haben Sie...?"
„Aber! Frau Kriminalhauptkommissarin Gerlach! Ich schätze Ihre Arbeit und möchte doch dringend darum bitten, in Zukunft von solch eigenmächtigen Aktionen Abstand zu nehmen. Haben Sie mich verstanden?"
Sein Blick schien sie durchbohren zu wollen.
„Ich sehe aber auch die erdrückende Beweislage", fuhr er fort und setzte sich. „Als ich ihm eine Durchsuchung seines gesamten Anwesens mit anschließender Pressekonferenz in Aussicht gestellt hatte, war er schnell bereit, eine

Speichelprobe abzugeben. Er leugnet allerdings, am Tatort gewesen zu sein. Angeblich hat er in engen Räumen Platzangst. Ich denke, Sie sollten sich noch einmal intensiv mit ihm unterhalten."
„Das werde ich tun", meinte Charlotte, stand auf und ging zur Tür. „Danke, Herr Peter."
„Frau Gerlach?"
„Ja?"
„Machen Sie weiter so."

Charlotte ging den Gang entlang und konnte es nicht fassen. Hatte sich ihr Chef gerade wirklich für sie eingesetzt? Eine nicht ganz legale Aktion gedeckt? Sie sogar für ihre Arbeit gelobt? Ungläubig schüttelte sie den Kopf, sammelte sich und betrat ihr Büro.
Konstantin von Stetten starrte sie mit hochrotem Kopf wütend an, während ein Mitarbeiter der Spurensicherung gerade dabei war, das Röhrchen mit der Speichelprobe einzupacken.
„Das wird ein Nachspiel haben", ergriff Simson Korinth das Wort, noch bevor sein Mandant etwas sagen konnte.
„Da gebe ich Ihnen recht, Herr Anwalt. Herr von Stetten wird mit mehreren Anzeigen zu rechnen haben. Da haben wir Verstöße gegen das Betäubungsmittelgesetz, schwere Körperverletzung und womöglich auch zweifachen Mord."
„Das können Sie nicht..."
„Herr Korinth!", fuhr im Konstantin von Stetten über den Mund. „Ich bin Ihnen wirklich sehr dankbar, dass Sie sich so für mich einsetzen, immerhin bekommen Sie auch ein ansehnliches Honorar dafür. Aber im Moment komme ich mit meiner alten Freundin Charlotte auch alleine zurecht. Wenn Sie uns bitte einen Augenblick entschuldigen würden?"
„Aber..."
„Bitte gehen Sie doch einen Kaffee trinken."
Simson Korinth fuhr sich mit den Händen durch sein dichtes Haar, schnappte seine Aktentasche und verließ widerwillig den Raum.
„Wenn Sie meinen..."

Die Tür fiel geräuschvoll ins Schloss.

„Was sollte jetzt diese Nummer mit der DNA?", fuhr er Charlotte an. „Was willst du mir noch alles anhängen? Körperverletzung? Mord?"

„Deine so genannte Verlobte war da und hat mir ihre Verletzungen gezeigt. Du bist zu weit gegangen! Damit kommst du nicht durch!"

„Ach, die kleine Schlampe soll sich nicht so aufblasen. Ihr konnten unsere Spielchen doch nie hart genug sein."

„Das glaubst du doch wohl selbst nicht", gab Charlotte angewidert zurück. „Ich werde dafür sorgen, dass du die nächsten Jahre hinter Gittern verbringen wirst."

„Das werden wir noch sehen!"

„Konstantin, du hast keine Alibis für die Tatzeiten der Morde, wohl aber ein Motiv."

„So? Und was soll das sein?"

„Ein Zeuge hat ausgesagt, du hättest Streit mit Klaus Watzke gehabt und hättest ihn bedroht. Es ging wohl um viel Geld."

„Deshalb bringe ich doch niemanden um."

„Wir haben eine Zigarettenkippe mit deiner DNA in den Felsengängen gefunden. Was hast du dort gemacht?"

Konstantin von Stetten schüttelte entschieden den Kopf.

„Ich war ganz sicher nicht dort unten! Ich habe Platzangst und halte diese Enge nicht aus."

„Und wie soll dann eine Kippe mit deiner DNA an den Tatort gekommen sein?"

Charlotte wurde allmählich ungeduldig, doch von Stetten ließ sich nicht verunsichern.

„Das weiß ich nicht. Vermutlich hat sie jemand absichtlich dort unten deponiert. Ich frage mich nur, wie ihr dazu kommt, einfach eine DNA-Probe von mir mitzunehmen. Ich werde mich an höchster Stelle über dich beschweren."

„Mein lieber Konstantin. Ich glaube nicht, dass du in der Position bist, dich über die Polizei zu beschweren. Klaus Watzke und Wilfred Schlecht haben für dich gearbeitet. Vielleicht sind sie dir unangenehm geworden? Haben zu viel Geld verlangt? Du hast die beiden in den Felsengängen erstochen."

„Nein! Ich habe niemanden getötet und ich war ganz sicher

nicht in diesen Verliesen. Und dass diese Herren für mich gearbeitet haben, musst du auch erst nachweisen. Ich lasse mir keinen Mord anhängen."
„Wo warst du denn zur Tatzeit? Warum lässt du dir von Chantal Moser ein falsches Alibi geben? Und wie kommt eine Kippe mit deiner DNA an den Tatort?"
„Ich war bei einer Freundin."
Seine Stimme bekam einen kleinlauten Unterton.
„Bei einer Freundin? Hat die einen Namen?"
„Nein..., ja..., natürlich, sie heißt Pussi."
„Wie bitte?"
„Was willst du denn hören?", brauste er auf. „Ich war im Puff!"
„Du schickst deine Verlobte nach Hause, um dich mit einer Prostituierten zu vergnügen? Das ist abartig!"
„Aber nicht verboten, Frau Kommissarin. Ich bin kein Mörder. Im Gegenteil!"
„Was soll das heißen?"
„Ich werde bedroht!"
„Bedroht? Du? Von wem?"
„Woher soll ich das wissen? Das herauszufinden ist Sache der Polizei."
„Wie sieht diese Bedrohung aus?"
Charlotte hatte Schwierigkeiten, die Aussage ernst zu nehmen. Ihr Hauptverdächtiger in zwei Mordfällen, der Drogenboss, der Frauen misshandelt, sollte ein Opfer sein?
„Da schleicht jemand um mein Haus."
„Weiter."
„Reicht das nicht? Es gibt da jemanden, der sich Zutritt zu meinem Grundstück verschafft! Ich fühle mich bedroht!"
„Kannst du die Person beschreiben?"
„Dunkle Kleidung, Mütze, ach, was weiß ich. Das könnte jeder sein. Ihr müsst mich beschützen!"
„Hat dich die Person direkt bedroht?"
„Was heißt da direkt bedroht? Ist das nicht bedrohlich genug? Da ist ein Stalker in meinem Garten. Außerdem bekomme ich eigenartige Anrufe."
Von Stettens Stimme überschlug sich. Entweder er spielte ihr etwas vor, oder er hatte tatsächlich Angst.

„Anrufe?"
„Ja, von einer unbekannten Nummer aus. Und wenn ich mich melde, höre ich nur jemanden atmen."
„Atmen?"
Charlotte wusste noch immer nicht, was sie von der Sache zu halten hatte.
„Was soll diese Fragerei? Da hat es jemand auf mich abgesehen. Ich habe als Bürger ein Recht darauf, von der Polizei beschützt zu werden!"
„Gut, das sehe ich auch so", lenkte Charlotte ein und lächelte ihr Gegenüber an. „Bei all den Indizien, die gegen dich sprechen, bekomme ich auf jeden Fall einen Durchsuchungsbeschluss vom Richter. Die Kollegen kommen dann zu dir, stellen dein Haus auf den Kopf, sehen sich im Zuge dessen natürlich auch deine Telefondaten an und beschützen dich vor allen Stalkern dieser Welt."

„Na, dein Schwaiger Geschäftsmann sah nicht gerade fröhlich aus", frotzelte Matthias, als er in Charlottes Büro gerollt kam.
„War er auch nicht", bestätigte die Kommissarin zufrieden. „Er hat mit einer Hausdurchsuchung und mehreren Anzeige zu rechnen. Außerdem wird er angeblich von einem Stalker bedroht."
„Aha! Ich vermute, man muss mit so etwas rechnen, wenn man sich dafür entscheidet, in diesen zweifelhaften Kreisen unterwegs zu sein."
Auch bei Matthias hielt sich offenbar das Mitgefühl in Grenzen.
„Ich habe endlich die Handyverbindungen des Opfers."
Charlotte nickte anerkennend. „Ich habe schon gar nicht mehr daran geglaubt."
„Jetzt halt mal die Luft an, Gnädigste", sagte Matthias beleidigt. „Versuche du mal in dem Wirrwarr von Prepaidhandys, Verträgen und verschiedenen Namen den richtigen Apparat rauszufinden. Dieser Mister Schlecht-Larsson-Rauschgoldengel wollte wohl partout nicht angerufen werden. Aber am Ende des Tages habe ich doch die richtige Nummer rausgefunden!", berichtete er mit

einem gewissen Stolz in der Stimme. „Sherlock Holmes wäre stolz auf mich gewesen."
„Gut gemacht", lobte Charlotte. „Hast du etwas entdeckt, was uns weiterbringt?"
„Ob es euch weiterbringt, kann ich nicht beurteilen, interessant ist es allemal."
Er beugte sich über die Einzelverbindungsnachweise.
„Die Tage vor seinem Tod hat er des Öfteren mit dieser Nummer hier telefoniert."
„Konstantin von Stetten", warf Charlotte ein.
„Aha, den kennt ihr wohl schon. Außerdem taucht immer wieder unser zweites Opfer auf: Klaus Watzke."
„Das wissen wir auch schon."
Matthias zog die Augenbrauen nach oben und zeigte auf eine Stelle in der Auflistung.
„Wilfred Schlecht war doch seit etwa Rosenmontag Nachmittag vermisst. Das hat zumindest deine Freundin gesagt."
„Ja, sie war mit ihm verabredet und er hat sie sitzen lassen. Dachten wir zumindest."
„Laut Obduktionsbericht hat er etwa 48 Stunden vor seinem Tod nichts gegessen und getrunken und war gefesselt. Wahrscheinlich irgendwo in den Felsengängen, wo kein Handyempfang ist. Also ab Montag Morgen."
„Worauf willst du hinaus?"
„Am Montag um 19:00 Uhr wurde von seinem Apparat aus eine SMS verschickt."
„Und du meinst, die kann er nicht selbst geschickt haben?"
„Genau das meine ich. In der Nacht zum Mittwoch ist er gegen Mitternacht verstorben. Danach wurde noch eine SMS verschickt. Gesendet am Mittwoch, den 17.02. um 16:20 Uhr."
„Das kann eigentlich nur heißen, dass..."
„Dass der Täter dem Rauschgoldengel das Handy abgenommen und sein nächstes Opfer per SMS in den Keller gelockt hat", vervollständigte Matthias den Satz.
„Und es ist gekommen, in der Meinung, die Nachricht kam von Wilfred Schlecht."
„So könnte es gewesen sein."

„An wen gingen die Nachrichten?"
„Die zweite ging an Klaus Watzke..."
„... der wenige Stunden später erstochen wurde. Und wer hat die andere bekommen?"
„Ein Mann namens Jürgen Frei."
„Den Namen habe ich noch nie gehört. Steht etwas über ihn in der Datenbank?"
„Er wird seit Dienstag Morgen vermisst."

27

„Was hat dieser Jürgen Frei mit der Sache zu tun?", überlegte Charlotte auf dem Weg in die Südstadt. „Matthias sagt, er sei ein unbescholtener Bürger, wie man so schön sagt. Er wohnt am Aufseßplatz und arbeitet auch dort in einer Bank."
„Und trotzdem könnte er etwas mit Drogen zu tun und vielleicht auch für unseren mutmaßlichen Drogenboss von Stetten gearbeitet haben", warf Torsten ein. Er hatte in den vergangenen Stunden mit den Mitarbeitern aus dem *Club 52* gesprochen, die die Aussage von Felix bestätigt und den Vorwurf, Konstantin von Stetten sei in Drogengeschäfte verwickelt, untermauert hatten.
„Vielleicht hat er aber auch gar nichts damit zu tun?"
„Und wurde zufällig von einem zweifachen Mörder per SMS kontaktiert? Das kann ich mir nicht vorstellen. Ich vermute, er ist das nächste Opfer."
„Oder der Täter."
Torsten blickte sie ungläubig von der Seite an. „Wie das?"
„Er hat vom Anschluss des Rauschgoldengels eine SMS bekommen, zu einer Zeit, als dieser vermutlich schon gefesselt war, das wissen wir aber nicht. Es ist reine Spekulation, dass der Täter die Nachrichten geschickt hat. Ein Unbekannter könnte Wilfred Schlecht in den Keller gelockt und eingesperrt haben. Er nimmt sein Handy und benachrichtigt Frei. Dieser kommt, überwältigt Herrn oder Frau Unbekannt, tötet Schlecht und schickt die SMS an Watzke."
„Möglich, aber meiner Meinung nach nicht sehr wahrscheinlich." Torsten war skeptisch. „Jürgen Frei wurde in den Keller gelockt – so nehme ich jetzt mal an – und..."
„Und? Wo ist er jetzt?"
„Keine Ahnung. Vielleicht noch unten?"

Charlotte raufte sich die Haare.

„Es ist zum Mäuse melken! Es werden immer mehr lose Enden. Man weiß gar nicht, welcher Spur man als nächstes folgen soll."

„Ich habe ja erst eine Mordermittlung mitgemacht", warf Torsten nüchtern ein, „aber ich dachte, das ist immer so."

„Ist es auch", stimmte Charlotte zu. „Das macht es aber auch nicht leichter."

Sie hatten den Aufseßplatz 25 erreicht und klingelten bei *Frei / Teuber*.

Matthias hatte gesagt, eine Frau Laura Teuber habe ihren Freund als vermisst gemeldet. Sie arbeite mit ihm zusammen in der gleichen Bankfiliale.

„Ja?", hörte man eine leise Stimme aus der Sprechanlage.

„Hallo, mein Name ist Gerlach von der Kripo Nürnberg. Wir würde gerne mit Ihnen sprechen."

„Zweiter Stock."

An der Wohnungstür wurden die beiden Beamten von einer hübschen jungen Frau in schickem Kostüm, mit blondem, hochgestecktem Haar und dezenter Schminke begrüßt. Lediglich die dunklen Schatten unter den Augen trübten das Bild. Offenbar war sie gerade erst von der Arbeit gekommen.

„Frau Teuber?"

„Ja, mein Name ist Laura Teuber, kommen Sie herein. Wissen Sie etwas von Jürgen?"

Sie führte die Polizisten ins Wohnzimmer.

Die Einrichtung war gemütlich und erinnerte Charlotte an die Wohnung von Klaus und Dagmar Watzke. Viele Einrichtungsgegenstände waren von Ikea und standen vermutlich in jeder Wohnung von Leuten um die 30.

„Das ist mein Kollege Klein. Frau Teuber, Sie haben Jürgen Frei als vermisst gemeldet?"

„Ja, ich mache mir solche Sorgen um ihn."

Ihre Augen füllten sich mit Tränen.

„Wann haben Sie ihn zum letzten Mal gesehen?"

„Am Montag Abend. Wir kamen von der Arbeit zurück und haben uns zusammen etwas gekocht. Während des Essens hat er eine SMS bekommen, die ihn sehr überrascht hat."

„Wie überrascht?"
„Er war verblüfft, wusste nicht so recht, was er damit anfangen sollte."
„Wissen Sie, was drin stand?"
„Nicht genau. Nur dass er sich mit einem alten Freund treffen sollte."
„Wann?"
„Um 21:00 Uhr."
„Das ist ungewöhnlich spät für ein Treffen."
„Fand ich auch, aber Jürgen wollte unbedingt hin. Er war etwas durcheinander."
„Hat Ihr Freund einen Namen genannt?"
„Nein, er meinte, ich würde ihn ohnehin nicht kennen. Was ist mit ihm? Ist etwas passiert?"
„Nein, wir wissen nicht, wo er ist. Wir wissen nur, von wem die SMS war. Hat Herr Frei gesagt, wo sie sich treffen wollten?"
„Nein. Er hat nur gesagt, dass er spätestens um 23:00 Uhr wieder zurück sein wollte. Aber er kam nicht. Ich dachte, er sei bestimmt mit diesem Freund noch etwas trinken gegangen, aber er war am nächsten Tag noch nicht zurück. Das Auto war weg, und ich konnte ihn nicht auf dem Handy erreichen. Am Nachmittag habe ich dann eine Vermisstenanzeige aufgegeben. Ich habe solche Angst, dass ihm etwas passiert ist! Es sind doch in dieser Woche schon zwei Männer umgebracht worden."
Sie brach in Tränen aus.
Charlotte konnte ihr nicht wirklich Mut machen, sah doch tatsächlich vieles danach aus, als sei auch Jürgen Frei ein Opfer. Schließlich hatte er die SMS früher bekommen, als Klaus Watzke – und der war schon tot.
Die Möglichkeit, Frei könne der Täter sein, würde sie nicht erwähnen.
„Frau Teuber. So lange wir Herrn Frei nicht gefunden haben, müssen wir zuversichtlich sein. Wir brauchen dringend nähere Informationen."
Laura Teuber wischte sich mit einem Taschentuch die Tränen ab, ungeachtet der Tatsache, dass sich dadurch die Schminke über ihr gesamtes Gesicht verteilte.

„Kennen Sie einen Klaus Watzke?"
„Ist das der, der die SMS geschrieben hat?"
„Dazu darf ich Ihnen leider nichts sagen. Kennen Sie ihn?"
„Nein."
„Wilfred Schlecht?"
Die junge Frau schüttelte den Kopf.
„Magnus Larsson?"
„Auch nicht."
„Frank Dix? Konstantin von Stetten?"
„Nein, die Namen sagen mir alle nichts."
Torsten zog einen Stapel Fotos aus der Tasche und legte sie auf den Couchtisch.
„Haben Sie einen der Männer schon einmal gesehen?"
Frau Teuber sah sich die Fotos an und deutete auf Konstantin von Stetten. „War der hier nicht einmal in der Zeitung?"
„Das kann gut sein. Kennen Sie ihn persönlich?"
„Nein, wer ist das?"
„Ein Geschäftsmann aus Schwaig", antwortete Charlotte ausweichend.
„Sind das die Gesichter zu den Namen, die Sie mir eben genannt haben?"
„Dazu dürfen wir leider auch nichts sagen. War Ihr Freund in letzter Zeit verändert? Aufgekratzter als sonst? War er öfter alleine unterwegs? Hatte er neue Freunde?"
„Warum fragen Sie das alles? Sie machen mir Angst! Was soll denn mit Jürgen anders gewesen sein? Er war wie immer. Ein liebevoller, ruhiger Mann. Nichts war anders als sonst. Frau Kommissarin – wir wollen nächstes Jahr heiraten. Wir wollen Kinder, verstehen Sie? Sie müssen ihn finden!"
„Bitte entschuldigen Sie, dass wir Ihnen diese Fragen stellen müssen, aber es ist wichtig für unsere Ermittlungen."
„Wieso Ermittlungen? Ich dachte, Sie sind von der Vermisstenstelle?"
„Wir sind nicht von der Vermisstenstelle." Charlotte scheute sich davor, den Begriff Mordkommission in den Mund zu nehmen, die Frau war schon verängstigt genug, doch wahrscheinlich blieb ihr nichts anderes übrig.

„Frau Teuber, wir sind von der Mordkommission und..."
„Mord?", kreischte die Frau entsetzt. „Heißt das...?"
„Das heißt erst einmal gar nichts. Ich weiß, es klingt bedrohlich, aber bisher spricht nichts dafür, dass ihr Freund..."
„Dass er tot ist? Umgebracht? Brutal ermordet?"
„Bitte bleiben Sie ruhig. Wir haben heute erfahren, dass die Handynummer von Herrn Frei in Zusammenhang mit einem Tötungsdelikt aufgetaucht ist. Jetzt ist es wichtig, dass wir möglichst viel über ihn erfahren. Dürfte sich mein Kollege bitte ihr Telefon ansehen?"
„Bitte", stimmte Laura Teuber zu und reichte Torsten den Apparat.
„Torsten, bitte sag Matthias Bescheid, er soll eine Fahndung nach Jürgen Frei und seinem Auto rausgeben", bat Charlotte. „Ist das Fahrzeug auf ihn zugelassen?"
Laura Teuber nickte. „Ein silberner Audi A3 mit Nürnberger Kennzeichen."
„Hat Ihr Freund irgendeinen Bezug zu den Felsengängen?"
„Zu den Felsengängen? Meinen Sie diese Gänge unterhalb der Burg?", fragte Laura Teuber irritiert.
„Ja. War er öfter dort?"
„Nein, nie! Er hat kein Interesse an Stadtführungen, aber was hat das mit seinem Verschwinden zu tun?"
„Wir müssen in alle Richtungen ermitteln", wich Charlotte erneut aus.
Die Frau tat ihr so leid. Sie saß zusammengesunken auf dem Sofa, die Schminke verschmiert, die Augen verweint und musste jederzeit damit rechnen, dass die Hochzeitspläne und die gesamte Zukunftsplanung hinfällig waren.
Doch es gab noch Hoffnung.
„Frau Teuber, hatte ihr Freund in letzter Zeit Streit mit jemandem? Gibt es jemanden, der einen Grund gehabt haben könnte, ihm etwas anzutun? Gab es außergewöhnliche Post oder sonst etwas, was anders war als sonst?"
„Nein, das sagte ich doch schon."
„Ich muss Sie das leider fragen. Wo waren Sie in der Nacht zum Aschermittwoch und in der Nacht auf Donnerstag?"
„Was soll das? Ich vermisse meinen Freund! Werde ich jetzt

etwa verdächtigt? Ich war hier neben meinem Telefon und habe gehofft, dass Sie anrufen und sagen, dass es Jürgen gut geht!"

„Es tut mir leid, Frau Teuber. Waren Sie alleine?"

„Nein, meine Freundin Klara war bei mir, ich wäre sonst durchgedreht. Sie kommt jetzt gleich wieder. Ich kann in der Situation nicht alleine sein."

„Das ist gut so. Vielen Dank für die Informationen. Es tut mit wirklich leid, dass ich Ihnen noch nicht mehr sagen konnte, aber wir halten Sie auf dem Laufenden."

Charlotte stand auf und legte ihre Visitenkarte auf den Tisch.

„Wir melden uns wieder."

28

„Lass uns für heute Feierabend machen", schlug Charlotte vor, als sie kurz darauf auf dem Weg zurück ins Präsidium waren. Sie hatten im Hinausgehen noch Laura Teubers Freundin getroffen, die ihre Aussage bestätigt hatte.
„Morgen sollten wir Herrn Dix noch einmal einen Besuch abstatten. Er hat beide Opfer gekannt und nimmt vermutlich selbst Crystal Meth. Ich kann mich täuschen, aber ich könnte mir vorstellen, dass er etwas über die Hintermänner weiß. Womöglich sagt er gegen Konstantin von Stetten aus."
„Einen Versuch ist es wert", pflichtete ihr Torsten bei. „Ich glaube auch, dass er mehr weiß, als er bisher gesagt hat."
„Hast du im Telefon von Jürgen Frei etwas gefunden?"
„Keiner der üblichen Verdächtigen ist im Telefonbuch gespeichert, keiner der ein- oder ausgehenden Anrufe ging zu einem von ihnen. Es sieht ganz danach aus, als habe er keinen Kontakt zu ihnen gehabt. Matthias hat mit Jürgen Freis Zahnarzt und Hausarzt gesprochen. Es gibt keine Hinweise auf schlechte Zähne oder einen schlechten Gesamtzustand."
„Also möglicherweise keine Drogen."
„Zumindest nicht so offensichtlich, wie bei Dix oder Watzke."
„Schlecht nahm auch nichts und war trotzdem ein Dealer", gab Charlotte zu bedenken.
Da spürte sie ein Vibrieren in der Hosentasche.
„Hallo, hier ist nochmal Laura Teuber. Ich habe noch etwas Wichtiges vergessen."
„Ja?"
„Jürgen ist Diabetiker! Er braucht Insulin!"
„Hatte er welches bei sich?"
„Ja, er hat eine Insulinpumpe, die immer für ein paar Tage

reicht", berichtete sie mit tränenerstickter Stimme. „Ich weiß aber nicht, wie voll sie am Montag noch war. Er braucht die Medikamente. Sie müssen ihn schnell finden. Bitte!"

„Wir tun, was wir können, Frau Teuber. Vielen Dank für die Information."

„Was hat sie gesagt?", wollte Torsten wissen.

„Jürgen Frei ist Diabetiker."

„Das macht die Situation nicht leichter."

Das Handy vibrierte erneut.

„Konstantin", stellte sie mit einem Blick auf das Display überrascht fest.

„Charlotte! Er ist wieder da!", tönte eine verzweifelte Stimme aus dem Apparat.

„Wer ist wieder da?"

„Der Stalker! Er steht in meinem Garten und hat einen großen Stein in der Hand. Charlotte! Ihr müsst sofort kommen! Der Typ greift mich an!!!"

„Wir sind auf dem Weg! Torsten! Wir müssen nach Schwaig. Schnell!"

Charlotte stellte ein Blaulicht auf das Autodach und rief Verstärkung, während Torsten mit quietschenden Reifen den Wagen wendete und mit Vollgas in Richtung Osten raste.

Zehn Minuten später hatten sie das Haus in Schwaig erreicht und sprangen aus dem Wagen. Das Tor stand einen Spalt offen, die Kamera war zerstört.

Charlotte zog ihre Dienstwaffe und stellte sich mit dem Rücken zur Mauer. Ihr Herz klopfte ihr bis zum Hals. Sie wusste nicht, wie sie die Situation einzuschätzen hatte, welche Gefahr von dem Mann ausging, ob es ihn überhaupt gab, oder ob alles nur der Fantasie des Hausherren entsprungen war. Was sollte sie tun?

„Los komm", flüsterte Torsten aufgeregt und war im Begriff, durch das Tor zu schlüpfen. „Worauf wartest du noch?"

„Torsten, nein!", pfiff sie ihren Praktikanten zurück. „Bleib hier!"

„Wir müssen uns beeilen, sonst ist der Typ über alle Berge!"

„Torsten!" Ihr Ton wurde schärfer. „Du wirst nicht da rein gehen! Wir haben keine Ahnung, was in dem Haus los ist.

Du bist unbewaffnet und ich habe die Verantwortung für dich! Wir warten auf Verstärkung."

Zu Charlottes Erleichterung hörte man bereits die Polizeisirenen. Mehrere Streifenwagen hielten vor dem Grundstück.

„Umstellt das Gelände", wies sie die Uniformierten an. „Drei Mann kommen mit mir. Torsten, du bleibst im Auto."

„Aber..."

„Nichts aber!" Charlotte blieb unerbittlich. „Das Risiko ist mir zu hoch."

Frustriert ging er zurück zum Wagen, während die Beamten geduckt mit gezückten Waffen durch das Tor auf das Gebäude zuliefen. Es war inzwischen dunkel geworden. Die Fenster des Hauses leuchteten hell zwischen den kahlen Ästen der Bäume hindurch.

Die Stille wirkte beängstigend.

Charlotte winkte zwei Kollegen zum Vordereingang, sie selbst nahm mit einem weiteren Polizisten den Weg über die Terrasse. Die Scheibe der riesigen Glasfront war zerbrochen, der Boden übersät mit Splittern. Dazwischen lag ein großer Pflasterstein.

Zumindest in diesem Punkt hatte Konstantin von Stetten die Wahrheit gesagt.

Aber wo war er?

Und wo war der Stalker?

Vorsichtig bahnten sie sich einen Weg in das riesige Wohnzimmer. Noch immer war kein Laut zu hören.

Charlottes Nerven waren zum Zerreißen gespannt.

„Polizei!", rief sie laut durch den Raum. „Kommen Sie mit erhobenen Händen heraus!"

Nichts geschah.

„Konstantin! Wo bist du? Aurora!"

Keine Antwort.

Sie spürte die Waffe in ihren schweißnassen Händen, hörte das Blut in ihren Ohren rauschen.

Der Tisch in der Mitte des Raumes war gedeckt, die Stühle standen an Ort und Stelle. Es sah nicht aus, als habe hier ein Kampf stattgefunden. Schritt für Schritt tasteten sich die beiden Beamten vor.

„Konstantin!", versuchte es Charlotte erneut.
Wieder war kein Laut zu hören.
Hatte man von Stetten etwa entführt?
„Die Küche", flüsterte sie ihrem Kollegen zu und wies mit dem Kopf auf eine Tür. Sie war nur angelehnt.
Beide stellten sich mit hoch erhobenen Waffen bereit. Charlotte trat die Tür mit dem Fuß auf und stürmte in den Raum.
Sie erschrak!
Auf dem Küchenboden lag Konstantin von Stetten. Seine Augen waren geschlossen, das Gesicht kalkweiß. Neben seinem Kopf breitete sich eine Blutlache aus.
„Konstantin!" Sie kniete sich zu dem Mann hinab und legte ihre Finger an seinen Hals.
„Er lebt. Rufen Sie einen Notarzt", forderte sie einen Beamten auf. „Und bleiben Sie bei ihm."

Torsten saß schimpfend und fluchend im Auto und fühlte sich wie ein trotziges kleines Kind. Man hatte ihn aussortiert, weggeschickt, in Sicherheit gebracht.
Er war noch zu klein!
Das war Sache der Erwachsenen!
Mit vorgeschobener Unterlippe und verschränkten Armen starrte er auf die Mauer, hinter der in diesem Moment die Polizeiarbeit ablief, die ihn am meisten faszinierte. Hier wurden Räume durchsucht und schließlich Verbrecher mit vorgehaltener Waffe gestellt, Handschellen angelegt und Schuldige abgeführt, all die aufregenden Dinge, die er wieder nicht erleben durfte.
Wütend und enttäuscht ließ er seine Faust auf das Armaturenbrett krachen.
Nein! Er konnte unmöglich still im Wagen sitzen bleiben. Das hielt er nicht aus!
Entschlossen stieg er aus und schloss leise die Tür. Er würde nur einmal durch das Tor spitzen, ob er etwas von den Geschehnissen im Haus sehen konnte. Langsam schlich er sich an und lauschte in den frühen Abend. Außer dem Rauschen der nahen Autobahn war nichts zu hören.
Keine Schüsse, keine Rufe, keine Schreie.

Sollte er es wagen? Sich näher an den Ort des Geschehens heranschleichen? Vielleicht konnte er ja doch helfen?

Er stand noch unentschlossen in der dunklen Toreinfahrt, als er plötzlich ein Geräusch wahrnahm. Da war ein Rascheln, Atmen, Kratzen. Es hörte sich an, als sei jemand dabei, über die Mauer zu klettern.

Torsten hielt die Luft an, presste sich dichter in den schützenden Mauervorsprung. Das war seine Chance! Er würde den Täter stellen!

Nur wenige Meter von ihm entfernt landete eine Person mit einem unterdrückten Schmerzensschrei auf dem Gehsteig. Torsten lugte vorsichtig um die Ecke.

Eine dunkel gekleidete Gestalt mit Wollmütze auf dem Kopf stand auf und stolperte die Straße entlang.

Jetzt sprang Torsten aus seiner Deckung hervor und sprintete hinterher.

„Stehenbleiben! Polizei!", schrie er, doch der Flüchtende kümmerte sich nicht darum und bog in ein kleines Waldstück ein. Hinter sich konnte er die Stimmen der Beamten hören, die Charlotte zur Bewachung des Geländes eingeteilt hatte.

Torsten nahm die Verfolgung auf, was im dichten Unterholz nicht ganz einfach war. Die Sichtverhältnisse waren schwierig, die dunkle Gestalt kaum noch sichtbar.

„Stehenbleiben!", brüllte Torsten erneut, verwundert darüber, wie leichtfüßig der Mann vor ihm durch den Wald rannte. Im diesem Moment verfing er sich mit einem Fuß in einer Wurzel und stürzte der Länge nach in eine Hecke. Spitze Dornen bohrten sich in Gesicht und Hände, doch er rappelte sich mühsam wieder auf.

Der Mann war nun weit voraus, die uniformierten Kollegen dicht hinter ihm. Er wurde wütend, sein Körper setzte Unmengen von Adrenalin frei.

Er würde den Täter stellen, sonst niemand!

Wild entschlossen stürmte er los, ignorierte die Wunden, die die Dornen hinterlassen hatten, visierte den dunklen Schatten vor sich an und hätte beinahe einen archaischen Kampfschrei durch den Wald schallen lassen.

Langsam näherte er sich dem Mann wieder, griff einer

Eingebung folgend nach einem dicken Ast und schleuderte ihn mit aller Kraft auf die Beine des Flüchtenden.
Getroffen!
Der Mann strauchelte und stürzte auf den Waldboden. Noch bevor er wieder aufstehen konnte, war Torsten über ihm, presste ihm seine Knie ins Kreuz und drehte die Arme auf den Rücken.
„Sie sind verhaftet!", stieß er keuchend hervor und legte ihm Handschellen an. Charlotte hatte noch gegrinst, als er darauf bestanden hatte, auch ein Paar Handschellen am Gürtel tragen zu wollen, wenn er schon keine Waffe bekam. Gut, dass er sich durchgesetzt hatte!
„Stehen Sie auf! Wer sind Sie?" Er half dem Mann auf die Beine und zog ihm die Mütze vom Kopf.
Trotz der Dunkelheit konnte er erkennen, um wen es sich handelte.

Charlotte kam gerade heraus auf die Straße, als der Rettungswagen vorfuhr. Es war niemand mehr im Haus gewesen, vom Stalker keine Spur. Konstantin von Stetten war noch immer bewusstlos. Er hatte viel Blut verloren. Es war fraglich, ob er die Nacht überleben würde. An einer Ecke der Arbeitsplatte waren Blutspuren zu erkennen gewesen. Es sah fast so aus, als habe sich der Hausherr die Kopfwunde durch einen Sturz auf die Ecke zugezogen, aber das war reine Spekulation.
Wichtig war es nun, den Mann zu finden, der die Scheibe eingeschlagen hatte.
„Charlotte!", hörte sie Torstens Stimme. „Wir haben ihn!"
Verwundert sah sie ihren Praktikanten, der gemeinsam mit drei Beamten und einer dunkel gekleideten Person auf sie zukam.
„Glückwunsch, Frau Gerlach, Ihr junger Kollege hat den Täter gestellt", berichtete einer der Polizisten und klopfte Torsten anerkennend auf die Schulter.
„Wie bitte?", staunte sie und näherte sich der kleinen Gruppe. „Du hast was?"
Torsten strahlte seine Chefin stolz an.
„Veni, vidi, vici! Ich kam, sah und siegte!"

Charlotte blickte ihn fragend an. „Bist du jetzt unter die Lateiner gegangen?"
„Habe ich dir noch nicht erzählt, dass ich überlegt hatte, Latein zu studieren?"
Charlotte schüttelte den Kopf und wandte sich dem Mann zu, der mit gesenktem Kopf neben ihr stand.
„Frank Dix, was machen Sie denn hier?"

Eine Stunde später saßen sie in einem der ungemütlichen Verhörzimmer des Präsidiums. Die Neonröhre an der Decke brummte ebenso wie Charlottes Kopf. Sie war todmüde, konnte sich kaum noch auf das Gespräch mit Frank Dix konzentrieren.
„Sie sagten, Sie wollten sich an Konstantin von Stetten rächen?", nahm Torsten den Faden auf. Er schien durch seine heldenhafte Aktion noch reichlich Adrenalin im Blut zu haben. Von Müdigkeit keine Spur.
„Das hab ich doch schon gesagt", erklärte Dix in einem jammernden Tonfall. „Er hat meiner Schwester Drogen verkauft – und jetzt ist sie tot!"
„Und deshalb stellen Sie dem Mann nach, werfen die Scheibe ein und verletzen ihn lebensbedrohlich?"
„Das war ein Unfall, jetzt glaubt mir doch endlich!", stöhnte Dix. Auch er wirkte so, als sei er zu keinem klaren Gedanken mehr fähig. Sein Gesicht war kalkweiß, Schweißtropfen rannen ihm die Schläfen herab, unter seinen Achseln bildeten sich dunkle Flecken, er begann zu zittern. Wie ein Häufchen Elend saß er mit glasigen Augen da und konnte sich nur mit Mühe auf seinem Stuhl halten. „Ich wollte dem feinen Herrn nur einen Schreck einjagen."
Er schniefte und wischte sich anschließend die Nase mit dem schmutzigen Ärmel seines Pullis ab. Auch die Jeans und die abgewetzte Jacke hätten dringend eine Wäsche nötig gehabt, ebenso wie der Mann selbst. Es ging ein so widerlicher Gestank von ihm aus, dass es Charlotte übel wurde.
„Kann ich jetzt gehen?"
„Herr Dix, ich schätze, Sie haben noch nicht ganz verstanden, in welcher Lage Sie sich befinden", fuhr Torsten ungerührt fort. „Sie haben einen Mann angegriffen und so

schwer verletzt, dass er jetzt auf der Intensivstation im Koma liegt. Das ist versuchter Mord! Da kann man nicht einfach nach Hause gehen."
Frank Dix blickte den jungen Polizisten entsetzt an.
„Versuchter Mord? Aber ich habe doch nur..."
„Sie haben sich gewaltsam Zutritt zum Haus Ihres Opfers verschafft und dafür gesorgt, dass jetzt ein Mensch mit dem Tode ringt. Ob Sie das genauso wollten, oder nicht, muss noch geklärt werden. Jedenfalls gehen Sie nicht mehr so schnell nach Hause."
„Aber ich muss doch..."
„So wie es aussieht haben Sie noch ein ganz anderes Problem - und das heißt Crystal Meth, habe ich recht?"
Frank Dix starrte ihn mit weit aufgerissenen Augen an.
„Wie nehmen Sie das Zeug?", schaltete sich nun Charlotte in das Gespräch ein. „Schlucken Sie es? Nein, dann dauert es viel zu lange, bis es wirkt. Sie brauchen den schnellen Kick! Wahrscheinlich kennen Sie die Nebenwirkungen, können sie ja bei jedem Blick in den Spiegel bewundern. Hatte Ihre Schwester auch keinen gesunden Zahn mehr im Mund?"
„Hör auf damit", schrie Frank Dix unvermittelt. „Isabella war ein tolles Mädchen! Sie wurde ermordet! Man hat ihr eine Überdosis verpasst! Sie konnte nichts dafür."
„Man kann immer etwas dafür, wenn man sich dafür entscheidet, Drogen zu nehmen. Es tut mir leid, was mit Ihrer Schwester passiert ist, aber Sie sind noch am Leben. Sie liegen noch nicht mit einer Überdosis im Blut in Ihrer ekelhaften Bude oder irgendwo anders. Sie haben auch noch kein Messer im Rücken."
„Was soll das heißen?" Frank Dix wurde immer blasser.
„Das soll heißen, dass der Tod von Wilfred Schlecht und Klaus Watzke, die Sie im Übrigen beide gekannt haben, aller Wahrscheinlichkeit nach mit der Drogenszene in Verbindung zu setzen ist. Ich denke, es wäre an der Zeit, uns alles zu erzählen, was Sie wissen."
„Aber ich weiß nichts von Drogen", versuchte es Dix erneut, doch Charlotte war mit ihrer Geduld am Ende.
„Gut, wenn Sie meinen. Dann bekommen Sie eine Anklage wegen versuchten Mordes und Drogenbesitzes. Ich bin

sicher, Sie haben gerade eine Ration in Ihrer Jacke. Soll ich nachsehen?"
Frank Dix schüttelte heftig den Kopf und legte schützend eine Hand auf seine Jackentasche.
„Bis zur Verhandlung können Sie nach Hause gehen, obwohl ich nicht sicher bin, ob Sie bis dahin überhaupt überleben und nicht vorher an einer Überdosis oder einem Messerstich gestorben sind. Erzählen Sie, was Sie wissen, dann wird Ihnen das vor Gericht angerechnet."
Frank Dix brach zusammen.
„Ich erzähle ja, was ich weiß, aber bitte – ich brauche jetzt was, sonst..."
„Sie brauchen jetzt gar nichts. Erst will ich Informationen."
Charlotte hatte keinerlei Mitleid mit diesem Mann, der da vor ihr saß – im Gegenteil. Sie sah angewidert auf den bebenden Körper hinab.
Wie konnte es nur sein, dass sich jemand so gehen ließ, sich so abhängig machte, sich erniedrigte?
Was hätte dieser Mann alles aus seinem Leben machen können? Jetzt saß er inmitten der Trümmer seines Lebens und wimmerte.
Erschreckend!
„Wer ist der Drahtzieher? Von wem bekommen Sie den Stoff?"
„Von..., ich weiß nicht..., ich kann nicht,...", stotterte Dix.
Charlotte packte ihn an beiden Schultern und schüttelte ihn.
„Natürlich wissen Sie es! Raus damit!"
„Willi und Klaus haben sich ordentliches Geld dazuverdient", begann er. „Es ging so einfach. Ich wollte das auch."
„Und?"
„Erst wollten sie nicht, aber dann haben sie mich mal zu einem Treffen mitgenommen."
„Wo war das?"
„In einem Wohnwagen draußen auf dem Campingplatz beim Stadion."
Charlotte warf Torsten einen bedeutungsvollen Blick zu.
Chantal hatte doch von einem Wohnwagen erzählt.
„Weiter! Was ist dann passiert?"

„Er hat mir gesagt, was ich zu tun habe."
„Wer ist ER? Jetzt reden Sie doch endlich!"
Frank Dix wand sich, fühlte sich zunehmend elend.
„WER?"
„Konstantin von Stetten."
„Also doch!", triumphierte Charlotte und ballte kurz die Faust. „Dann ist er derjenige, der den Stoff besorgt und an seine Leute verteilt."
Frank Dix nickte unglücklich.
„Was ist in diesem Wohnwagen noch passiert?"
„Nichts mehr. Er hat gesagt, ich würde zuerst mal probehalber Ware bekommen und dann, wenn es alles gut klappt, wären wir im Geschäft."
„Und? Hat es geklappt?"
„Nein, ich habe die Ware immer noch. Ich muss erst nach Kunden Ausschau halten."
„Ich vermute, Sie sind selbst Ihr bester Kunde."
Frank Dix' unglücklicher Blick sagte ihr, dass sie mit ihrer Vermutung richtig lag.
„Ich kann das nicht."
„Was können Sie nicht?"
„Na, Leute anquatschen und den Stoff verticken."
„Und er hat Sie damit unter Druck gesetzt?"
„Er wollte den Stoff zurück, aber..."
„Sie hatten selbst schon etwas davon konsumiert."
Frank Dix schlug sich beide Hände vor das Gesicht und schluchzte, doch Charlotte ließ ihn nicht vom Haken.
„Waren Sie deshalb heute bei ihm?"
Er nickte kaum merklich.
„Ich wollte, dass er mir mehr Zeit gibt, aber er blieb hart."
„Und dann haben Sie ihn mit dem Stein bedroht?"
„Er war plötzlich so klein und verletzlich. Er hatte richtig Angst vor mir."
„Was passierte dann?"
„In der Küche ist er dann gestolpert und rückwärts an die Ecke der Arbeitsplatte geknallt. Er hat sofort so stark geblutet, da bin ich abgehauen."
„Herr Dix, hatte Konstantin von Stetten ein Motiv, Schlecht und Watzke zu töten?"

„Lasst mich", jammerte Frank Dix, doch Charlotte gab nicht nach. Sie war dicht davor, endlich etwas gegen von Stetten in der Hand zu haben.
„Ich glaube, sie wollten mehr Geld."
„Wie kommen Sie darauf?"
„Als die Besprechung zu Ende war, haben sie mich aus dem Wohnwagen geschickt."
„Und Sie haben gelauscht?"
„Was willst du eigentlich? Stell dich mal neben einen Wohnwagen, wenn drinnen herumgebrüllt wird. Man versteht jedes Wort, ob man nun will oder nicht!"
„Wie hat von Stetten reagiert?"
„Wütend natürlich, was glaubst du denn. Als sie dann rauskamen, haben sie so komisch gegrinst. Klaus hat gesagt, die Polizei würde sich sicher über einen Tipp freuen."
„Sie wollten ihn auffliegen lassen?" Charlotte riss die Augen auf. „Aber dann wären sie doch selbst dran gewesen."
„Aber er auch."
„Wo waren Sie am Montag- und Dienstagabend?"
„Soll ich jetzt die beiden auf dem Gewissen haben, oder was?"
„Sagen Sie doch einfach, wo Sie waren."
„In meiner Stammkneipe, das könnt ihr nachprüfen."
„Das werden wir. Eine Frage noch: Was ist mit Jürgen Frei?"
„Den kenne ich wirklich nicht, das musst du mir glauben. Ich habe den Namen noch nie gehört! Das war's. Mehr weiß ich nicht. Lasst mich jetzt in Ruhe!"
Charlotte schaltete das Aufnahmegerät aus und stand auf. „Na gut. Ich sag den Kollegen Bescheid, dass sie Sie in Ihre Zelle bringen." Sie warf ihm einen vielsagenden Blick zu. „Reichen zehn Minuten?"
Zurück in ihrem Büro atmeten Charlotte und Torsten tief durch.
„Wusste ich es doch", stellte Charlotte zufrieden fest. „Von Stetten hängt bis zum Hals in Drogengeschäften drin. Ich sag den Kollegen vom Drogendezernat Bescheid. Die sollen sich mal Chantals Wohnwagen ansehen. Dafür sitzt er mehrere Jahre."

„Als zweifacher Mörder noch länger", ergänzte Torsten. „Ein Motiv hätte er allemal."
„Vieles spricht dafür, aber einen eindeutigen Beweis haben wir noch immer nicht. Außerdem ist mir noch völlig rätselhaft, was es mit Jürgen Frei auf sich hat. Wissen wir schon etwas von seinem Auto?"
Torsten schaute auf sein Handy.
„Matthias hat tatsächlich eine SMS geschickt. Sie haben Freis Wagen gefunden. Er steht in der Oberen Krämersgasse unterhalb der Burg. Unter seinem Scheibenwischer klemmen mehrere Strafzettel. Der erste stammt vom Dienstag Nachmittag."
„Dann ist er vermutlich am Montag Abend direkt dorthin gefahren, hat seinen Wagen geparkt und ist wohin gegangen?"
„In die Felsengänge?"
„Das könnte sein, muss aber nicht! Im Burgviertel gibt es so viele Kneipen, in denen man sich treffen kann."
Sie stöhnte. „Wir müssen in jeder Kneipe, in jedem Restaurant und jeder Bar nachfragen, ob Jürgen Frei am Montagabend dort gesehen wurde. Torsten – wir brauchen schon wieder Verstärkung."

29

Der Samstag begann vielversprechend. Nach dem vielen Grau des vergangenen Tages stand die Sonne am tiefblauen Himmel und vermittelte einen Hauch von Frühling – aber nur dann, wenn man von der gut geheizten Wohnung nach draußen blickte. Sobald man im Freien war, wurde einem schnell klar, dass 4°C noch wenig mit Frühling zu tun hatten. Der frische Wind drückte die Temperatur nochmals weiter nach unten. Nach Aussage der Meteorologen würde zwar gegen Ende des Monats angeblich die 15°C-Marke erreicht werden, doch das konnte sich im Augenblick niemand so recht vorstellen.
Attila zog sich die Mütze tiefer ins Gesicht und steckte die Hände in die Jackentaschen. Seine Bestellungen waren erledigt, die Buchhaltung auf dem neuesten Stand, die Ablage abgearbeitet. Mariella würde zwei Stunden ohne ihn auskommen, denn er wollte endlich etwas erledigen, was ihm schon eine Weile auf der Seele lag.
Er wollte Frau Schlenk besuchen und sehen, wie es ihr nach dem Schock im Keller und dem anschließenden Krankenhausaufenthalt ging. Wie er gehört hatte, sei sie bereits seit gestern wieder zu Hause und freue sich über seinen Besuch. Von seiner Wohnung am Trödelmarkt war es bis zur Agnesgasse nur ein Fußmarsch von wenigen Minuten, was er an diesem wundervollen Morgen beinahe etwas bedauerte.
Der Parkplatz vom Augustinerhof füllte sich langsam, die ersten Touristengruppen strömten zur Sebalduskirche, Asiaten mit Fotoapparaten und Tüten voller Lebkuchen waren auf dem Weg zum Hauptmarkt.
Die Nürnberger Altstadt erwachte.
Attila lebte seit einigen Jahren mit Mariella in einer wunderschönen Wohnung auf der Trödelmarktinsel, die

zwar nahe am Hauptmarkt und trotzdem etwas abseits der Touristenströme lag.
Südlich des Trödelmarktes begann die Fußgängerzone in der Lorenzer Altstadt mit all ihren Geschäften und Einkaufszentren, ein Teil der Altstadt, den Attila nur im äußersten Notfall betrat. All diese Menschen, die sich am Samstag mit unzähligen Plastiktüten beladen durch die Enge der so genannten Breiten Gasse zwängten, überforderten ihn mittlerweile. Überall Hektik, Eile, Stress, quengelnde Kinder, genervte Mütter, ungeduldige Väter.
Wie wohltuend war es da, über den Hauptmarkt in Richtung Norden in die Sebalder Altstadt zu schlendern. Hier waren Menschen aus der ganzen Welt unterwegs, aufmerksam einem Stadtführer lauschend, bewundernd die Sehenswürdigkeiten fotografierend oder interessiert im Stadtplan blätternd.
Und das mit viel Zeit, Ruhe und Muße.
Attila liebte es, sich unter all die fremdländischen Leute zu mischen und zu wissen, dass er hier lebte, hier in dieser Stadt zu Hause war. Manchmal wurde er auch etwas gefragt, schickte die Besucher zum Dürer-Haus, zum *Schönen Brunnen*, zum Hauptmarkt oder zu einem kleinen, netten Café auf dem Trödelmarkt.
Die Agnesgasse war eine schmale Gasse mit dreistöckigen, überwiegend aus der Nachkriegszeit stammenden Häusern und einem relativ neu gebauten Hotel. Schnell hatte Attila die Hausnummer 11 gefunden, ein renovierungsbedürftiger Altbau, dessen Erdgeschoss und erster Stock aus Sandstein, die oberen Etagen aus Fachwerk bestanden. Man konnte sich gut vorstellen, dass der Keller dieses Gebäudes bis heute noch einen Zugang zu den Felsengängen hatte.
Er klingelte bei *Schlenk* und wurde sofort hereingelassen. Offenbar hatte ihn die alte Dame bereits erwartet.
„Wie schön, dass Sie mich besuchen", begrüßte sie ihn bereits an der Wohnungstür. Sie sah nicht so aus, als sei sie erst aus dem Krankenhaus gekommen – im Gegenteil. Sie trug ein braunes Kleid mit Paillettenstickerei, eine blickdichte Strumpfhose und ein farbenfrohes Tuch um den Hals. Die Haare waren frisch gewaschen und auftoupiert, als

sei sie frisch beim Friseur gewesen.
Die Wohnung vermittelte beinahe ein aristokratisches Flair mit Ölgemälden an den Wänden, teuer aussehenden antiken Möbelstücken und schweren Brokatvorhängen. Würde im Wohnzimmer neben der dunklen, edlen Standuhr auch eine Ritterrüstung stehen, hätte sich Attila kein bisschen gewundert.
Alles hatte Stil – wie auch die Bewohnerin selbst.
„Bitte kommen Sie doch. Ich habe Tee und Gebäck vorbereitet."
„Sehr freundlich von Ihnen", antwortete Attila beeindruckt und setzte sich ehrfürchtig auf das hochlehnige, mit grüngoldenem Samt bezogene Sofa. Er wagte nicht, sich anzulehnen, könnte doch der wertvolle Stoff dadurch Schaden erleiden.
„Sie können sich ruhig bequem hinsetzen", fordert ihn Frau Schlenk fröhlich auf. „Das Ding ist uralt, genauso wie der ganze andere Kram hier."
Attila zog erstaunt die Augenbrauen nach oben.
„Johann, mein Mann, hatte all das von seinem Vater geerbt und hing sehr daran. Jetzt ist er seit über acht Jahren tot und ich kann mich noch immer nicht von den Sachen trennen. Es stecken sehr viele Erinnerungen darin", setzte sie wehmütig hinzu. „Darf ich Ihnen eingießen?"
„Sehr gerne, danke."
Frau Schlenk goss aus einer schnörkeligen, bauchigen Kanne dampfenden Tee in eine ebenso schnörkelige, filigrane Porzellantasse. Behutsam nahm Attila das edle Stück in die Hand, fürchtete, die heiße Flüssigkeit könne die millimeterdünne Wand der Tasse sprengen, aber nichts dergleichen geschah.
„Zucker? Ein kleines Gebäckstück?"
„Sie haben sich viel Mühe gegeben", sagte Attila bewundernd, ließ etwas Zucker in seine Tasse rieseln und nahm einen der köstlich aussehenden Kekse. „Wissen Sie, meine Frau backt auch leidenschaftlich gerne. Kennen Sie Cantuccini?"
„Aber mein Herr", rief sie entrüstet, „ich bin Fachfrau auf diesem Gebiet. Ich habe schon über 300 verschiedene

Rezepte ausprobiert. Wissen Sie, ich experimentiere mit den unterschiedlichsten Gewürzen, Früchten, Mehlsorten, Nüssen oder anderen Zutaten. Von meinen Reisen nach Amsterdam bringe ich oft etwas Hasch mit." Sie zwinkerte ihren Gast verschmitzt an. „Diese Plätzchen gibt es dann zu besonderen Anlässen."
„Wie bitte?" Attila riss ungläubig die Augen auf.
„Der Sanitäter im Krankenwagen hat mir erzählt, dass Sie früher einmal bei der Polizei waren, aber ich gehe davon aus, dass Sie mich nicht verraten, oder?"
Attila lächelte. Er fühlte sich wohl hier in dieser Wohnung, die eingerichtet war wie ein altes Schloss, gemeinsam mit einer älteren Dame, die Haschkekse backte. Er war hier offensichtlich goldrichtig.
„Warum haben Sie denn bei der Polizei aufgehört? Sie sind doch noch so jung."
„Das haben Sie schön gesagt", freute er sich. „Ich hatte einfach genug von Mord und Totschlag und habe mir einen langjährigen Traum erfüllt und eine kleine Espressobar eröffnet. Sie müssen unbedingt einmal zu uns kommen."
„Das werde ich sicher tun."
Sie nippte an ihrem Tee.
„Ja, ja, ich kann sehr gut verstehen, dass Ihnen die Arbeit mit Verbrechen und Tod zu viel geworden ist", fuhr sie fort. „Irgendwann kann man das nicht mehr aushalten. Es ist ja auch wirklich fürchterlich, was mit den armen Burschen passiert ist. Ich habe jetzt erst erfahren, wer die Toten waren. Es waren so nette Buben."
Attila blickte überrascht auf.
„Sie kannten die beiden?"
„Aber natürlich kannte ich Wilfred und Klaus, schließlich sind sie hier im Nachbarhaus aufgewachsen. Damals kannte man die Leute aus der Nachbarschaft noch, da war es nicht so anonym wie heute."
„Das ist ja interessant", gab Attila zu. „Haben Sie meiner Kollegin, ich meine natürlich meiner Ex-Kollegin davon erzählt?"
„Wo denken Sie hin. Erstens habe ich es selbst erst gestern erfahren – wissen Sie, die stille Post im Haus funktioniert

immer noch – und zweitens hat mich keiner danach gefragt."
„Erzählen Sie mir von den beiden. Waren sie befreundet?"
„Befreundet ist gar kein Ausdruck. Sie waren wie Brüder, hingen immer zusammen, haben alles zu dritt gemacht."
„Zu dritt?"
„Oh, sagte ich nicht bereits, dass noch ein Junge dabei war?"
„Nein, Sie hatten bisher nur von Wilfred Schlecht und Klaus Watzke gesprochen. Wie hieß der Dritte?"
„Jürgen. Jürgen Frei. Die drei haben dauernd etwas angestellt, waren richtige Lausbuben, aber sehr liebenswert."
„Was ist aus ihnen geworden?"
„Das weiß ich nicht. Plötzlich waren sie groß und jeder ist seiner Wege gegangen. Manchmal habe ich einen von ihnen gesehen, wenn er seine Eltern besucht hat oder hier im Burgviertel war."
„Leben die Eltern noch hier?"
Frau Schlenk seufzte. „Nein, leider nicht. Die Schlechts haben sich getrennt und sind fortgezogen, die Mutter von Klaus war alleinerziehend und hat irgendwann einen Mann kennengelernt und die Eltern von Jürgen sind beide an Krebs gestorben. Schade, es waren so nette Leute."
„Ich muss diese Informationen an Frau Gerlach weitergeben. Vermutlich wird sie sich mit Ihnen in Verbindung setzen. Ist das in Ordnung für Sie?"
„Aber natürlich, junger Mann. Ich helfe gerne, aber ich bin alt und mein Gedächtnis lässt mich manchmal im Stich."
„Fällt Ihnen noch etwas ein, was wichtig sein könnte? Haben die drei Jungs früher auch in den Felsengängen gespielt?"
„Aber natürlich", lächelte die alte Dame, ganz in Erinnerung schwelgend. „Das war doch aufregend für die jungen Burschen. Hier im Haus gibt es bis heute einen Zugang zu den Gewölben." Sie blickte verlegen auf ihre Tasse. „Ich gehe doch selbst manchmal noch dort unten spazieren. Die Ruhe und Abgeschiedenheit ist einzigartig."
„Wissen Sie, was die Jungen dort gemacht haben? Hatten sie vielleicht einen geheimen Raum, in dem sie sich öfter aufgehalten haben?"
„Herr Attila, Herr Attila", schmunzelte Frau Schlenk, „Sie sind aber neugierig. In Ihrem Herzen sind Sie noch Polizist,

oder?"

„Sie haben recht", räumte Attila ein. „Ich kann nicht ganz aus meiner Haut."

„Das macht doch nichts. Ich erzähle Ihnen gerne, was ich weiß. Ob die Burschen einen geheimen Treffpunkt hatten, weiß ich nicht, ich könnte es mir aber denken. Wir als Kinder hatten jedenfalls einen", erzählte sie. „So kurz nach dem Krieg war die ganze Stadt zerstört, für uns Kinder ein riesiger Abenteuerspielplatz – in den Trümmern und darunter. Es gab natürlich auch viel Leid und Elend, aber als unsere Eltern wieder Arbeit hatten und das Leben wieder begann, waren wir dort unten so oft es ging. Wir durften es zwar nicht, aber was kümmern einen elterliche Verbote, wenn man jung ist? Ich glaube, Klaus und seine Freunde haben auch viel Zeit unter Tage verbracht."

Das waren wirklich interessante Informationen. Charlotte hatte gesagt, die beiden Opfer kannten sich über ihre Drogengeschäfte. Dass sie auch Sandkastenfreunde, hier im Burgviertel aufgewachsen und in ihrer Jugend oft in den Felsengängen gewesen waren, könnte ein ganz neues Bild auf den Fall werfen.

Doch was war mit Jürgen Frei?

Er war damals der Dritte im Bunde. Von ihm war bisher noch nicht die Rede gewesen, zumindest hatte Charlotte den Namen bislang noch nicht erwähnt.

„Bitte entschuldigen Sie, Frau Schlenk. Ich müsste schnell im Präsidium anrufen. Ich bin gleich wieder bei Ihnen."

Attila verließ die Wohnung, zog sein Handy aus der Tasche und wählte noch auf der Treppe Charlottes Nummer.

Sie meldete sich nach dem dritten Klingeln.

„Attila. Was gibt es?", fragte sie müde.

„Was ist los? Du klingst erschöpft. Und das an einem so herrlichen Samstag Vormittag."

Sie seufzte.

„Ich habe nur wenige Stunden geschlafen. Wir haben gestern bis tief in die Nacht alle Restaurants, Kneipen und Bars in der Sebalder Altstadt abgeklappert. Außerdem hat sich Torsten eine wilde Verfolgungsjagd geliefert."

Sie berichtete ihm kurz von ihrer vergeblichen Suche nach

Jürgen Frei und der belastenden Aussage von Frank Dix.
„Dann wandert der Exmann deiner Freundin ja vermutlich für eine längere Zeit ins Gefängnis. Ich vermute, er hätte es verdient. Ist er auch der Mörder?"
„Wir haben immer mehr Indizien, aber noch keinen echten Beweis. Was ist mit dir? Wo bist du und warum zitterst du so?"
„Ich stehe in der Agnesgasse vor dem Haus, in dem Frau Schlenk wohnt."
„Sollte ich die Frau kennen?"
„Sie hat Klaus Watzkes Leiche gefunden."
„Ach ja, richtig. Die ältere Dame, die immer auf eigene Faust in den Kellern herumstreift."
„Genau die. Ich dachte, ich besuche sie und sehe, wie es ihr nach diesem aufwühlenden Ereignis geht."
„Und?"
„Sie ist wohlauf und hat mir etwas sehr Interessantes erzählt. Es geht um den Mann, den ihr gestern Abend gesucht habt."
„Jürgen Frei?" Charlotte horchte auf. „Attila, ich schalte den Freisprecher an, dass Torsten auch mithören kann, ist das in Ordnung?"
„Natürlich! Guten Morgen, Torsten!"
„Hallo, Attila!", hörte er Torstens Stimme aus dem Hintergrund. „Ich hoffe, du hast bahnbrechende Neuigkeiten für uns. Wir könnten im Moment ein Erfolgserlebnis gut gebrauchen."
„Ob es bahnbrechend ist, müsst ihr einschätzen. Frau Schlenk hat erzählt, dass Wilfred Schlecht, Klaus Watzke und Jürgen Frei in der Agnesgasse aufgewachsen sind und beste Freunde waren. Ein unzertrennliches Trio, das das Viertel mit reichlich Lausbubenstreichen versorgt hat und auch regelmäßig in den Felsengängen unterwegs war."
„Attila, das ist es!", rief Charlotte aufgeregt. „Das ist der Zusammenhang, nach dem wir die ganze Zeit gesucht haben. Die drei waren Sandkastenfreunde. Wahrscheinlich hatten sie ein Geheimversteck im Keller."
„Danach habe ich Frau Schlenk auch gefragt. Sie könnte es sich gut vorstellen, vor allem weil es von ihrem Haus aus einen inoffiziellen Zugang zu der Anlage gibt. Genaues weiß

sie aber nicht."

„Ich bin mir sicher, dass es dieses Versteck gibt und dass Jürgen Frei dort gefangen gehalten wird."

Charlottes Puls beschleunigte sich.

Endlich hatten sie eine aussichtsreiche Spur!

„Aber wie wollt ihr den Raum finden?", gab Attila zu bedenken.

„Das ist tatsächlich ein Problem. Guido Baumgart meinte, es gebe bis heute keine vollständige, aktuelle Karte aller Gänge, Räume und Durchbrüche. Immerhin ziehen sich die Keller über die gesamte nördliche Altstadt. Das Versteck könnte überall sein. Wir müssen Jürgen Frei finden! Der Mann hat laut Aussage seiner Freundin Diabetes und braucht Insulin. Attila, die Zeit läuft uns davon!"

„Vielleicht könntet ihr von ehemaligen Klassenkameraden oder Lehrern mehr über das Trio erfahren?"

„Gute Idee! Vielen Dank für die Info. Wir müssen jetzt ins Klinikum fahren. Konstantin ist vor kurzem aus dem Koma erwacht. Ich habe die Hoffnung, dass er den Aufenthaltsort von Jürgen Frei kennt."

„Viel Erfolg, Charlotte."

30

Aufgewühlt und unruhig saß Charlotte auf dem Beifahrersitz und starrte aus dem Fenster. Irgendwo war Jürgen Frei gefangen, von aller Welt verlassen, womöglich gefesselt oder gequält, ohne das lebensrettende Insulin.
Oder er war doch der Täter, führte sie seit Tagen an der Nase herum, saß längst im sonnigen Süden und genoss sein Leben.
Aber würde er das seiner Freundin antun? Vielleicht hatte auch er ein Doppelleben geführt wie Klaus Watzke? Bisher waren allerdings noch keine diesbezüglichen Hinweise aufgetaucht.
Dafür stand inzwischen eindeutig fest, dass Konstantin von Stetten umso mehr in Drogengeschäfte verwickelt war. Die Kollegen hatten in Chantals Wohnwagen erhebliche Mengen Crystal Meth sichergestellt. Es hatten sich auch noch mehr Kleindealer gefunden, die mit der Aussicht auf Hafterleichterung zu einer belastenden Aussage gegen ihn zu überzeugen gewesen waren.
Für die Kollegen vom Drogendezernat war Konstantin von Stetten ein großer Fisch, dem sie lange nichts hatten nachweisen können. Dementsprechend war die Stimmung dort euphorisch. Anders als bei der Mordkommission.
Charlotte konnte sich nicht vorstellen, dass es gelingen würde, ihm auch die beiden Morde nachzuweisen, doch womöglich hatten die Taten gar nichts mit der Drogenszene zu tun.
Die Tatsache, dass sich die drei Männer aus ihrer Kindheit gekannt hatten, war eine neue vielversprechende Spur. Vielleicht lag das Motiv für die Taten schon 20 Jahre zurück? Matthias hatte versprochen, sich um die ehemaligen Schulkameraden und Lehrer zu kümmern.
„Denkst du, Konstantin von Stetten weiß, wo Jürgen Frei

ist?", durchbrach Torsten die Stille im Auto.
„Keine Ahnung. Wir haben noch immer keinen zwingenden Beweis dafür, dass er zur Tatzeit in den Kellern war."
Sie bogen in den Parkplatz des Klinikums ein und stellten den Wagen ab. Auf dem Weg in das Gebäude piepste Torstens Handy. „Eine Nachricht von Matthias."
Er warf einen Blick auf das Display und hielt es Charlotte entgegen. „Vielleicht könnte das der Beweis sein?"
Sie starrte auf den winzigen Bildschirm. Es war ein Foto. Sie hielt den Apparat etwas weiter weg und kniff die Augen zusammen. Ein Bußgeldbescheid.
Torsten nahm das Handy wieder an sich.
„Herr von Stetten wurde in der Nacht von Dienstag auf Mittwoch im Burgviertel im Nachtfahrverbot erwischt. Damit hätten wir einen Beweis dafür, dass er in der ersten Mordnacht in der Nähe des Tatortes war."
Überrascht zog Charlotte eine Augenbraue nach oben. „Sieh mal einer an. Ich bin gespannt, was er dazu zu sagen hat."

Auf der Intensivstation war es still. Schwestern und Pfleger huschten lautlos in ihren weißen Clogs über das Linoleum, man hörte lediglich das Piepsen unzähliger Geräte. Die Luft war angefüllt vom Geruch nach Desinfektionsmittel und Seife. Charlotte und Torsten standen in grünen Kitteln mit blauen Plastiktüten an den Füßen und einem Häubchen auf dem Kopf neben Konstantin von Stettens Bett.
Wüsste man nicht, was sich dieser Mann schon alles hatte zu Schulden kommen lassen, könnte er einem wirklich leid tun. Unzählige Schläuche, Kabel und Sonden führten in ihn hinein und aus ihm heraus, sein Kopf war dick verbunden, die Augen geschlossen.
Doch trotz allem hielt sich Charlottes Mitleid in Grenzen. Sie hatte gesehen, was er mit Sandra angestellt und wie er Chantal gequält hatte. Wenn sie ehrlich war, spürte sie sogar so etwas wie Genugtuung, was sie aber nie zugeben würde.
„Konstantin?", rief sie ihn leise. Der Arzt hatte ihnen nur fünf Minuten gegeben. Der Patient sei sehr schwach und schwebe noch immer in Lebensgefahr.
Unendlich langsam schlug er die Augen auf.

„Oh", stieß er mühsam hervor. „Hoher Besuch. Was führt dich zu mir?"
Wie es schien, hatte sein provokatives Wesen keinen bleibenden Schaden genommen.
„Lass das, Konstantin", fuhr sie ihn ungeduldig an. „Du weißt genau, weshalb wir hier sind."
„Habt ihr den Kerl, der mich umbringen wollte?"
„Nach seiner Aussage war es ein Unfall."
„Unfall? Er hat mich mit einem Stein bedroht und dann umgestoßen. Der Mann gehört hinter Gitter."
Konstantin von Stetten atmete schwer. Das Gespräch schien ihn sehr anzustrengen.
„Du kanntest ihn."
„Kann sein, dass ich ihn schon einmal gesehen habe."
Charlotte lächelte. „Selbst in dieser Lage bist du noch der gleiche überhebliche Typ, der glaubt, alle würden nach seiner Pfeife tanzen. Vielleicht interessiert es dich zu erfahren, dass sich die Kollegen vom Drogendezernat schon auf dich freuen. Sie haben genug Stoff in Chantals Wohnwagen gefunden, um dich für einige Jahre aus dem Verkehr zu ziehen. Außerdem haben wir ausreichend Aussagen von ehemaligen..., nennen wir sie Mitarbeiter von dir. Es ist nicht sehr angenehm, was wir da über dich erfahren haben."
Konstantin von Stetten schwieg.
„Wo ist Jürgen Frei? Hast du ihn auch umgebracht, oder hältst du ihn irgendwo gefangen?"
„Ich habe dir schon gesagt, dass ich niemanden umgebracht habe, meine Liebe", flüsterte er angestrengt.
„Wo ist Jürgen Frei?"
„Wer soll das sein?"
„Was hast du in der Nacht zum Aschermittwoch im Burgviertel gemacht?"
„Ach natürlich, der Bußgeldbescheid. Ich dachte mir schon, dass ihr mich danach fragt."
Jedes Wort kostete den Patienten unendliche Anstrengung.
„Was hast du dort gemacht? Bist du hinunter in die Felsengänge und hast den Rauschgoldengel erstochen?"
„Ich habe niemanden erstochen."

„Was hast du gemacht?"
„Geschäfte."
„Mit wem? Wo?"
„Im *Kaiserkeller*", hauchte er noch und schlief dann ein. Das Piepsen der Gerätschaften wurde lauter. Ein Pfleger stürzte herein.
„Bitte gehen Sie jetzt. Das war viel zu viel für ihn."
Charlotte und Torsten verließen schweigend die Station. Sie waren beide deprimiert. Zum einen wegen der mageren Ausbeute, zum anderen wegen der bedrückenden Stimmung im Krankenzimmer.
Im Foyer holten sie sich eine Tasse Kaffee und setzten sich.
„Ich habe es geahnt", murmelte Charlotte und rührte gedankenverloren in ihrer Tasse. „Wir können ihm nichts nachweisen. Ich bin sicher, er wurde im *Kaiserkeller* gesehen."
„Er hat sich bestimmt nicht selbst die Finger schmutzig gemacht", vermutete Torsten. „Vielleicht hat Jürgen Frei für ihn getötet?"
„Haben wir die Kontobewegungen der beiden?"
„Ich glaube, das läuft noch. Ich kann mir aber nicht vorstellen, dass es eine Überweisung auf Freis Konto gibt mit dem Betreff „Auftragsmord"."
Charlotte verzog das Gesicht. „Witzbold."
Sie schaltete ihr Handy wieder ein.
„Matthias hat angerufen."
Sie wählte die Nummer und hatte ihn sofort am Apparat.
„Und, wart ihr schon bei von Stetten?"
„Ja, aber wir können ihm nichts nachweisen. Angeblich war er in der Mordnacht im *Kaiserkeller*. Kannst du mal jemanden zum Überprüfen hinschicken?"
„Mach ich. Kennt er Jürgen Frei?"
„Er sagt nein."
„War ja klar. Übrigens habe ich die Alibis von ihm und von Frank Dix überprüft."
„Lass mich raten: Sie wurden bestätigt?"
„Ja, leider. Ich fürchte, die beiden sind aus dem Schneider."
„Scheiße!", entfuhr es Charlotte.
„Wann kommt ihr? Hier sitzen schon einige ehemalige

Mitschüler und zwei Lehrer der Opfer und Jürgen Frei."
„Wir sind in einer halben Stunde da."

Drei Stunden und viele Gespräche später saßen Charlotte und Torsten erschöpft im Büro und sammelten die Ergebnisse. Auf dem Schreibtisch stapelten sich leere Pizzakartons, benutzte Kaffeetassen und zerknüllte Tüten vom Bäcker. Dazwischen lagen die Gesprächsprotokolle.
Jürgen Frei war von allen Befragten als ruhiger, besonnener Mensch beschrieben worden, der sich nur selten in Konflikte verwickeln ließ. Die Lehrer bescheinigten ihm vorbildliches Verhalten, eine gute Arbeitseinstellung und Motivation. Bei den Mitschülern war er sehr beliebt gewesen, war oft zum Klassensprecher gewählt worden.
Jürgen Frei – ein idealer Schüler.
Auch die Freundschaft zu Watzke und Schlecht hatten alle Befragten bestätigt.
„Jürgen, Wilfred und Klaus waren wie Brüder", hatte eine Mitschülerin berichtet. „Sie waren immer zusammen, haben alles gemeinsam gemacht. Sie wohnten ja auch in der gleichen Straße. Jürgen hat Diabetes, und die beiden anderen haben sich immer rührend um ihn gekümmert. Darum haben wir uns auch alle gewundert, als sie sich plötzlich aus dem Weg gegangen sind."
„Ach? Wann war das?"
„Da muss ich überlegen. Wir waren in der neunten Klasse. Dann war es 1990, kurz vor Weihnachten, da bin ich ganz sicher, weil die drei eigentlich einen Stand bei unserem Weihnachtsmarkt betreuen wollten. Eines Tages haben sie dann gesagt, sie machen es nicht. Seitdem unternahmen sie nichts mehr gemeinsam. Jürgen wechselte sogar die Schule und Klaus blieb sitzen. Es war wirklich eigenartig. Irgendetwas war passiert, aber keiner der drei wollte darüber sprechen. Sie wirkten auch ziemlich durcheinander."
Alle ehemaligen Mitschüler und Lehrer hatten diesen Bruch in der Freundschaft der Jungen erwähnt, doch keiner wusste, was passiert war. Manche waren der Meinung gewesen, es sei um ein Mädchen gegangen, andere hatten die Vermutung, Klaus Watzke habe sich bei Jürgen Frei Geld

geliehen und nicht zurückbezahlt, wieder andere hatten gemeint, es seien Drogen im Spiel gewesen. Etwas Konkretes hatte keiner gewusst.

Die Lehrer hatten ausgesagt, die Leistung der Jungen sei rapide abgefallen. Man hatte sogar mit den Eltern gesprochen, aber auch die hätten nichts gewusst.

„Wir müssen herausbekommen, was damals passiert ist", sagte Charlotte. „Lass uns alle Polizeiakten und Zeitungsarchive danach durchsuchen, was im Dezember 1990 los war. Ich könnte mir vorstellen, dass hier das Motiv liegt. Außerdem bin ich immer sicherer, dass Jürgen Frei unten in den Felsengängen ist. Tot oder gerade noch am Leben."

31

Gedankenverloren stand Attila an seiner Espressomaschine und beobachtete, wie das tiefschwarze Getränk in die kleine Tasse floss.
Das Gespräch mit Frau Schlenk ließ ihn nicht los.
Drei Jungen, die wie Pech und Schwefel zusammenhielten. 20 Jahre später waren zwei von ihnen tot, einer wurde vermisst.
Warum?
Und warum ausgerechnet jetzt?
War es Zufall?
Mussten Watzke und Schlecht wegen ihrer Drogengeschäfte sterben? Aber was war mit Frei?
„Hallo? Ist mein Kaffee fertig?"
Ganz leise drang die Stimme eines Gastes an sein Ohr.
„Bitte entschuldigen Sie, ich war in Gedanken. Bitte sehr."
Attila lächelte und legte dem Gast als kleine Entschuldigung zwei Cantuccini auf den Teller.
Er wusste, dass ihn die ganze Ermittlung eigentlich nichts anging.
Und doch. Immerhin war er dabei gewesen, als eines der Opfer gefunden worden war. Auch wenn er es nicht wollte, der Fall war auch ein bisschen zu seinem geworden.
Zwei Männer wurden innerhalb von zwei Tagen in den Felsengängen erstochen. Und der dritte? Aus welchem Grund sollte ihn der Täter verschont haben? Oder war er selbst der Täter?
Viel wahrscheinlicher war es doch, dass der arme Mann seit geraumer Zeit irgendwo dort unten lag und einfach noch nicht gefunden wurde. Vielleicht sollte Tilman Peter ein Großaufgebot von Polizisten runterschicken – mit Hunden.

„Guten Tag, Herr Attila. Hätten Sie bitte einen Ihrer

berühmten Kekse für mich?"

Gerlinde Schlenk zog ihren Pelzmantel aus und nahm den auffälligen Hut ab.

„Frau Schlenk", freute sich Attila. „Wie schön, Sie zu sehen."

„Hat hier gerade jemand von meinen Keksen gesprochen", fragte Mariella, die in diesem Moment mit einem Blech voller Teighäufchen in den Gastraum gekommen war.

„Das ist meine Frau Mariella. Mariella, das ist deine schärfste Plätzchen-Back-Konkurrentin Frau Schlenk."

„Ah, freut mich sehr." Mariella schob das Blech in den Ofen, wischte sich die Hände an ihrer Schütze ab und begrüßte die ältere Dame herzlich.

„Die Freude ist ganz auf meiner Seite. Ihr Mann hat heute Morgen in den höchsten Tönen von Ihren Backkünsten geschwärmt und mich eingeladen, die neuesten Kreationen möglichst bald zu testen. Und hier bin ich!"

„Das ist sehr schön. Attila, machst du der Dame einen Kaffee?"

„Sehr gerne." Attila machte sich lächelnd ans Werk.

Wenig später stand neben der dampfenden Teetasse auch ein Tellerchen voller lecker aussehender Plätzchen, die eines nach dem anderen mit vielen genießerischen „Ohs" und „Ahs" in Frau Schlenks Mund verschwanden.

„Also, Frau Mariella, ich gebe mich geschlagen! Diese Spezialitäten sind so ziemlich das Feinste, das ich seit langem probiert habe. Kompliment!"

„Und das aus Ihrem Munde. Vielen Dank für die Blumen", lachte Mariella und verneigte sich theatralisch. „Das weiß ich zu schätzen."

Frau Schlenk blickte sich interessiert in dem kleinen Café um. „Schön haben Sie es hier. Klein aber fein. Ich kann gut verstehen, dass Sie lieber hier sind, als auf Verbrecherjagd zu gehen."

„Genauso ist es", bestätigte Attila stolz. „Deshalb war unsere Entdeckung in den Felsengängen auch besonders unangenehm für mich. Auch wenn ich nicht mehr im Geschäft bin, beschäftigt mich der Fall leider unaufhörlich. Ich war einfach zu lange Polizist."

„Das kann ich mir vorstellen", pflichtete sie ihm verständnisvoll bei. „Wenn man über Jahrzehnte einen bestimmten Beruf ausgeübt hat, kann man ihn nicht mit der Pensionierung plötzlich abschalten. Ist Ihre junge Kollegin weitergekommen?"
„Ich habe ihr erzählt, was ich von Ihnen erfahren habe. Was sie jetzt damit macht, weiß ich nicht."
„Aber Sie würden es gerne wissen, nicht wahr?"
„Sie haben ja recht", gab Attila verlegen zu. „Ich würde tatsächlich am liebsten ins Präsidium und alle Hinweise sichten. Die Arbeit mit Charlotte war immer sehr konstruktiv und effizient. Und hat Spaß gemacht. Wir waren ein sehr gutes Team." Bedauern schwang in seiner Stimme mit. Mariella legte ihm den Arm um die Schultern.
„Du musstest zwar ein gutes Team hergeben, hast aber dafür ein anderes, mindestens genauso gutes dafür bekommen. Stimmt's?" Sie knuffte ihn liebevoll in die Seite.
„Ja, natürlich, mein Schatz."
„Herr Attila, mir ist übrigens noch etwas eingefallen, was vielleicht wichtig sein könnte", fuhr Gerlinde Schlenk fort. „Bitte entschuldigen Sie, Frau Mariella, wenn ich Ihren Mann schon wieder von seinen Kaffeebohnen ablenke."
„Das ist schon in Ordnung", lachte Mariella. „Machen Sie sich keine Sorgen. Er ist alt genug und kann selbst entscheiden, wie sehr er sich mit den Ermittlungen beschäftigen will."
„Was gibt es denn?" Attila war neugierig geworden und sah die ältere Dame erwartungsvoll an.
„Es geht noch einmal um Klaus, Wilfred und Jürgen."
„Ja?"
„Da war noch ein Junge."
„Was?"
„Ich kann mich nicht mehr daran erinnern, wie er hieß. Er war einige Jahre jünger als die anderen."
„Was war mit ihm?"
„Er wollte so gerne auch dazugehören, die drei haben den armen Kerl aber immer weggeschickt. Er saß oft auf dem Treppenabsatz und hat bitterlich geweint. Kinder können so grausam sein."

„Können Sie den Jungen beschreiben?"
„Er war klein und zierlich, mit struppigen, dunklen Haaren, eigentlich ein hübscher Junge."
„Wissen Sie, wo er gewohnt hat?"
„Ein Stückchen weiter den Burgberg hinauf, glaube ich. Irgendwo in der Nähe vom Steinerbräu."
„Steinerbräu?", fragte Attila nach. „Das kenne ich gar nicht."
„Es war damals eine kleine Familienbrauerei. Früher gab es im Burgviertel unzählige davon. Schließlich waren ja die Bierbrauer in Zeiten vor der Industrialisierung auf die Keller angewiesen. Steiner hatte das beste Rotbier."
„Gibt es die Brauerei noch?"
„Nein, nach dem Tod des Vaters haben sie dicht gemacht. Heute ist dort eine Bratwurstküche, der *Kaiserkeller*. Ich war noch nie dort. Das Essen soll aber ganz gut sein."
„Und Sie glauben, dieser dunkelhaarige Junge wohnte damals dort in der Nähe."
„Ich weiß es nicht genau. Vielleicht hat der Kleine auch gar nichts mit der Sache zu tun."
„Man weiß nie, ob eine Person wichtig ist", meinte Attila schulterzuckend. „Man müsste den jungen Mann ausfindig machen und befragen. Vielleicht wüsste man dann mehr?"
„Vielleicht." Frau Schlenk erhob sich. „Jetzt habe ich Sie lange genug aufgehalten. Herzlichen Dank für den Kaffee und das wunderbare Gebäck. Ich komme sicher wieder."
Attila half ihr in den Mantel und reichte ihr den Hut.
„Die Freude ist ganz auf unserer Seite", gab er charmant zurück.
„Attila, ich sehe dir doch an der Nasenspitze an, dass du Felix nach dem ominösen Jungen fragen willst", vermutete Mariella schmunzelnd. „Warum begleitest du nicht Frau Schlenk nach Hause und gehst anschließend kurz im *Kaiserkeller* vorbei? Ich komme hier alleine zurecht."
Attila strahlte sie an. „Du bist das Beste, was mir passieren konnte!" Er drückte ihr einen dicken Kuss auf die Wange. „Ich bin spätestens in einer Stunde wieder zurück."
„Bis dann. Viel Erfolg!"

32

Er war schwach, konnte sich nicht mehr zur Campingtoilette schleppen, urinierte in die Hose.
Es flimmerte vor seinen Augen. Die Dunkelheit schien ihn zu erdrücken.
Er glühte trotz der Kälte. Hals, Kopf, Körper, Bauch – alles schmerzte. Ihm war übel, er musste sich erbrechen, hatte Durst, entsetzlichen Durst.
Das war sein Ende!
Er würde hier unten, weit unterhalb des Alltags, seinen letzten Atemzug tun.
Alleine.
Verlassen.
Niemand würde ihn je finden.
Oder doch?
Klaus? Willi?
Sonst wusste niemand von diesem Raum.
Es war hoffnungslos.
Bunte Punkte tanzten vor seinen Augen, sein Atem roch nach Azeton, er atmete hektisch.
Durst, Durst, Durst...
Er packte eine Flasche Cola, doch er hatte keine Kraft mehr, sie zu öffnen.
Er sackte zusammen.
Koma!

33

Charlotte und Torsten waren mit hochroten Köpfen unter einem Berg von Akten, Ordnern und Papieren vergraben, starrten auf den Computerbildschirm, gaben Suchbegriffe ein, lasen Artikel, Berichte und Todesanzeigen vom Dezember 1990.
„Hast du etwas Interessantes entdeckt?", fragte Torsten nach zwei Stunden und rieb sich die Augen.
„Naja, nichts, was mich vom Hocker haut", gab Charlotte zu. „Es gab ein paar Unfälle, Fußballspiele und Streitereien auf dem Christkindlesmarkt, eigentlich nichts Besonderes. Und du? Was ist mit den Todesanzeigen?"
„Ich habe keinen Namen gefunden, der mir etwas sagen würde. Im Dezember 1990 sind in Nürnberg um die 500 Leute gestorben. Die können wir doch nicht alle nachprüfen, oder?"
„Zeig mal her", bot Charlotte an und ging die Anzeigen durch.
„Schau mal, am 15. Dezember ist ein Braumeister aus der Unteren Krämersgasse verstorben. Ist das nicht die kleine Gasse, in der der *Kaiserkeller* ist?"
„Ja, ich glaube schon. Was findest daran auffällig?"
„Hier steht etwas von tragischem Tod. Außerdem war er erst 43 Jahre alt. Ich finde schon, dass wir da mal genauer hinschauen sollten."
„Lass uns doch zum *Kaiserkeller* gehen und Felix fragen, ob er etwas von der Brauerei und dem Tod des Braumeisters weiß", schlug Torsten vor. „Vielleicht können wir bei der Gelegenheit auch ein paar Bratwürstchen essen? Ich kann mich schon fast nicht mehr konzentrieren."
„Gute Idee. Ich bitte Matthias, ob er noch mehr über die Brauerei herausfinden kann. Gehen wir."
Sie sprang auf.

In flottem Tempo marschierten sie den Burgberg hinauf zum Albrecht-Dürer-Platz und weiter in die Untere Krämersgasse. Das Restaurant war gut besucht. Charlotte blickte sich nach Felix um, konnte ihn aber nicht entdecken. Sie setzten sich an einen kleinen Tisch an der Ecke und winkten der zierlichen, blonden Bedienung, die souverän ein voll beladenes Tablett durch den Gastraum balancierte.
Eine Minute später stand sie mit roten Wangen und freundlichem Lächeln neben ihnen.
„Was darf ich Ihnen bringen?", fragte sie zuvorkommend und zog eines dieser Geräte aus der Tasche, in das man die Bestellung eintippen konnte.
„Ist Felix nicht da?", wollte Charlotte zunächst wissen. Das Mädchen schüttelte den Kopf.
„Nein, er hat heute frei, aber ich bin sicher, dass ich Ihnen auch helfen kann."
„Das können wir gerne versuchen", meinte Charlotte, fragte sich aber, ob die junge Frau etwas über die Geschichte des Restaurants wusste. Sie gaben ihre Bestellung auf und fragten die Bedienung, wie lange sie schon hier arbeitete.
„Erst seit zwei Wochen", berichtete diese stolz.
„Dann wissen Sie vermutlich nichts darüber, dass dieses Lokal früher einmal eine Brauerei war, oder?"
„Nein, tut mir leid", meinte sie bedauernd, „aber mein Chef weiß sicher darüber Bescheid. Er betreibt den *Kaiserkeller* schon seit über zehn Jahren."
„Ist er denn zu sprechen?" Hoffnung keimte in Charlotte auf, doch sie wurde jäh enttäuscht.
„Nein, er ist diese Woche beim Skifahren. Ohne Handy. Das ist ihm ganz wichtig. Tut mir wirklich leid."
„Und die anderen Kollegen, die hier arbeiten? Der Koch? Der Kollege am Tresen?"
„Die sind auch alle erst seit höchstens einem Jahr hier."
„Schade, trotzdem vielen Dank."
„Was machen wir jetzt?", fragte Torsten, als die Bedienung gegangen war.
„Erst einmal essen wir etwas, damit wir wieder denken können. Dann sehen wir weiter."

Charlotte war frustriert und ausgebremst. Sie hatte sich mehr von ihrem Besuch erhofft. Sollte sich der tragische Tod des Braumeisters doch als irrelevant erweisen?
Torstens Handy piepste.
„Eine Nachricht von Matthias." Er legte das Gerät auf den Tisch. Charlotte beugte sich über das kleine Display.
„Der Braumeister hatte Diabetes und ist an Herzstillstand gestorben", las Torsten vor. „Er hatte sich wohl eine hohe Dosis Insulin gespritzt, weil er kurz darauf zu Abend essen wollte. Dann wollte er vermutlich etwas aus dem Keller holen und ist dort verstorben. Man hat ihn erst am nächsten Morgen gefunden."
Nachdenklich ließ sich Charlotte wieder auf die Bank fallen.
„Drei Freunde hängen zusammen wie Pech und Schwefel, einer von ihnen ist Diabetiker, ein 43-jähriger Braumeister, auch Diabetiker, stirbt im Keller, die Freundschaft der Jungs zerbricht, 20 Jahre später werden zwei der drei erstochen, der Dritte, der Diabetiker, ist verschwunden", fasste sie die Fakten stichpunktartig zusammen. „Ist das Zufall?"
Torsten zuckte mit den Schultern. „Es gibt keine Zufälle."
„Torsten!" Sie blickte ihn eindringlich an. „Jürgen Frei ist dort unten gefangen. Wir müssen die Gänge durchsuchen!"
Torsten schaute sie entgeistert an.
„Wie willst du denn das machen? Wir bräuchten dazu eine ganze Hundertschaft Polizisten und fast genauso viele Ortskundige. Sonst gehen uns alle Kollegen verloren."
Doch Charlotte griff bereits zum Telefon.

„Herr Peter, hier ist Gerlach. Bitte entschuldigen Sie die Störung, aber wir haben neue Erkenntnisse."
Sie schilderte ihrem Chef ihre Vermutung, dass Frei in den Felsengängen gefangen sein könnte.
„Sie müssen die Gänge durchsuchen lassen!"
„Sind Sie von allen guten Geistern verlassen? Wie soll ich das denn machen? Sie haben doch gesagt, die ganze nördliche Altstadt sei durchlöchert wie ein Schweizer Käse. Außerdem gebe es weder zuverlässige Karten noch Handyempfang. Ich soll jetzt Dutzende von Beamten dort runterschicken, nur weil Sie eine Ahnung haben? Melden

Sie sich wieder, wenn Sie konkrete Beweise haben."
Er legte auf.
Charlotte stand da und starrte fassungslos auf ihr Telefon.
„Dann eben nicht, Herr Polizeikommissaroberfeldwebel!!!"
Mit hochrotem Kopf und zusammengekniffenen Lippen steckte sie ihr Handy wieder ein.
„Wenn man einmal seine Hilfe braucht, macht er einen Rückzieher!", schimpfte sie. „Ich bin mir sicher, dass die Jungs damals ein Geheimversteck in den Kellern hatten. Vielleicht hat einer von ihnen den Raum auch weiterhin als Lager für die Drogen genutzt?"
„Und was hat das mit dem Verschwundenen zu tun?"
„Vielleicht hatten die Jungs damals etwas mit dem Tod des Braumeisters zu tun?"
„Und irgendjemand rächt jetzt den Tod des Mannes? Aber wer? Und warum ausgerechnet jetzt? 20 Jahre später?"
Torsten hatte so seine Zweifel an der Theorie seiner Chefin.
Da hatte Charlotte einen Gedankenblitz.
„Wenn wir schon keine Hundertschaft vom Chef bekommen, dann suchen wir den Raum einfach auf eigene Faust!"
„Spinnst du?"
„Sandra!", rief sie triumphierend und tippte bereits die Nummer der Freundin in ihr Handy ein.
„Wenn es diesen Raum gibt, war sie doch bestimmt mit ihrem Magnus manchmal dort und kann uns hinführen."
„Das sind mir zu viele Spekulationen." Torsten war noch immer nicht überzeugt.
„Sandra, hier ist Charlotte. Es ist dringend, du musst uns helfen. Warst du mit Magnus manchmal in einem geheimen Raum in den Felsengängen?"
Charlotte war zappelig vor Ungeduld.
„Sehr gut." Sie hielt triumphierend einen Daumen nach oben. „Würdest du den Raum wieder finden?"
Charlottes Daumen schnellt wieder nach oben. Ihre Augen leuchteten.
Sie hatte recht gehabt!
„Du musst sofort in den *Kaiserkeller* kommen – und bringe so viele Taschenlampen mit, wie du finden kannst. Nimm

ein Taxi. Schnell!"
Ihre geballte Faust krachte auf den Tisch.
„Wusste ich es doch!"
Torsten blickte nach wie vor ungläubig aus der Wäsche.
„Du willst jetzt da runter gehen? Ohne jemanden, der sich dort auskennt? Weil du glaubst, Jürgen Frei sei in diesem Raum gefangen?"
„Du hast es erfasst! Genau das werden wir tun. Und du gehst natürlich mit!"

Attila schlenderte hinunter zum Hauptmarkt. Felix war nicht da gewesen. Angeblich hatte er heute frei, was etwas verwunderlich war, denn der Samstag war der umsatzstärkste Tag. Aber wahrscheinlich hatte er genug Überstunden abzufeiern und brauchte mal einen Tag für sich. Attila überlegte, ob er versuchen sollte, den jungen Mann auf dem Handy zu erreichen, stellte dann aber fest, dass sein Akku leer war.
Schade, er hätte gerne mehr über diesen vierten Jungen erfahren. Es war zwar mehr als fraglich, ob er etwas mit dem Fall zu tun hatte, aber man musste ja bekanntlich nach jedem Strohhalm greifen.
Außerdem hätte er längst Charlotte Bescheid geben müssen, aber auch das war mit leerem Akku schwierig.
Dann musste das noch eine halbe Stunde warten, denn er wollte noch schnell etwas Obst und Gemüse auf dem Markt einkaufen. Er war heute Abend mit Kochen dran und wollte sich an den üppig bestückten Marktständen inspirieren lassen.
Mit vollen Tüten beladen erreichte er eine gute halbe Stunde später das *café al fiume*.
Es war geschlossen.
Attila wunderte sich. Konnte es sein, dass er sich zeitlich so verkalkuliert hatte? Es müsste doch noch mindestens eine Stunde geöffnet haben. Er stellte die Tüten ab und blickte auf seine Uhr.
16:38 Uhr. Bis 18:00 Uhr müsste geöffnet sein.
Ein ungutes Gefühl beschlich ihn.
Was war passiert? Wo war Mariella? Sie hatte noch nie

früher zugesperrt. Warum hatte sie ihm nicht Bescheid gesagt?
Da fiel ihm sein Handyakku ein.
Aufgeregt zog er den Schlüssel hervor und sperrte auf.
Eigenartig!
Alles sah so aus, als sei Mariella Hals über Kopf aufgebrochen. Ein Blech mit Teighäufchen stand da, benutzte Tassen, Spülwasser im Becken.
Attila schluckte.
Im Büro lief der Computer und neben der Tastatur lag – Mariellas Handy! Mit leerem Akku!
Ärger kroch in ihm hoch. Ärger und Wut.
Hatte er ihr nicht schon hundertmal eingeschärft, immer das Telefon mitzunehmen? Wozu hatte er es ihr gekauft?
Sie hatte nie eines gewollt, hielt es für unnötig, immer erreichbar zu sein.
Er hatte es ihr aufgedrängt mit dem Ergebnis, dass sie es nicht benutzte.
Zugegebenermaßen konnte er sein Telefon mit dem leeren Akku im Augenblick auch nicht nutzen. Er fischte einen Ersatzakku aus der Schreibtischschublade und schob ihn in das Gerät.
Wo war Mariella hin?
Plötzlich hatte er Angst.
Es passte nicht zu ihr, das Café einfach zu schließen.
Er mahnte sich zur Ruhe.
Wahrscheinlich war sie nur kurz hinüber in die Wohnung gegangen. Mit zitternden Fingern schloss er wieder ab und überquerte den kleinen Platz.

„Toll, dass du so schnell kommen konntest", begrüßte Charlotte die Freundin. „Wie geht es dir?"
„Naja, es geht schon irgendwie", seufzte Sandra und legte drei Taschenlampen auf den Tisch. „Zwei gehen fast nicht mehr, aber ich hatte keine neuen Batterien zu Hause."
„Das macht nichts", beeilte sich Charlotte zu sagen. Sie war froh, dass sie sich gerade satt gegessen und Energie getankt hatte. So wie Sandra ihr gegenüber saß, würde sie für ihre Unternehmung viel Kraft brauchen. „Hier in der Nähe ist ein

kleiner Laden. Dort gibt es bestimmt Batterien. Gehen wir."
Sie legte einen Geldschein auf den Tisch und bugsierte Sandra nach draußen.
„Was ist eigentlich los? Was wollt ihr dort unten? Dieser Raum ist grauenvoll, wie eine Gruft."
Charlotte hakte sich bei der Freundin unter und beschleunigte den Schritt.
„Torsten, könntest du schnell die Batterien besorgen?", bat sie ihren Praktikanten und wies auf einen kleinen Laden schräg gegenüber des Dürer-Denkmals. „Ich erzähle Sandra kurz, worum es geht."
Wenige Minuten später hatten alle drei eine funktionierende Taschenlampe in der Hand und steuerten die Agnesgasse an.
„Wohin gehst du?", fragte Charlotte erstaunt. „Ist der Eingang nicht weiter oben?"
„Wir sind immer durch den Keller des Hauses Nummer 11 hinunter gegangen. Einen anderen Zugang kenne ich nicht."
Torsten warf seiner Chefin einen überraschten Blick zu. „Sollen wir nicht doch lieber Guido Baumgart oder einen seiner Kollegen bitten, uns zu begleiten?"
„Die haben bestimmt jetzt keine Zeit", wiegelte Charlotte halbherzig ab.
Torsten blieb stehen. „Bitte entschuldige uns einen Augenblick", meinte er und zog Charlotte energisch zur Seite.
„Ich bin entschieden dagegen, dass wir einfach dort hinunter gehen, ohne jemandem Bescheid zu sagen, wo wir sind", raunte er ihr ins Ohr. „Sandras Ortskenntnis in Ehren, aber sieh sie dir doch an! Sie ist gar nicht ganz bei sich. Ich glaube sogar, sie hat getrunken."
„Ich vertraue ihr", gab Charlotte trotzig zurück. Abenteuerlust blitzte in ihren Augen. „Jürgen Frei braucht Hilfe. Schnell! Wir haben keine Zeit mehr für Dienstwege, Anträge und Argumentationen. Komm mit oder bleib hier!"
Damit ließ sie ihn stehen und eilte mit Sandra auf das Haus mit der Nummer 11 zu.
Torsten zögerte nur eine Sekunde und folgte den beiden Frauen, die bereits hinter der Haustür verschwunden waren.

34

Im Präsidium am Jakobsplatz war es ruhig geworden. Die wenigen Kollegen, die heute am Samstag hier gewesen waren, hatten sich alle schon längst verabschiedet.
Nur Matthias saß noch an seinem Rechner, war umgeben von Zetteln, Notizen und Ausdrucken. Er konnte nicht nach Hause gehen, nicht solange Torsten und Charlotte da draußen unterwegs waren. Er war ihr Anlaufpunkt, ihr Ansprechpartner. Gedankenverloren nippte er an seinem Kaffee und starrte auf den Bildschirm.
Ganz langsam entstand vor seinem geistigen Auge ein Bild davon, was sich möglicherweise vor über 20 Jahren ereignet haben könnte. Millimeter für Millimeter schoben sich die vielen losen Puzzleteile aufeinander zu, bildeten Stück für Stück ein leider noch immer sehr lückenhaftes Bild.
Die Ermordung der beiden Männer schien tatsächlich mit dem Tod des Braumeisters 1990 zusammenhängen zu können.
Nach der Durchsicht des Totenscheines, des Arztberichtes, den Aussagen der Ehefrau und Nachbarn war das Herzversagen des Mannes nicht wirklich nachvollziehbar.
Seine Frau hatte ihm Schäufele mit Klößen gekocht und war anschließend nach Erlangen zu ihrer Freundin gefahren, um dort mit ihr auszugehen. Sie kam erst am nächsten Morgen zurück. Auch der damals 13-jährige Sohn war nicht zu Hause. Er hatte bei einem Freund übernachtet.
Als Typ-1-Diabetiker musste sich Fritz Steiner eine gewisse Zeit vor dem Verzehr eines kohlenhydratreichen Essens eine hohe Dosis Insulin spritzen, was er offensichtlich auch getan hatte. Anschließend war er in den Keller gegangen, vermutlich um sich ein Bier zum Essen zu holen. Am nächsten Morgen hatte man ihn dort unten gefunden.
Die Frage war nun: Warum war der Mann nicht mit seinem

Bier wieder nach oben gekommen? Er hatte doch gewusst, dass er seinem Körper nach der hohen Insulindosis zeitnah Kohlenhydrate zuführen musste. Warum war er im Keller geblieben? Er hatte zwar eine geringe Menge Alkohol im Blut, war aber deshalb nach Aussage seiner Frau trotzdem noch voll bei sich. Sie hatte sich nicht erklären können, was ihn davon abgehalten haben könnte, den Keller zu verlassen und wie geplant sein Essen zu verzehren.
Der Arzt hatte damals Herzversagen als Todesursache bescheinigt. Keiner hatte mehr nachgefragt.
Frau Steiner hatte die Brauerei alleine nicht weiterführen können, der Sohn war noch zu jung gewesen. Das Anwesen war zwangsversteigert, die Familie zum Sozialfall geworden.
Was war damals passiert?
Als man den Mann entdeckt hatte, war die Tür unverschlossen. Warum also war er nicht in die Wohnung zurückgegangen?
War er niedergeschlagen worden?
Er hatte aber keine Verletzungen gehabt.
Matthias zerbrach sich den Kopf.
Ein Diabetiker stirbt, weil... vielleicht weil ihn jemand eingesperrt hat und er deshalb nicht rechtzeitig essen konnte?
20 Jahre später wird wieder ein Diabetiker vermisst. Er ist einer von drei guten Freunden, die im Burgviertel aufgewachsen sind und deren Freundschaft seit dem Tod des Braumeisters zerbrochen war. Die beiden anderen wurden umgebracht.
Was, wenn sich die drei Jungs einen Scherz erlaubt und den Mann eingesperrt hatten?
Was, wenn es vielleicht nur ein Scherz hätte werden sollen?
Wenn sie dem Mann lediglich einen Schreck hatten einjagen wollen? Und dann war er tot gewesen!
Sicher könnte ein solches Ereignis eine langjährige Freundschaft zerstören.
Aber wer hatte nach all der Zeit den Tod des Mannes gerächt? Wer hatte danach am meisten gelitten? Die Frau war vor kurzem verstorben, aber was war mit dem Sohn?

Er musste jetzt Mitte 30 sein.
Plötzlich fiel das letzte Puzzleteil an seinen Platz – das Bild war vollständig! So musste es gewesen sein!
Der Sohn hatte sich an den drei Burschen gerächt und wollte möglicherweise einen von ihnen so sterben lassen, wie sein Vater hatte sterben müssen!
Mit wild klopfendem Herzen blätterte Matthias in seinen Unterlagen und fand den Namen des jungen Mannes.
Er hielt den Atem an.
Ein Schock durchfuhr ihn.
Charlotte und Torsten waren in Gefahr!

Im Treppenhaus roch es feucht und modrig.
Sandra führte das kleine Grüppchen zielsicher die ausgetretene Treppe hinunter zu einer alten hölzernen Tür mit einem kunstvoll geschmiedeten Beschlag, an dem ein riesiges Vorhängeschloss hing. Mit einem gekonnten Griff öffnete Sandra das rostige Schloss, stieß die Tür auf und schaltete das Licht ein. Sie betraten ein niedriges Gewölbe mit mehreren Nischen, die mit Türen aus improvisierten, dilettantisch zusammengenagelten Brettern verschlossen waren. Dahinter waren wenige Regale mit Einmachgläsern, Konserven und Flaschen erkennbar.
„Das sind die Kellerabteile der Mieter", erklärte Sandra. „Viel kann man bei der Feuchtigkeit hier nicht lagern."
Am Ende des kurzen Ganges stießen sie erneut an eine verschlossene Tür.
Sandra griff in ein unauffälliges Loch in der Sandsteinwand und förderte einen beachtlich großen Schlüssel zu Tage.
Erstaunlicherweise ließ sich der Schlüssel lautlos umdrehen. Auch die Scharniere quietschte wider Erwarten nicht. Es wirkte so, als würde dieser Zugang regelmäßig genutzt werden.
Vor ihnen lag ein pechschwarzes Loch, aus dem ihnen ein frischer, kühler Luftzug entgegenblies. Anders als im Treppenhaus roch die Luft weder modrig noch gammelig. Es war die frische Kellerluft, die Charlotte von ihren bisherigen Besuchen in den Felsengängen kannte. Bisher war sie allerdings immer in Teilen der Anlage gewesen, die für

Besucher hergerichtet waren.

Das, was sie jetzt vor sich hatte, war unbeleuchtet und nicht dafür ausgelegt, von Leuten besichtigt zu werden, die sich hier nicht auskannten.

Charlotte schluckte.

Mit beschleunigtem Puls holte sie die Taschenlampe heraus und leuchtete in das Dunkel hinein. Direkt hinter der Tür führte eine gewundene Treppe steil nach unten. Sie zuckte zusammen. Die niedrige Decke war übersät von einem dichten Geflecht von feuchten Spinnweben, die sich im leichten Lufthauch gespenstisch bewegten. Da Sandra bereits hinter der ersten Biegung verschwunden war, hatte Charlotte keine Zeit mehr gehabt, die hauchfeinen Kunstwerke über ihr nach möglichen achtbeinigen Bewohnern zu untersuchen. Sie stülpte sich sicherheitshalber die Kapuze ihrer Jacke über und folgte der Freundin mit eingezogenem Kopf. Nach der anfänglichen Euphorie machte sich langsam ein gewisses Unwohlsein in ihrem Bauch breit. Bei ihren bisherigen Ausflügen in die Nürnberger Unterwelt hatte sie selbst an der Seite eines erfahrenen Stadtführers ein mulmiges Gefühl gehabt – und da war sie stets in beleuchteten, für die Öffentlichkeit zugänglichen Kellern gewesen.

Da hatte die heutige Aktion schon eine ganz andere Qualität! Die Gänge waren eng und dunkel, voller Schutt und Müll, ohne jegliche Orientierungsmöglichkeit. Sie war auf die Ortskenntnis einer Frau angewiesen, deren Psyche stark angegriffen war, die im schlimmsten Fall gar nicht genau wusste, was sie tat. Wenn etwas schief gehen sollte, gab es so gut wie keine Chance, sie ausfindig zu machen.

Trotz der kühlen Luft brach Charlotte der Schweiß aus allen Poren, während sie in zügigem Tempo durch die Gänge eilte, immer Sandras Schatten hinterher, der im flackernden Schein der Taschenlampe sehr gespenstisch aussah. Hinter sich spürte sie die beruhigende Gegenwart Torstens, der sich allerdings auch nicht besser auskannte als sie. Im Zweifelsfall wäre er ihr vermutlich auch keine große Hilfe.

Sandra bog um mehrere Ecken, nahm eine weitere Treppe nach unten, stürmte durch niedrige Tunnel. Sie bewegte sich mit erstaunlicher Sicherheit, als sei sie bereits viele Male hier gewesen.

„Sandra?" rief ihr Charlotte hinterher. „Wie weit ist es noch?"

Sandra antwortete nicht, eilte immer weiter, ohne sich umzudrehen.

Sie passierten weitere Gänge, Tunnel und Räume, Treppen und Nischen. Überall sah es gleich aus, sie schienen im Kreis zu gehen.

Ob Sandra noch wusste, wo sie waren?

Hatte sie je den Weg zu dem Raum gewusst?

Gab es diesen Raum überhaupt?

„Sandra!" Charlotte Ton wurde schärfer. „Bleib doch bitte mal kurz stehen!"

„Wir müssen weiter", murmelte Sandra leise, abgehetzt, nicht ganz bei Sinnen.

„Halt! Bleib stehen!", versuchte es Charlotte erneut, doch ihre Freundin schien sie gar nicht wahrzunehmen.

Charlotte rannte schneller und packte Sandra an ihrer Jacke.

„Lass mich!!!", kreischte Sandra panisch, schlug um sich, befreite sich aus Charlottes Zugriff und lief los, weiter hinein in die Eingeweide der Stadt, in das unheimliche, undurchdringliche Labyrinth.

Mariella erwachte.

Langsam öffnete sie die Augen. Es war dunkel, mehr als dunkel, dunkler als alles, was sie je erlebt hatte.

Sie erschrak, hatte fürchterliche Angst, erblindet zu sein, fasste sich an die Augen, blinzelte, suchte etwas Helles, irgendetwas, das ihr sagte, dass ihre Augen gesund waren.

Sie fand nichts.

Um sie herum war kein Licht, kein noch so kleiner Schimmer, kein Blitzen oder Leuchten. Nichts!

Sie lauschte hinein in diese kompromisslose Finsternis. Da war nur der eigene Atem und das Rauschen des Blutes in den Ohren.

Ansonsten Stille.

Wo war sie hier?

Was war das für eine nie gekannte Dunkelheit, eine nie

gekannte Stille?
Es war kalt und feucht, stank entsetzlich nach menschlichen Exkrementen.
Ihr wurde übel.
Ganz langsam kam sie wieder zu Bewusstsein, realisierte, dass sie lebte, versuchte, sich daran zu erinnern, was passiert war. Sie zitterte am ganzen Körper, ihr Kopf drohte zu zerspringen, pochte an einer Stelle besonders heftig.
Vorsichtig fasste sie an die Stelle und spürte eine warme Flüssigkeit.
Sie roch daran – Blut!
Er hatte sie niedergeschlagen und hierher gebracht.
Aber warum?
Zunächst hatte er sich nach Attila erkundigt. Sie hatte ihm von dem vierten Jungen berichtet, von dem Frau Schlenk gesprochen hatte, hatte ihn gefragt, ob er wüsste, wer dieser Junge sein könnte. Daraufhin hatte er einen Anruf bekommen und ihr erzählt, Attila brauche ihre Hilfe, sei im *Kaiserkeller* zusammengebrochen. Der Notarzt sei schon alarmiert. Sie war erschrocken, hatte alles liegen und stehen lassen, hatte wissen wollen, was passiert war, doch angeblich hatte er nichts Genaueres sagen können.
Sie hatte versucht, Attila anzurufen, ihn aber nicht erreicht.
Sie hatte die Geschichte nicht infrage gestellt, war ihm blind gefolgt.
Inzwischen ahnte sie, wo sie sich befand.
Die Temperatur, die Luftfeuchtigkeit, alles erinnerte sie an die Führung, die sie vor wenigen Tagen mitgemacht hatten.
Sie war in den Felsengängen!
Heiße Tränen stiegen ihr in die Augen, Verzweiflung, Panik, Angst.
Was war mit Attila?
War er auch hier irgendwo eingesperrt?
Heftig weinend brach sie zusammen.
Eine gefühlte Ewigkeit später wurde sie ruhiger, sammelte ihre Kräfte, schaltete ihr rationales Denken ein.
Sie war sich sicher, dass sie eingesperrt war und doch wollte sie Gewissheit. Sie tastete den kalten, steinernen Boden ab und krabbelte unendlich langsam voran – immer einen Arm

weit voraus gestreckt.

Plötzlich durchfuhr sie ein stechender Schmerz. In ihrer linken Hand steckte ein Glassplitter. Vorsichtig zog sie ihn heraus. Warmes Blut rann an ihrem Arm herab. Leise schluchzend zog sie sich den Ärmel ihres Pullis über die Wunde und drückte fest zu.

Der Schmerz in der Hand pochte, der provisorische Verband weichte schnell durch und doch musste sie weiter, sie musste herausfinden, wo sie hier war, wo die Tür war, ob es eine Möglichkeit gab, sich zu befreien.

Zentimeter für Zentimeter arbeitete sie sich voran, schob vorsichtig weitere Splitter zur Seite, bis sie mit den Knien an etwas Weiches stieß. Glatter, feuchter Stoff, der ein weiches Polster umspannte: eine Matratze!

Mariella ließ ihre unverletzte Hand über den Stoff gleiten und spürte plötzlich Haare, weiche menschliche Haare, einen Kopf!

Da lag jemand!!!

Sie schrie auf, ihr Herz drohte zu zerspringen, sie japste, brüllte, schnappte nach Luft, schnellte zurück und knallte schmerzhaft mit dem Rücken an die Wand.

Da lag jemand!!!

Von Todesangst überwältigt rollte sie sich kreischend auf dem Boden zusammen, die Arme schützend um den Kopf gelegt.

Jetzt würde sie sterben!

35

Attila machte sich große Sorgen.
Mariella war nicht zu Hause. In der Wohnung sah alles noch so aus, wie sie es am Morgen hinterlassen hatten. Sogar seine Hausschuhe lagen noch mitten im Weg. Wäre seine Frau hier gewesen, hätte sie die Schuhe sicher aufgeräumt.
Sie war nicht hier gewesen.
Aber wo war sie dann?
Er griff zum Telefon und rief bei verschiedenen Freundinnen an, zu denen sie gegangen sein könnte.
Nichts.
Niemand hatte sie gesehen.
Er fragte die Nachbarn im Haus.
Nichts.
Da läutete sein Handy. Das Präsidium.
Es war etwas passiert! Bestimmt hatten sie Mariella gefunden. Er hatte schreckliche Angst.
Hektisch nahm er das Gespräch an. „Ja?"
„Attila, was ist denn los?", hörte er die besorgte Stimme von Matthias. „Du hörst dich so aufgeregt an."
„Ist sie bei euch?", stieß Attila hervor. „Geht es ihr gut?"
„Beruhige dich doch", meinte Matthias irritiert. „Wen meinst du?"
„Mariella! Sie ist verschwunden!"
„Jetzt atme erst einmal tief durch", gab Matthias zurück. „Wir haben niemanden gefunden, auch deine Frau nicht."
„Zum Glück", stieß Attila erleichtert hervor. „Sie ist weg, Matthias. Als ich vor zehn Minuten ins Café kam, war abgesperrt und Mariella nicht da."
„Wahrscheinlich ist sie nur schnell etwas besorgen", mutmaßte Matthias, doch Attila wollte nichts davon wissen.
„Es ist etwas passiert, da bin ich ganz sicher."
„Bestimmt gibt es eine ganz einfache Erklärung", lautete

Matthias´ halbherziger Versuch, Attila Mut zuzusprechen.
„Ich wollte dich eigentlich fragen, ob du weißt, wo Charlotte und Torsten sind. Ich habe wichtige Neuigkeiten und kann sie nicht erreichen."
Matthias berichtete von seinen Ermittlungsergebnissen und Spekulationen bezüglich dessen, was vor 20 Jahren passiert sein könnte. Attila fügte die Informationen von Frau Schlenk hinzu.
„Das hört sich plausibel an", gab Attila zu und ließ sich kurz von seiner Sorge um Mariella ablenken. „Hast du auch den Namen des Sohnes?"
Plötzlich piepste Matthias´ Handy.
„Moment, Attila, mein Handy." Er fischte den Apparat aus der Tasche und blickte auf das Display.
„Eine Sprachnachricht von Charlotte! Ich schalte den Lautsprecher an."
„Wir gehen jetzt mit Sandra in die Felsengänge", hörte man die kurzatmige Stimme der jungen Polizistin. „Sie weiß angeblich, wo der geheime Raum des Rauschgoldengels ist. Ich bin überzeugt davon, dass Jürgen Frei dort gefangen gehalten wird. Wenn du in einer Stunde nichts von uns hörst, musst du eine Hundestaffel alarmieren."
Er legte auf.
„Den Namen, Matthias", bohrte Attila nach. Ihm kam ein fürchterlicher Gedanke.
Mariella wurde entführt!
Entführt von einem vermeintlichen Freund, der sie wahrscheinlich unter einem Vorwand weggelockt hatte.
Attila spürte einen schmerzhaften Stich ins Herz.
Womöglich hatte er ihr weisgemacht, er selbst, Attila, sei in Gefahr und sie müsse ihm helfen.
„Sag mir, wie der Sohn heißt!"
Seine schlimmsten Befürchtungen wurden bestätigt!
„Er heißt Steiner, Felix Steiner."

Inzwischen glaubte Charlotte nicht mehr daran, dass ihre Freundin den Weg zu einem versteckten Raum kannte, hatte erhebliche Zweifel daran, ob es diesen Raum überhaupt gab. Sandra war nicht mehr ansprechbar, rannte wie in Trance durch die Gänge, murmelte immer wieder Magnus´ Namen vor sich hin, kümmerte sich nicht darum, ob Torsten und Charlotte ihr folgen konnten.

Die Chance, den Weg zurück zu finden, war selbst für Torsten mit seinem phantastischen Orientierungssinn gleich Null. Zu lange schon waren sie scheinbar ziel- und planlos umhergelaufen, waren wahllos treppauf, treppab gerannt.

Sie waren orientierungslos inmitten eines gigantischen Sandsteinfelsens.

„Charlotte", rief Torsten hinter ihr. „Wie lange soll das noch gehen? Sie hat doch keine Ahnung, wo sie hinläuft."

„Die Befürchtung habe ich auch", gab Charlotte zu.

Sie bogen um die nächste Ecke und landeten in einem hohen Raum mit mehreren Abzweigungen.

Wo war Sandra hin?

Es war kein Schein einer Taschenlampe zu sehen, keine Schritte zu hören.

„Wo ist sie?", fragte Charlotte, doch Torsten schüttelte den Kopf.

Hektisch leuchteten sie in die verschiedenen Gänge hinein, konnten aber keine Spur Sandras entdecken.

„Das gibt es doch nicht. Sandra!" Ihre Stimme hallte von den nackten Wänden wider. „Sandra, wo bist du?"

„Ich gehe hier lang", schlug Torsten vor, „schau du dort drüben."

„Nein!", entfuhr es Charlotte lauter als nötig. „Nein! Wir müssen zusammenbleiben."

„In Ordnung, wenn du meinst. Lass uns jeden Weg genau ansehen. Sie kann doch nicht im Erdboden versunken sein."

„Sandra! Melde dich doch!"

Die beiden leuchteten in dunkle Nischen und niedrige Tunnel, hinter halbverfallene Mauern und ausladende Schuttberge.

Keine Spur von Sandra.

„Was ist nur mit ihr passiert?", fragte Charlotte mit zittriger Stimme, als sie wieder in den hohen Raum zurückkamen.

Jetzt waren sie auf sich gestellt, alleine in einem finsteren Gewölbe, irgendwo weit unter der Stadt. Sie hatten keine Ahnung in welcher Sohle sie sich befanden, wie weit sie

gelaufen waren, wie weit entfernt sie von dem Bereich der Felsengänge waren, in dem sich jetzt im Augenblick noch Besuchergruppen aufhielten.
Sie wussten nicht, wo sie waren und hatten keine Möglichkeit, Hilfe zu holen.
„Torsten, ich habe Angst!"

Mariella zitterte am ganzen Leib, doch nichts passierte.
Niemand kam zu ihr.
Niemand rammte ihr ein Messer in den Bauch.
Niemand schlug ihr den Schädel ein oder schoss ihr eine Kugel in den Kopf.
Es blieb still.
Ihr Herz klopfte zum Zerspringen, ihr Gesicht glühte, ihre Schultern bebten.
Es blieb still, gespenstisch still.
Ganz langsam begann ihr Gehirn wieder zu arbeiten.
Da lag ein Mensch auf der Matratze und bewegte sich nicht.
War er tot?
Eine Gänsehaut überzog ihren Rücken.
War sie etwa mit einem Toten hier eingesperrt?
Nein, der Kopf hatte sich warm angefühlt.
„Hallo?", flüsterte sie in die Dunkelheit hinein. „Können Sie mich hören?"
Keine Antwort.
„Hallo, wer sind Sie?", versuchte sie es noch einmal, doch es blieb ruhig.
Millimeter für Millimeter tastete sich Mariella zurück in die Richtung, in der sie die Matratze vermutete, immer auf der Hut vor weiteren Glassplittern.
Plötzlich schoss ihr etwas durch den Kopf.
Sie hatte an ihrem Schlüsselbund eine kleine Taschenlampe, ein Werbegeschenk eines Lieferanten. Attila hatte sie ihr am Schlüsselring befestigt und gemeint, es sei immer nützlich eine Taschenlampe dabeizuhaben. Er konnte damals nicht ahnen, wie recht er einmal damit haben würde.
Trotz aller Aussichtslosigkeit und Verzweiflung musste sie in sich hinein lächeln, durchströmte sie eine Welle der Zuversicht.

Mit klammen Fingern kramte sie den Schlüssel aus ihrer Hosentasche hervor, tastete nach der Lampe, die nicht größer war als eine halbe Streichholzschachtel und drückte den winzigen Knopf.
Nach der absoluten Finsternis blendete sie das Licht der stecknadelkopfgroßen Glühbirne wie ein 1000-Watt-Halogenfluter. Schnell kniff sie die tränenden Augen zusammen und drehte die Lampe weg. Als sich ihre Augen auf die ungewohnte Helligkeit eingestellt hatten, erkannte sie eine zusammengekrümmte Gestalt auf einer abgewetzten Matratze. Um ihn herum lagen leere und zerbrochene Flaschen, mit denen sie bereits schmerzhafte Bekanntschaft gemacht hatte.
Weiter hinten stand eine Campingtoilette, von der wahrscheinlich der fürchterliche Gestank ausging.
Die Gestalt lag mit dem Rücken zu ihr. Mariella konnte keine Atemgeräusche wahrnehmen.
Langsam näherte sie sich der Matratze und beugte sich über den leblosen Körper. Es war ein junger Mann.
„Hallo, können Sie mich hören?"
Der Mann bewegte sich nicht. Er war in eine alte, löchrige Militärdecke gewickelt.
Ein penetranter Gestank nach Urin und Erbrochenem ging von ihm aus.
Mariella hielt den Atem an.
Sie spürte einen Brechreiz in sich aufsteigen.
Wer war dieser Mann? Seit wann lag er schon hier? War er überhaupt noch am Leben?
Vielleicht war das Jürgen Frei, der Mann, der seit Montag vermisst wurde? Attila hatte erzählt, dass Charlotte im Rahmen der Mordermittlungen nach ihm suchte.
Sie überwand ihren Ekel und fasste an seinen Hals. Die Haut war kühl, aber sie spürte einen schwachen Puls.
Er lebte!
Vorsichtig packte sie seine Schulter und schüttelte ihn leicht.
„Sie müssen aufwachen, hören Sie?"
Der Mann kippte auf den Rücken.
Mariella würgte. Sie musste sich abwenden. Der Mann sah mehr tot als lebendig aus.

Die Lippen waren trocken und aufgesprungenen, aus dem offenen Mund strömte der säuerliche Geruch nach Aceton, wie es bei kranken Menschen üblich war, die zu wenig Flüssigkeit zu sich genommen hatten.
Mariella wusste nicht, was mit diesem Mann passiert war, sie wusste nur, dass sie ihm nicht helfen konnte.
Außer sich vor Verzweiflung ging sie zu der massiven Holztür, hämmerte mit ihrer gesunden Hand auf sie ein und schrie um Hilfe, bis ihre Stimme versagte.
Schließlich ließ sie sich erschöpft auf den Boden sinken, nahm die Hand des Ohnmächtigen und weinte bitterlich – um ihn, um Attila und um sich selbst.

Völlig außer Atem erreichte Attila den Innenhof der Brauerei, bahnte sich den Weg durch die Touristengruppen und stürmte die Treppe hinunter in die Felsengänge.
Er war sicher, dass Felix seine Frau in seiner Gewalt hatte – und zwar irgendwo dort unten! Er hatte zwar keine Ahnung, wo er suchen sollte, wusste auch, dass er sich nicht gut genug auskannte, doch das ließ er alles außer Acht.
Mariella, seine geliebte Mariella, war in der Hand eines Mörders!
Er musste sie finden!
Die graue Stahltür war geschlossen.
Fassungslos rüttelte er an der Tür.
Was sollte er tun?
Frau Schlenk hatte erzählt, es gebe von ihrem Haus in der Agnesgasse einen Zugang zu der Anlage.
Sollte er es dort versuchen?
In diesem Moment hörte er Stimmen, die näher kamen.
Guido Baumgart kam mit einer Besuchergruppe die Treppe herunter.
„Attila? Was machen Sie denn hier?", fragte er verwundert.
„Wollen Sie noch mitkommen?"
Das war seine Chance!
„Sehr gerne", stimmte er zu, bemüht, sich seine Aufregung nicht anmerken zu lassen.
Baumgart sperrte die Stahltür auf und ging voran.
Attila hätte die Leute am liebsten alle von der Treppe gefegt,

konnte es kaum erwarten, unten in dem Labyrinth anzukommen.
Er drängelte sich durch die Gruppe und verschwand unauffällig in dem Gang, den er erst wenige Tage zuvor gegangen war - auf dem Weg hinunter zu Klaus Watzkes Leiche. Noch kannte er sich aus. Er rannte den Tunnel entlang, passierte die leicht abfallende Rampe, die vergitterte Tür und erreichte die steile, schmale Treppe hinunter in die dritte Sohle.
Das matte Licht der verschiedenen Strahler beleuchtete die rauen Wände, die Lüftungsschächte und vereinzelten Exponate, doch Attila hatte keinen Sinn für die Lichtinszenierungen.
Wo ging es weiter?
Er hörte weit entfernte Stimmen. Sie kamen von oben.
Guido Baumgart mit seiner Gruppe.
Attila konnte sich nicht mehr genau erinnern, wie er von hier aus weiter in die vierte Sohle gekommen war.
Hektisch blickte er sich um, rannte nach links und blieb staunend stehen:
In einem hohen Raum stand ein langer Holztisch, auf dem mehrere Leuchter mit brennenden Kerzen standen. An der Decke hingen Lampen mit stimmungsvollen roten Glühbirnen.
„Hallo!"
Attila erschrak!
Vor ihm stand ein Mann in Arbeiterhose, Knieschonern und einem Helm auf dem Kopf.
„Haben Sie sich verlaufen?"
„Ich, ja, nein...", stammelte Attila. „Sie müssen mir helfen! Ich muss hinunter in die vierte Sohle! Meine Frau wurde entführt!"
„Entführt?", echote der Mann ungläubig. „Hier läuft gerade eine Führung mit Theaterelementen. Hier wird niemand entführt."
Attila hatte keine Zeit für lange Erklärungen. „Ich bin von der Kriminalpolizei! Zeigen Sie mir sofort den Weg in die vierte Sohle!"
„Aber Sie dürfen nicht..."

„Sofort!"
Attilas Stimme überschlug sich.
„Ja, ja, ist ja schon gut", lenkte der junge Mann ein, ging voran und wies nach wenigen Metern auf eine Treppe.
„Aber Sie wissen, dass..."
Attila rannte die Treppe hinunter, so schnell es ging, ohne den Schauspieler noch eines Blickes zu würdigen.
Gleich darauf hatte er den Raum gefunden, in dem Watzke gelegen hatte.
Wo war Mariella?
Panisch leuchtete er umher, rannte in die verschiedenen Gänge hinein, rief ununterbrochen Mariellas Namen.
Wie sollte er sie nur finden?

Müde und kraftlos stolperten Charlotte und Torsten weiter. Jeder Gang, jeder Raum, jede Nische sah aus wie die andere. Sie hatten jegliche Orientierung verloren, waren jenseits von Raum und Zeit.
„Sandra!", rief Charlotte immer wieder. Torsten fehlte dazu inzwischen die Kraft. Mutlos folgte er dem schwächer werdenden Schein der Taschenlampe. Er hatte Hunger und Durst, wurde zunehmend verzweifelt.
„Warum haben wir niemandem gesagt, wo wir hingehen?", murmelte er leise vor sich hin.
Charlotte blieb abrupt stehen.
„Ich habe Matthias eine Sprachnachricht hinterlassen", sagte sie ganz gelassen.
Torsten riss die Augen auf.
„Du hast was?"
„Bevor wir hier runter sind, habe ich Matthias auf sein Handy eine Sprachnachricht geschickt. Wenn wir uns in einer Stunde nicht melden, soll er eine Hundestaffel losschicken."
Sie warf einen Blick auf ihre Uhr.
„Also jetzt!"
„Bist du von allen guten Geistern verlassen?", brüllte Torsten. „Du lässt mich hier verzweifeln und weißt, dass längst Hilfe unterwegs ist?"
Sie zuckte mit den Schultern und setzte eine

Unschuldsmiene auf. „Ich wusste doch nicht, dass du verzweifelt bist. Außerdem müssen sie uns ja auch erst finden."
Torsten schüttelte den Kopf und lehnte sich an die Wand.
„Wenn es Peter überhaupt genehmigt. Da wäre ich mir nämlich nicht so sicher."
Die beiden ließen sich auf den Boden sinken.
Torstens Taschenlampe begann zu flackern.
Ihre Situation war aussichtslos.
Plötzlich hörten sie Schritte.
Hoffnungsvoll blickten sie sich an und sprangen auf.
Jemand kam näher.
„Hallo?", rief Charlotte voller Hoffnung. „Wer ist da?"
Sie liefen dem Geräusch entgegen.
„Charlotte! Torsten! Da seid ihr ja!", meinte eine dunkle Gestalt, die hinter dem hellen Licht einer großen Taschenlampe nicht zu erkennen war. „Alle Welt sucht nach euch!"
„Felix?", fragte Charlotte ungläubig und erleichtert zugleich. Schützend hielt sie einen Arm vor die Augen. „Bist du das?"
„Entschuldige bitte", antwortete Felix und nahm die Lampe zur Seite. „Was macht ihr denn hier? Ihr kennt euch doch gar nicht aus."
„Und du?", fragte Charlotte verwundert. „Warum hast du nach uns gesucht? Hat mein Chef doch einen Suchtrupp losgeschickt?"
„Ich glaube schon. Attila war bei mir und hat gefragt, ob ich euch gesehen habe."
„Du kennst dich wohl hier unten aus?"
„Naja, ich war ein paarmal in den Kellern und habe einen sehr guten Orientierungssinn."
„Kannst du uns nach oben bringen?"
„Natürlich! Deshalb bin ich doch gekommen."
Charlotte atmete tief durch.
„Du kannst dir gar nicht vorstellen, wie froh ich bin. Ich dachte schon, wir müssten den Rest unserer Tage in diesem Gemäuer verbringen."
Felix lachte. „Keine Sorge. In wenigen Minuten könnt ihr wieder frische Winterluft atmen."

„Warte bitte noch kurz", bat ihn Charlotte. „Meine Freundin Sandra muss auch hier irgendwo sein. Hast du sie gesehen?"
Felix verneinte. „Tut mir leid, ich habe sonst niemanden bemerkt. Was hattet ihr denn in den Kellern zu suchen?"
„Ich hoffte, einen Mann zu finden, der seit einigen Tagen vermisst wird."
Felix riss die Augen auf.
„In den Felsengängen?"
„Ich darf dir leider nicht mehr dazu sagen. Tatsache ist, dass wir Sandra verloren haben."
„Jetzt bringe ich euch erst einmal nach oben, dann können wir nach deiner Freundin suchen. Kommt mit."
Mit gemischten Gefühlen folgten sie dem jungen Mann. Einerseits waren beide unendlich erleichtert, jemand Ortskundigen an ihrer Seite zu haben, andererseits sorgten sie sich um Sandra. Vielleicht kannte sie doch den geheimen Raum und hatte längst Jürgen Frei gefunden?
Plötzlich war schwaches Hundegebell zu hören.
„Peter!", rief Charlotte. „Er hat tatsächlich die Hundestaffel alarmiert." Sie blieb stehen und lauschte. Die Geräusche kamen von links. „Hier lang!" Sie wollte schon in die Richtung laufen, doch Felix hielt sie zurück.
„Wir müssen hier lang", meinte er. „In diesen Gewölben kann man nicht genau heraushören, woher die Geräusche kommen. Durch die vielen Schächte und Verbindungen hat man das Gefühl, sie kommen von überall her."
Er nahm einen Gang, der nach rechts abzweigte, immer weiter weg vom Gebell der Hunde.
Auch Torsten glaubte nicht an Felix' Aussage.
„Ich bin auch sicher, dass es von links kommt." Er machte Anstalten, umzukehren, doch Felix ließ nicht locker.
„Die Hunde sind oben in der zweiten Sohle", erklärte er ungeduldig. „Dort drüben gibt es aber keinen Zugang. Die Treppe ist hier auf dieser Seite." Mit forschem Schritt marschierte er weiter.
Charlotte und Torsten warfen sich fragende Blicke zu. Sollten sie ihrem Gehör oder einem Ortskundigen vertrauen?
Jeden Moment war Felix hinter der nächsten Ecke verschwunden.

Das Gebell wurde leiser.
„Komm!", entschied Charlotte und lief Felix hinterher.
Zwei Abzweigungen später war das Gebell verschwunden.
„Wo ist denn jetzt die Treppe?", fragte Torsten kurz darauf.
„Wir sind gleich da." Felix´ Stimme klang plötzlich anders. Abgehetzt, ungeduldig, genervt. „Vertraut mir."
Wenig später erreichten sie tatsächlich eine Treppe. Allerdings führte sie nicht nach oben, sondern nach unten.
„Was soll das? Das ist doch nie und nimmer der Weg hinauf."
„Jetzt stellt euch nicht so an!" Felix´ Augen flackerten. Auf seiner Stirn glänzte der Schweiß.
Torsten wich einen Schritt zurück.
Plötzlich zog Felix ein Messer aus der Tasche, packte Charlotte von hinten und setzte ihr das Messer an die Kehle.
„Felix!", rief sie entsetzt. „Lass das!"
„Los, runter da!", schrie Felix wütend und schlug Charlotte die Taschenlampe aus der Hand.
Torsten überlegte fieberhaft, was er tun sollte, doch er hatte keine Wahl.
Langsam stieg er Stufe für Stufe weiter hinunter, gefolgt von Charlotte in der Gewalt eines Wahnsinnigen.
Im schmerzhaften Klammergriff gefangen versuchte sie, Halt auf den glitschigen Stufen zu finden. Sie spürte die scharfe Klinge an ihrer Kehle. Wenn sie ausrutschte, würde sich das Messer in ihren Hals bohren.
„Schneller!"
Felix gab Torsten einen Stoß in den Rücken.
Dieser stolperte und fiel. Sein Kopf schlug mehrmals dumpf auf die Stufen und and die Wände.
Schließlich blieb er reglos liegen.
Eine Blutlache breitete sich aus.
„Nein!!!" schrie Charlotte entsetzt. Die Klinge bohrte sich in ihre Haut. Sie spürte, wie ihr ein warmes Rinnsal über die Brust lief.
„Los, weiter!"
Heiße Tränen stiegen ihr in die Augen.

Attila rannte wie besessen durch die Gänge. Längst hatte er

keine Ahnung mehr, wo er sich befand, war in Bereiche der Felsengänge vorgedrungen, die nicht mehr beleuchtet waren.
Sein Kopf war leer und drohte doch zu platzen.
Er hatte seine Frau in Gefahr gebracht, hatte sich in Dinge eingemischt, die ihn nichts mehr angingen, hatte geglaubt, helfen zu können.
Und jetzt?
Jetzt war er hilflos, völlig auf sich gestellt, verloren!
Da drangen Stimmen an sein Ohr. Schreie!
Er hielt den Atem an. Sein Herz klopfte bis zum Hals.
Woher kamen die Geräusche?
Er sah sich um, konzentrierte sich, lauschte angestrengt in die Dunkelheit.
Charlotte! Das war die Stimme Charlottes!
Er lief los!

„Wir müssen ihm helfen", bettelte Charlotte, doch Felix drängte sie weiter, das Messer auf ihren Rücken gerichtet.
„Weiter!", befahl er ungnädig.
„Hast du die Männer getötet?" Charlotte versuchte, ihn in ein Gespräch zu verwickeln. Sie wollte und konnte nicht glauben, was eben passiert war, dass Felix, der freundliche, gut aussehende junge Mann ein Mörder sein soll.
„Sie haben es verdient!"
„Was haben sie denn getan?"
Sie blieb stehen, drehte sich um und erschrak.
Felix´ hübsches Gesicht war zu einer hässlichen Fratze verzerrt, Wahnsinn blitzte aus seinen Augen.
„Sie haben meine Familie zerstört. Und jetzt weiter!"
Charlotte hatte keine Ahnung, wie sie sich aus dieser furchtbaren Situation befreien könnte, wusste nur, dass sie weiter mit ihm reden musste. Oft waren die Täter auch stolz auf ihre Taten, gaben regelrecht damit an.
Es war einen Versuch wert.
„Und was ist mit Jürgen Frei?" Charlottes Herz klopfte wie wild. „Hast du ihn auch getötet?"
„Das wirst du gleich sehen."
Tatsächlich schwang so etwas wie Stolz in seiner Stimme mit, Genugtuung, Überheblichkeit, Macht!

Sie standen vor einer niedrigen Tür, die mit einem alten Vorhängeschloss gesichert war.
Das Geheimversteck!
Es gab diesen Raum also doch!
Felix gab ihr einen rostigen Schlüssel. „Aufmachen!"

Attila hatte Mühe, den Stimmen zu folgen. Sie wurden leiser, hörten mal ganz auf, schwollen wieder an. Dazwischen hörte er das Bellen von Hunden.
Man suchte nach ihnen.
Das war gut.
Sein Puls raste.
Inzwischen war er an einer schmalen Treppe angekommen. Von unten hörte er deutlich Charlottes und Felix´ Stimmen.
Dazwischen ein leises Stöhnen.
Vorsichtig nahm er Stufe für Stufe.
Er erschrak!
Am Fuße der Treppe lag ein Mann in einer Blutlache: Torsten!
Er wimmerte, versuchte, sich zu bewegen, sackte wieder zusammen. Von Charlotte und ihrem Entführer war nichts zu sehen und doch konnten sie nicht weit sein. Das Gespräch war genau zu verstehen.
Attila zog lautlos seine Jacke aus und deckte Torsten damit zu. Er musste noch durchhalten.
„Gleich kommt Hilfe", raunte er in das Ohr des Verletzten und schlich an der Mauer entlang weiter.

Mit zitternden Fingern nestelte Charlotte an dem Schloss herum. Sie fror schrecklich, die Wunde an ihrem Hals schmerzte, ihr wurde schwindelig.
„Mach schon! Das kann doch nicht so schwer sein!"
Sie spürte das Messer in ihrer Seite.
Das Schloss sprang auf.
„Mach auf!", befahl Felix.
Charlotte zog den Riegel zur Seite und öffnete die Tür.
Ein ekelhafter Gestank raubte ihr den Atem.
Felix stieß sie in das Dunkel des Raumes, knallte die Tür hinter ihr zu und schob den Riegel vor.

„Nein!", brüllte sie. „Nein!!!"
Sie hämmerte an die Tür. „Felix! Lass mich raus!!!"
„Er wird die Tür nicht aufmachen, Charlotte." Die Stimme Mariellas war tränenerstickt.
Charlotte erschrak und wich zurück.
„Wer sind Sie?", fragte sie ungläubig und starrte in die absolute Finsternis.
Da leuchtete ein kleines, schwaches Licht auf und beleuchtete eine Frau, die auf einer Matratze am Boden saß. Neben ihr lag ein Mann, zugedeckt mit einer alten Decke.
„Mariella!"
Charlotte konnte es nicht glauben. „Ist das Jürgen Frei?"
„Ich weiß es nicht."
„Ist er...?"
„Nein, er ist ohnmächtig, aber ich fürchte, er wird nicht mehr lange durchhalten."
In diesem Moment hörten sie Geräusche von draußen, Lärm, Geschrei.
„Hallo!!!", schrie Charlotte aus Leibeskräften. „Wir sind hier!"
Ein schwerer Gegenstand fiel gegen die Tür. Es hörte sich nach einem Kampf an.
„Wo ist Charlotte?" Es war die Stimme Attilas.
Mariella sprang auf.
„Attila! Hier bin ich!"
„Mariella!"
Ein erstickter Schrei war zu hören.
Seine Stimme erstarb.
Es wurde ruhig.
Schritte entfernten sich.
Kein Geräusch war zu hören.
Man hatte sie hier zurückgelassen.
Und Attila?
Die beiden Frauen erstarrten voller Entsetzen. Hatte Felix auch Attila erstochen?

Sandra war plötzlich hellwach. Sie war wie in Trance durch die Gänge gehetzt, hatte immer wieder die Orientierung verloren und schließlich doch noch hierher gefunden. Noch

bevor sie die Tür hatte öffnen können, hatte sie Stimmen gehört, sich in einer Nische versteckt. Fassungslos hatte sie beobachtet wie Felix, der sympathische Felix, Charlotte mit einem Messer bedroht und in Magnus' geheimen Raum gestoßen hatte. Anschließend hatte er auch noch Attila niedergestochen.
Felix war ein Mörder! Er hatte Magnus getötet, ihr die Liebe ihres Lebens genommen! Sandra sprang auf, Hass blitzte in ihren Augen. Das würde er büßen!

Keuchend eilte Felix durch die Gänge. Sein Haar stand wirr vom Kopf ab, Gedanken überschlugen sich in seinem Hirn.
Er war zum Verbrecher geworden, zum Mörder, hatte mehrere Menschen getötet. Wieviele es waren konnte er nicht sagen. Bei zweien war er sich sicher, aber was war mit Attila und Mariella? Und mit den Polizisten?
Entschlossen kniff er die Lippen zusammen. Sie hätten sich nicht einmischen dürfen! Es war ganz allein seine Sache, den Tod seines Vaters zu rächen.
Und Jürgen? Es war schwer vorstellbar, dass er die Tage in dem Verlies überlebt hatte.
Sollte er auch nicht.
Er sollte so elend krepieren wie sein Vater damals!
Felix hatte sofort eine Ahnung gehabt, als er im Nachlass seiner Mutter Wilfreds wertvolles Taschenmesser entdeckt hatte. Es lag in der Kiste mit den Dingen, die damals im Keller gefunden wurden - neben der Leiche seines Vaters.
Er hatte schon immer vermutet, dass Wilfred, Klaus und Jürgen etwas mit dem sogenannten tragischen Todesfall zu tun gehabt hatten. Sie waren plötzlich so verändert gewesen, hatten sich nicht mehr getroffen, waren sich regelrecht aus dem Weg gegangen.
Er hatte Gewissheit haben wollen und hatte Wilfred in den Keller gelockt. Wilfred, der Rauschgoldengel in seinem affigen Kostüm. Nach einem Tag, gefesselt in der Dunkelheit, ohne etwas zu essen oder zu trinken, war er sehr gesprächig geworden, hatte ihm von dem Abend erzählt.
Es hatte ein Scherz werden sollen.
EIN SCHERZ!!!

Felix hatte seinen Ohren nicht getraut.
Die drei hatten den Braumeister spaßeshalber eine Nacht eingesperrt. Angeblich hätten sie nichts von der Krankheit des Mannes gewusst.
Sie hatten einen Menschen umgebracht und damit auch das Leben der Familie zerstört.
Er, Felix, hatte in ärmlichen Verhältnissen leben müssen. Seine Mutter hatte den plötzlichen Tod des Vaters nie verwunden, war immer wieder in psychiatrischer Behandlung gewesen. Durch einen Lausbubenstreich war einer ganzen Familie der Boden unter den Füßen weggezogen worden.
Jetzt hatten sie dafür bezahlt!
Aus der Entfernung war Hundegebell zu hören.
Felix grinste schief.
Er kannte dieses Labyrinth wie seine Westentasche, kannte alle Notausgänge und Treppen.
Sie würden ihn nie finden!
Plötzlich hielt er inne, hatte etwas gehört.
Was da nicht jemand?
Ruckartig drehte er sich um und leuchtete in die Dunkelheit.
Im nächsten Moment spürte er einen unsäglichen Schmerz am Kopf und sank ohnmächtig nieder.

Charlotte und Mariella hielten sich weinend im Arm, als erneut Schritte vor der Tür zu hören waren.
Kam der Mörder zurück?
Jemand blieb vor der Tür stehen.
Charlotte und Mariella hielten die Luft an.
Langsam wurde der Riegel zur Seite geschoben.
Charlotte griff nach einer zerbrochenen Flasche, Mariella drückte sich an die kalte Wand.
Die Tür wurde einen Spaltbreit geöffnet.
„Hallo?", fragte ein dünnes Stimmchen in die Dunkelheit hinein. „Charlotte? Mariella? Es ist alles gut, ihr seid in Sicherheit."
Charlotte glaubte, vor Erleichterung zu zerspringen.
„Sandra!"

36

Das kleine Zimmer im Klinikum Nord glich eher einem Gewächshaus als einem Krankenzimmer. Überall standen Blumensträuße und Topfpflanzen, Primeln und Hyazinthen. Dazwischen lagen reichlich Schachteln voller Schokolade, Pralinen und anderer fastenuntauglicher Köstlichkeiten.
Die beiden Männer mit ihren Verbänden um Kopf und Brust gingen angesichts dieses Überflusses beinahe unter.
Aber nur beinahe.
„Na? Alles klar in eurer Männer-WG?", flachste Mariella, als sie mit Charlotte hereinkam und als Ausgleich zu den vielen Süßigkeiten einen kleinen Obstkorb auf den Tisch stellte.
„Es könnte so schön sein, wenn uns nicht andauernd jemand stören würde", meinte Attila scherzhalber und hielt sich beim Lachen die linke Seite. Die Verletzung, die ihm Felix mit dem Messer zugefügt hatte, war zwar nicht lebensbedrohlich, aber dennoch sehr schmerzhaft gewesen. Auch Torsten konnte sich mit seinem Kopfverband noch nicht richtig bewegen. Neben der großen Platzwunde hatte ihm auch eine schwere Gehirnerschütterung und der starke Blutverlust zugesetzt. Wenn Tilman Peter mit der Hundestaffel eine Stunde später gekommen wäre, wäre Torsten vermutlich verblutet.
„Kommt unsere Retterin eigentlich auch?", fragte Torsten und schälte sich eine Banane.
„Ja, sie ist noch bei Jürgen Frei und kommt dann später zu euch", berichtete Mariella.
Das Erlebnis in den Felsengängen war jetzt eine Woche her und doch war die Angst noch greifbar. Die entsetzlichen Stunden in diesem fürchterlichen Kellerraum, die Aussichtslosigkeit, die Hilflosigkeit und Panik. Dann die Erinnerung an den bedauernswerten Mann, der fünf Tage

lang allein in diesem Loch gefangen war, mit viel zu wenig Wasser und einem schwindenden Vorrat an Insulin.

„Wie geht es ihm?", fragte Attila. „Ist er wieder ansprechbar?"

„Das schon", berichtete Charlotte. „Die Ärzte können allerdings noch nicht sagen, ob Folgeschäden auftreten werden. Aber sie sind zuversichtlich. Er hat eine gute körperliche Konstitution und wird vermutlich mit einem blauen Auge davonkommen."

„Denkst du, diese tragische Geschichte mit Felix´ Vater wird noch ein Nachspiel für ihn haben?", fragte Mariella, der das Schicksal des jungen Mannes natürlich besonders am Herzen lag.

„Ich weiß es nicht. Es ist 20 Jahre her, da waren die Burschen gerade einmal 15. Sie wollten dem Mann auch nur einen Schreck einjagen. Keiner hat damit gerechnet, dass er diese Nacht nicht überleben würde."

Wilfred, Klaus und Jürgen hatten entdeckt, dass Braumeister Steiner in seinem Keller illegal Schnaps gebrannt hatte. An diesem verhängnisvollen Abend wollten sie sich eine kleine Menge davon abfüllen, wurden aber von ihm erwischt. Es hatte ein Handgemenge gegeben, bei dem Wilfred sein Taschenmesser mit eingraviertem Namen verloren hatte. Die Burschen waren in der Überzahl gewesen und hatten den Mann im Keller eingesperrt, ohne zu ahnen, dass die hohe Dosis Insulin im Blut für ihn den Tod bedeuten würde. Früh am nächsten Morgen hatten sie wieder aufgesperrt und erst später erfahren, dass Steiner verstorben war.

Da öffnete sich die Tür, und Sandra spitzte herein.

„Darf ich?"

„Aber natürlich", antwortete Attila überschwänglich. „Schließlich haben wir es dir zu verdanken, dass wir uns immer besserer Gesundheit erfreuen dürfen."

Sandra wurde rot vor Verlegenheit.

„Jetzt übertreiben Sie aber."

„Lass uns doch beim Du bleiben", bot er an. „Ich bin Attila."

„Freut mich. Wie geht es Ihnen, äh, dir?"

„Jeden Tag besser. Ich möchte mich noch einmal für dein

unerschrockenes Eingreifen bedanken. Das war wirklich sehr mutig von dir."

Sandra senkte verlegen den Kopf. „Naja, ich weiß auch nicht, wie ich das geschafft habe. Ich war unten beim Geheimversteck, aber der Schlüssel war weg. Da habe ich Stimmen gehört und mich versteckt. Als ich dann mitbekommen habe, dass Felix Charlotte in seiner Gewalt hatte und er auch für Magnus´ Tod verantwortlich war, habe ich diesen Backstein genommen..."

„Und den Mörder niedergeschlagen", vervollständigte Charlotte den Satz und nahm die Freundin in den Arm. „Du bist unsere Heldin."

„Jetzt übertreibe doch nicht so", freute sich Sandra und wurde wieder ernst. „Weißt du etwas von Konstantin?"

„Er ist auf dem Weg der Besserung, wird aber wohl die nächsten Jahre im Gefängnis verbringen", antwortete Charlotte.

Sandra holte tief Luft. „Das ist gut. Er hat genug Schaden angerichtet."

Sie schielte zu dem beachtlichen Berg an Süßigkeiten hinüber.

„Wäre es in Ordnung, wenn ich...?"

ENDE

Anmerkung der Autorin:
Alle Handlungen und Personen, sowie das Restaurant *Kaiserkeller* sind frei erfunden. Ähnlichkeiten mit lebenden oder verstorbenen Personen oder Einrichtungen sind rein zufällig und von mir nicht beabsichtigt.

Danksagung:
Auch der *„Rauschgoldengel"* ist das Ergebnis vieler Ideen und Gespräche, Anregungen und Informationen. Ich möchte mich an dieser Stelle bei all jenen bedanken, die mir mit Rat und Tat zur Seite standen, für die Gespräche und Informationen über die Felsengänge, die Polizeiarbeit und den Umgang mit einer Insulinpumpe und natürlich für all die wertvolle und konstruktive Hilfe bei der Korrektur des Manuskriptes.
Ein ganz besonderer Dank gilt auch hier wieder meiner Familie. Meinen Töchtern für das geduldige Zuhören und die kreativen Ideen und natürlich meinem Mann Michael für all die Gespräche zur Entwicklung der Geschichte, die Korrekturvorschläge und nicht zuletzt die gesamte Formatierungs- und Gestaltungsarbeit.